MARTA LÓPEZ GARCÍA
SÉRGIO RICARDO SANTOS LOPES

SÉRIE INTERCÂMBIOS LINGUÍSTICOS

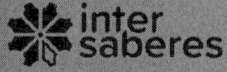

**BREVE HISTÓRIA
DA LITERATURA
HISPANO-
-AMERICANA**

Rua Clara Vendramin, 58 ♦ Mossunguê ♦ CEP 81200-170 ♦ Curitiba ♦ PR ♦ Brasil
Fone: (41) 2106-4170 ♦ www.intersaberes.com ♦ editora@intersaberes.com

Dr. Alexandre Coutinho Pagliarini;
Dr.ª Elena Godoy; Dr. Neri dos Santos;
M.ª Maria Lúcia Prado Sabatella ♦
conselho editorial

Lindsay Azambuja ♦ editora-chefe

Ariadne Nunes Wenger ♦ gerente editorial

Daniela Viroli Pereira Pinto ♦
assistente editorial

Arte e Texto Edição e Revisão de Textos ♦
preparação de originais

Camila Rosa; Palavra do Editor ♦
edição de texto

Luana Machado Amaro ♦ design de capa

ArtKio/Shutterstock ♦ imagem de capa

Raphael Bernadelli ♦ projeto gráfico

Laís Galvão ♦ diagramação

Sílvio Gabriel Spannenberg ♦
designer responsável

Regina Claudia Cruz Prestes ♦ iconografia

Dados Internacionais de Catalogação na Publicação (CIP)
(Câmara Brasileira do Livro, SP, Brasil)

López García, Marta
    Breve história da literatura hispano-americana/Marta López García, Sérgio Ricardo Santos Lopes. – Curitiba, PR : InterSaberes, 2024. – (Série intercâmbios linguísticos)

    Bibliografia.
    ISBN 978-85-227-0842-0

    1. Literatura hispano-americana – História e crítica
I. Lopes, Sérgio Ricardo Santos. II. Título. III. Série.

24-204515   CDD-A860.9

Índices para catálogo sistemático:
1. Literatura hispano-americana: História e crítica A860.9

Cibele Maria Dias – Bibliotecária – CRB-8/9427

1ª edição, 2024.

Foi feito o depósito legal.

Informamos que é de inteira responsabilidade dos autores a emissão de conceitos.

Nenhuma parte desta publicação poderá ser reproduzida por qualquer meio ou forma sem a prévia autorização da Editora InterSaberes.

A violação dos direitos autorais é crime estabelecido na Lei n. 9.610/1998 e punido pelo art. 184 do Código Penal.

sumário

apresentação, vii

como aproveitar ao máximo este livro, x

- um — O choque entre civilizações, 13
- dois — Rumo à independência, 49
- três — Modernismo, vanguardas e reumanização da arte, 87
- quatro — A narrativa do início do século XX, 119
- cinco — Da renovação ao *boom*, 161
- seis — O pós-*boom* e as narrativas mais recentes, 213

considerações finais, 263

referências, 267

bibliografia comentada, 279

anexos, 293

respostas, 341

sobre os autores, 353

apresentação

❦ COMO DEFINIR ESSE espaço cultural tão vasto e complexo que chamamos de Hispano-América? O estudo da literatura desse território necessariamente nos leva a fazer esse questionamento para delimitar as produções literárias das muitas nações que o conformam. Nessa aproximação à literatura da região, consideramos as produções literárias como uma chave para pensar essa complexa e vasta área, além de serem uma fonte muito rica para entender cada período histórico de uma maneira mais profunda. Com o intuito de colocar em relevo todas as nuances que compõem esse entramado mapa de relações, contextualizamos as manifestações literárias desde a época da conquista até o início do século XXI.

O livro está organizado de modo a proporcionar uma visão panorâmica das muitas etapas da literatura hispano-americana. Para isso, cada capítulo abarca o que foi produzido de mais significativo em cada época. Cabe observar que, nos capítulos, optamos por apresentar as citações de textos em língua estrangeira no idioma original. As respectivas traduções podem ser consultadas na seção "Anexos", ao final do livro.

O primeiro capítulo, "O choque entre civilizações", é dividido em três partes: a primeira parte apresenta, de maneira resumida, as três grandes civilizações da América (asteca, maia e inca) antes da chegada dos europeus; a segunda trata da literatura da conquista e das Crônicas de Índias, relatos dos exploradores e dos catequizadores do chamado *Novo Mundo*; e a terceira dá voz aos nativos, ou seja, aborda os testemunhos dos povos originários sobre a colonização europeia e o genocídio populacional e cultural praticado pelos conquistadores.

O segundo capítulo, "Rumo à independência", compreende quatro partes: a primeira parte inicia com as manifestações do Renascentismo e do barroco na América espanhola, prévias à independência, enquanto as outras três partes se ocupam dos movimentos estéticos próprios do século XIX – romantismo, naturalismo, realismo e prosa modernista – que ocorreram com o advento das independências dos países latino-americanos.

O terceiro capítulo, "Modernismo, vanguardas e reumanização da arte", contém três partes, enfocando os principais poetas, correntes literárias e manifestos que despontaram no final do século XIX e seguiram no convulso início do século XX.

O quarto capítulo, "A narrativa do início do século XX", apresenta o regionalismo hispano-americano e suas principais vertentes, produções literárias e escritores. Esse capítulo também trata da narrativa curta, sobretudo de Borges, um dos maiores expoentes da literatura mundial, que produziu uma narrativa exclusivamente de contos.

O quinto capítulo, "Da renovação ao *boom*", começa com as renovações narrativas do regionalismo, processo que incorporou as novidades estéticas das vanguardas e também ampliou as fronteiras da literatura trazendo aspectos de outras áreas do conhecimento humano, como a sociologia e a antropologia. A outra seção do capítulo é dedicada ao *boom*, isto é, a explosão da literatura hispano-americana que internacionalizou a produção literária do continente com obras que já nasceram clássicas.

O sexto e último capítulo, "O pós-*boom* e as narrativas mais recentes", é constituído de duas partes. Inicia nos anos 1970, com os "novíssimos" da literatura hispano-americana, produções que, com o tempo, foram catalogadas como *pós-boom*, e o predomínio de uma narrativa realista, que abarca formas textuais variadas e temas próximos da atualidade da época, como a denúncia das ditaduras, o exílio, a mulher na sociedade e a sexualidade diversa. A seção que finda o livro é dedicada a escritores, produções e correntes literárias dos anos 1990 até os primeiros anos do século XXI.

Desse modo, o itinerário percorrido aqui busca contribuir para o conhecimento e a análise da história da literatura hispano-americana, bem como servir de base para o maior aprofundamento sobre os temas e os problemas abordados pela literatura da região.

como aproveitar ao máximo este livro

Empregamos nesta obra recursos que visam enriquecer seu aprendizado, facilitar a compreensão dos conteúdos e tornar a leitura mais dinâmica. Conheça a seguir cada uma dessas ferramentas e saiba como estão distribuídas no decorrer deste livro para bem aproveitá-las.

INTRODUÇÃO DO CAPÍTULO
Logo na abertura do capítulo, informamos os temas de estudo e os objetivos de aprendizagem que serão nele abrangidos, fazendo considerações preliminares sobre as temáticas em foco.

SÍNTESE
Ao final de cada capítulo, relacionamos as principais informações nele abordadas a fim de que você avalie as conclusões a que chegou, confirmando-as ou redefinindo-as.

ATIVIDADES DE AUTOAVALIAÇÃO

Com estas questões objetivas, você mesmo tem a oportunidade de verificar o grau de assimilação dos conceitos examinados, motivando-se a progredir em seus estudos e a preparar-se para outras atividades avaliativas.

ATIVIDADES DE APRENDIZAGEM

Aqui você dispõe de questões cujo objetivo é levá-lo a analisar criticamente um determinado assunto e integrar conhecimentos teóricos e práticos.

BIBLIOGRAFIA COMENTADA

Nesta seção, você encontra comentários acerca de algumas obras de referência para o estudo dos temas examinados.

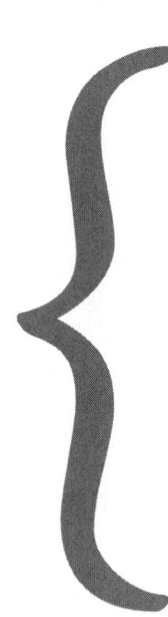

um O choque entre civilizações
dois Rumo à independência
três Modernismo, vanguardas e reumanização da arte
quatro A narrativa do início do século XX
cinco Da renovação ao *boom*
seis O pós-*boom* e as narrativas mais recentes

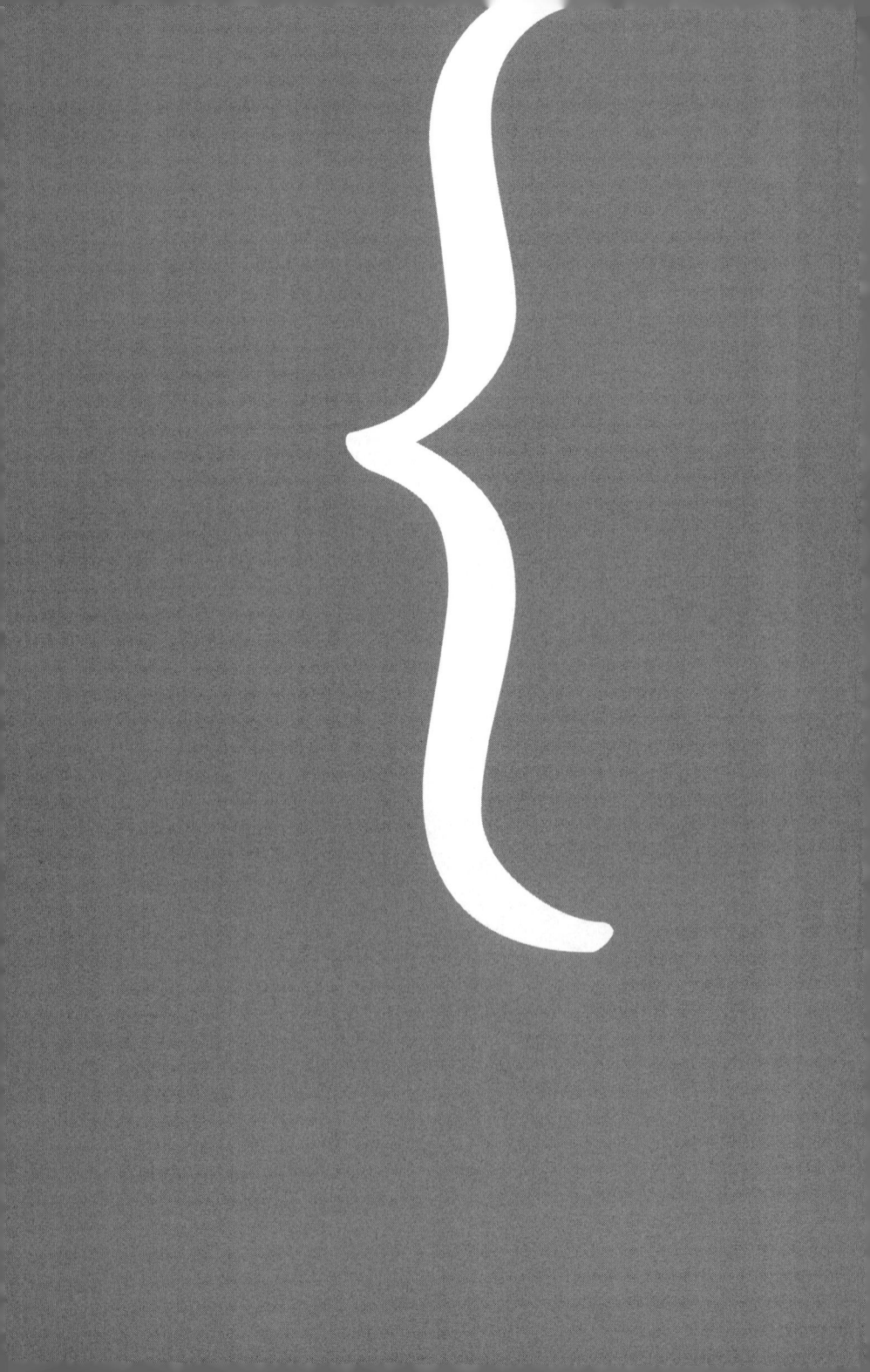

❰ NESTE PRIMEIRO CAPÍTULO, começaremos abordando as três grandes civilizações clássicas que viveram no continente – a asteca, mexica ou *nahuatl*; a maia ou mesoamericana; e a inca – e suas manifestações literárias. De entrada, devemos considerar que a chamada *literatura pré-colombiana*, anterior à chegada de Cristóvão Colombo às terras americanas em 1492, consiste, de fato, em manifestações anônimas que, em sua época, não tiveram expressão escrita ou tiveram, no máximo, uma escrita pictográfica, hieroglífica, ideográfica e simbólica. Também não é literatura no sentido de ficção, uma vez que parte sempre de questões teológicas, épicas, etnológicas e, até mesmo, políticas e jurídicas: lendas (locais) e mitos (universais) fundamentais para os povos antigos e com uma intenção moralizante e pedagógica.

Num segundo momento, trataremos das Crônicas de Índias, discursos marcadamente ideológicos plasmados em distintos gêneros textuais que versam sobre a chegada dos espanhóis às terras americanas. Nesses escritos, misturam-se informações rigorosas com anedotas, superstições, conteúdos populares e o imaginário da Antiguidade Clássica europeia, em um tom muitas vezes hiperbólico e caracterizado sempre pelas diversas intenções que impeliam seus autores a escrever.

umpontoum
As três grandes civilizações clássicas americanas

Nesta seção, faremos uma breve explanação sobre as três grandes civilizações que existiam no continente no momento da chegada dos conquistadores espanhóis.

1.1.1 Civilização asteca, mexica ou *nahuatl*

Na região mexicana, a primeira civilização importante da qual temos notícia são os toltecas, adoradores do Sol e da Lua cujos deuses principais eram Quetzalcóatl, deus do ar representado por uma serpente emplumada, e Tlaloc, deus da chuva, e sua companheira Chalchiuhtlicue. Teotihuacán era sua cidade santuário.

No século X ou XI chegaram os astecas, uma tribo guerreira nômade de caçadores e recoletores que tinha partido em peregrinação desde Aztlán (atual Novo México) em busca de novas terras. Primeiro se estabeleceram em Chapultepec e, de lá, continuaram rumo ao sul e acabaram fundando sua principal cidade,

México-Tenochtitlán, sobre uma lagoa. Segundo a lenda, nessa lagoa viram uma águia parada sobre um nopal devorando uma serpente (imagem da bandeira atual do país): o sinal esperado que indicava o lugar onde deviam se estabelecer.

Durante séculos os astecas sofreram a hostilidade das populações vizinhas. Porém, no início do século XV, Tlacaelel, conselheiro de vários *Huey Tlatoani* (imperadores) mexicas ao longo de quase cinquenta anos, definiu uma época dourada para o seu povo, convencendo-o de que era o povo escolhido, destinado a grandes empresas, iniciando, então, uma expansão geográfica que desembocou na conquista dos territórios ao redor. Moctezuma II, imperador do império mexica no momento em que chegaram os espanhóis, tratou de unificar toda essa diversidade de grupos submetidos e admitiu oficialmente o culto de várias divindades. Assim, os astecas realizaram uma síntese cultural que representou o momento de seu maior esplendor; dessa época datam as famosas pirâmides-templo.

Os astecas interpretavam o mundo como fruto da violência: o ciclo das idades ou sóis é produto das fortes lutas entre os deuses. A aparição do homem como o conhecemos tem lugar na idade do sol em movimento, mas antes já haviam existido outras quatro idades (da terra, do ar, da água e do fogo). A idade do homem está cheia de signos negativos, como fome, destruição e morte, que os astecas buscavam impedir imolando vítimas humanas para agradar Huitzilopochtli, o deus do sol.

O universo, simbolizado na planta e na distribuição das cidades-santuários, é visto como uma imensa ilha dividida horizontalmente em quatro grandes mundos. O Leste é a região da luz, da fertilidade e da vida, representado pela cor branca; o Norte é a região dos mortos, caracterizado pela cor preta; no Oeste está a casa do sol, de cor vermelha; e o Sul é a região das sementeiras, de cor azul. Finalmente, as pirâmides truncadas parecem simbolizar a imagem vertical do universo; sobre a terra existem, em ordem ascendente, treze planos. Primeiramente estão os céus e o mar, que formam uma espécie de cúpula por onde circulam a lua, os planetas, a estrela da manhã e os cometas; em cima, encontram-se os céus de diferentes cores e, por último, a região dos deuses, o lugar da dualidade. Embaixo da terra estão os andares inferiores, os caminhos que os mortos devem seguir para chegar até Mictlan, o inframundo, segundo a mitologia mexica (lugar para onde vão as almas dos que morreram de morte natural, independentemente da classe social).

Com relação aos documentos literários, os mais antigos datam de 1430, ano em que, segundo explica o padre Bernardino de Sahagún em *Historia general de las cosas de Nueva España* (1535-1540), o rei Itzocoatl ordenou queimar todos os documentos anteriores (Sahagún, 1829c). A tradição oral e a representação com grifos serviram para transmitir sua visão religiosa do mundo, a ciência do calendário, a história e a poesia. Existiam escolas especializadas nas quais alguns escolhidos aprendiam os textos para sua transmissão e também a interpretação da pictografia.

As poesias sacra, épico-religiosa e lírica representam a parte mais importante da literatura *nahuatl*. Algumas características dessa literatura são o paralelismo, o difrasismo, o recurso do refrão, as palavras-broche (palavras destacadas que se repetem para unir partes do poema), o significado duplo e o transfundo esotérico. Poesia, canto e dança estão estreitamente vinculados, o que explica sua importância como manifestação de uma coletividade.

Na poesia épico-religiosa, os temas mais comuns são a criação do mundo e do homem, a aparição dos deuses e suas lutas e a celebração dos heróis guerreiros. Em todos eles se observa a mesma sensação de impotência ante a injustiça e a crueldade divina, um sentido radical de limitação e transitoriedade humanas que confere aos poemas bastante dramatismo. A dolorosa consciência de ter sido colocado no mundo pelos deuses com o único objetivo de servi-los e honrá-los aproxima a poesia *nahuatl* da literatura religiosa dos maias-quiché.

No episódio da criação do homem, também é fácil perceber semelhanças com o *Popol Vuh* (o livro sagrado dos maias-quiché, recopilação de narrações míticas e históricas desse povo): depois de várias tentativas, os deuses estavam reunidos para deliberar se deveriam mesmo criar os homens, porque eles poderiam pensar em substituí-los. Quetzalcoatl (ao mesmo tempo deus e herói, rei de carne e osso e personagem de ficção) desceu então ao Reino da Morte e lá conseguiu ossos de homem e de mulher, com os quais deu forma às novas criaturas, que ele, aconselhado pelo seu duplo, fecundou com o próprio sangue.

A partir desse ponto, os astecas passaram a enxergar Quetzalcoatl como uma deidade protetora, quase maternal, em contraste com a dureza inexplicável dos outros deuses. Quetzalcoatl foi também quem saiu à procura dos alimentos que nutririam os homens: avisado por uma formiga vermelha que transportava um grão de milho, ele foi até o Monte dos

Sustentos e, transformado, por sua vez, em formiga negra, transportou o milho para Tamaochan (um lugar mítico paradisíaco das culturas mesoamericanas).

Os textos *nahuatl* em prosa são basicamente didáticos, históricos e religiosos. Com frequência, a história se anima e se converte em ficção, mas a prosa didática apresenta uma seriedade e uma moralidade exemplar.

O teatro existe como dança e canto, pantomima – a Igreja o aproveitou com fins evangelizadores. Não se conservaram os textos dramáticos, mas nos *Cantares mexicanos* (Léon-Portilla, 2011a, 2011b) há uma série de poemas relativamente breves que incluem a intervenção de várias vozes.

1.1.2 Civilização maia-quiché

Em Yucatán e na América Central, as provas mais antigas da existência do povo maia-quiché datam do ano 328, quando foi fundada a cidade de Uaxactun, no Peten. Depois vieram as grandes cidades de Tical, Copan e Palenque. Os maias-quiché tinham profundos conhecimentos de matemática e astronomia. Também chegaram a inventar signos parcialmente fonéticos, que lhes serviam de ajuda na pictografia. No que se refere à escultura e à arquitetura, as imponentes ruínas de Chichen Itza são um documento irrefutável de sua excelência.

A história dos maias-quiché avança entre guerras de conquista e destruição de impérios, acontecimentos sanguinolentos e movimentos telúricos, misteriosas migrações e abandonos incompreensíveis de cidades em pleno auge – até a chegada de

Pedro de Alvarado, em 1525. A conquista espanhola, a tradição e a ciência dos povos maias-quiché foram transcritas dos textos originais pictográficos e da memória do povo para os caracteres latinos, nas diferentes línguas da região – assim aconteceu com os livros do *Chilam Balam*, escritos anônimos em língua maia sobre acontecimentos históricos, e com o já mencionado *Popol Vuh*, escrito em língua quiché.

No tocante à poesia lírica, contamos com pouco. Já entrando o século XX, o destacado antropólogo Alfredo Barrera Vazquez deu a conhecer a *Canción de la danza del arquero flechador*, e o historiador Ángel María Garibay produziu algumas outras composições. O fruto mais importante da literatura maia é a prosa; sua finalidade era conservar a lembrança de tudo o que pertencia ao passado indígena. Uma das obras mais importantes é o *Chilam Balam de Chumayel*, compilado por um índio culto, Juan Jose Mail. Por outro lado, para conhecer o povo maia dos cakchiqueles, são fundamentais os *Anales de los Xahil*, uma obra coletiva na qual se compilaram tradições, lendas, cronologias de reis, acontecimentos históricos e guerras até o momento da chegada dos espanhóis (os homens de Castilan) capitaneados por Alvarado (Tonatiuh, o sol, pelo seu cabelo loiro); os quichés só se renderam depois de uma longa e trágica batalha.

Mas, indiscutivelmente, o livro mais grandioso do mundo mesoamericano, inclusive do ponto de vista artístico, pela especial atmosfera poética que inunda suas páginas, é o *Popol Vuh* (*Livro da Comunidade* ou *do Conselho*). Trata-se de um livro sagrado, palavra revelada sobre a origem das coisas, que regia as crenças do povo quiché. Os índios entregaram o manuscrito ao frade dominicano Francisco Ximénez, que o traduziu no século XVII. Miguel Ángel Asturias o traduziria de novo no século XX. Consiste em uma literatura de mestiçagem, transliterada e reinventada. Há um sincretismo entre o mundo cristão e o quiché: na Bíblia, no princípio existia o Nada (oximoron); no quiché, tudo estava em suspenso, em silêncio, em potência; em ambos o mundo tem uma origem aquática; Gucumatz e Tepeu (filhos do deus máximo, Itzamna, que não aparece no *Popol Vuh*) são o criador e o formador, respectivamente.

Primeiramente são criados os animais e os pássaros, que não sabem adorar os deuses e são castigados. Depois são criados os homens de barro (provável contaminação da tradição judaico-cristã), que resultam inconsistentes. Mais tarde são criados os homens de madeira, que não têm alma nem inteligência e caminham sem rumo a quatro patas, sendo que um grande dilúvio os destrói (mito universal). Em seguida, vêm os homens macaco e, por fim, os homens de milho, os vassalos civilizados – o homem quiché é feito da planta sagrada. No início, eles veem o próximo e o longínquo, o passado e o futuro, mas os deuses lhes jogam névoa nos olhos.

Vucub Caquix, o "príncipe dos sete *guacamayos* (araras)" ou "pássaro monstro", quer erigir-se em deus (pecado de *hybris*, da soberba humana) e vira uma espécie de anjo caído: ele e seus filhos foram destinados a morrer. Os executores são Hunahpu e Ixbalanque (tigre e caçador), semideuses ainda não nascidos, filhos de Hu-Hunahpu (deus do milho) e da donzela Ixquic, a qual engravida da cabeça desse deus, que está pendurada em uma árvore e cospe nela.

O tempo mítico não é linear, mas simultâneo e circular. Na terceira e quarta parte do relato, praticamente desaparece o tom mítico para dar passo ao tom épico: explicam-se as vicissitudes que levaram o povo quiché primeiro até a Guatemala, depois para Xicalanco e Chichen Itzá; apresentam-se as diferentes famílias quichés, as guerras entre tribos, a grandeza alcançada sob o reinado de Quikab e a sucessão dos reis. O primeiro rei foi Gucumatz e, na décima geração, profetizou-se a chegada do homem branco. Aqui aparece também o episódio do deus Tohil, que roubou o fogo dos deuses para levá-lo para a humanidade (equivalente a Prometeu).

O *Título de los Senores de Totonicapán* complementa o *Popol Vuh*. A obra foi escrita em 1554, mas não foi conhecida até 1834, ano em que foi traduzida – o manuscrito original se perdeu.

Também entre os maias existiu um teatro primitivo, de dança e canto, muito condicionado pelo ritual religioso. Não se conservaram documentos diretos, mas entre as populações indígenas centro-americanas sobrevivem ainda hoje representações que, embora contaminadas pelo contato com o mundo espanhol, têm suas raízes num passado anterior à conquista. É o caso do *Baile de los gigantes* e do *Gueguense* ou *Macho Ratón*, drama-balé da Nicarágua. Também existe o *Rabinal Achí*, drama conhecido também como *Baile del Tun* (do tambor sagrado, pelo acompanhamento musical), que os maias-quiché transmitiram por meio da memória geração após geração, até que, em 1850, um dos atores que o representavam, o índio Bartolo Ziz, ditou o texto ao abade Brasseur, que o traduziu para o francês.

1.1.3 Civilização inca

No Tawantinsuyu (território que se estendia do Equador ao Peru, pela Bolívia e parte do Chile atuais), isto é, no Império Incaico, a organização político-religiosa e social foi perfeita. Na arquitetura e na arte em geral, rivalizou com as mostras mais refinadas e grandiosas dos *nahuatl* e dos maias; porém, quanto à literatura, pouco se conservou.

Segundo parece, os primeiros habitantes desse território foram gente vinda da Polinésia. No Norte, floresceu a cultura dos chimus, marinheiros e pescadores que falavam quéchua; no Sul, a dos chinchas, que eram agricultores. Ambas sobressaíram no artesanato têxtil e na ourivesaria, e suas divindades não exigiam sacrifícios humanos. No altiplano andino do lago Titicaca existiu outra civilização, da qual só restaram grandiosos monólitos. Com a sua chegada ao vale de Cusco, lá pelo século XIV, os incas submeteram todas as populações da região, fundando o império mais extenso da América pré-colombiana, unificado pela língua quéchua.

Eles se diziam filhos do Sol e reivindicavam sua origem divina. O primeiro inca foi Roca; o último, Huayna Capac, cujo império, após sua morte, foi dividido entre seus dois filhos, Huascar e Atahualpa, que enfrentaram uma dura guerra civil quando Pizarro chegou às costas peruanas.

Os incas não conheciam a escrita, a fonética e a pictografia, embora alguns pesquisadores defendam que os quipus (feixes de cordas de até 24 cores com vários nós) poderiam ser mais que instrumentos de contabilidade, servindo também como algum tipo de anais. Os quipucamayocs eram os guardiões oficiais do rito, da memória e da sabedoria do povo – aqueles que liam os quipus, os quais registravam as leis e os episódios históricos importantes, as boas ações dos homens, tudo aquilo que deve ser constante pela sua função didática. O povo também os usou mais tarde para aprender o Pai Nosso ou para ir confessar seus pecados.

As principais fontes da antiga literatura quéchua são: *Del Senorio de los Incas*, de Cieza de Leon; *Fábulas y ritos de los Incas*, de Cristóbal de Molina; *Relación de las Antiguedades deste Reyno del Piru*, do índio Juan de Santa Cruz Pachacuti; *Origenes de los Incas*, de Martin Morua; e *Primer nueva corónica y buen gobierno*, do índio Felipe Guaman Poma de Ayala.

A forma poética mais importante era o *jailli*, hino de argumento religioso, guerreiro e agrícola, dedicado a Wiracocha (o Sol), à Lua, à Pachamama (a Terra) e a uma infinidade de ídolos, os *wak'as*. No entanto, para alguns especialistas, a expressão lírica mais completa dos índios quéchua foi o *waynu*, composta de música, poesia e dança. A alegria se manifestava por meio da *qhashwa*, cantada com acompanhamento da quena (instrumento musical de sopro). O *arauway* era um tipo de poesia burlesca, enquanto o *wanka* era uma espécie de elegia.

Esses gêneros poéticos estão bastante próximos da representação teatral, bastante cultivada entre os incas segundo os cronistas. O Inca Garcilaso alude às tragédias e às comédias que os *amautas*, filósofos do império, compunham e representavam nas grandes solenidades ante o imperador e sua corte. Segundo ele, os temas eram a agricultura, a casa e a família, e não se representavam comédias desonestas.

Só se conservou o drama *Ollantay*, exemplo edificante de bom governo, descoberto em 1837. Há controvérsias sobre o momento de sua composição: alguns o situam na época incaica, outros, na época colonial, e há ainda aqueles que entendem ser uma história pré-colombiana adaptada ao teatro por algum mestiço ou crioulo. A obra está escrita em versos irregulares e breves e dividida em três jornadas – uma divisão que imita o teatro espanhol e que não devia existir em sua origem. As cenas (15) se sucedem em uma contínua mudança de lugar, um conceito do espetáculo bem próximo ao nosso cinema atual.

Recentemente descobriram outros textos dramáticos, como o *Usqha Pauqar*, transmitidos de geração em geração entre grupos indígenas da Bolívia. Trata-se de uma espécie de lenda sobre a rivalidade entre dois irmãos apaixonados pela mesma mulher. Quando entre eles vai começar uma sanguinolenta guerra, o mais velho e mais forte acaba desistindo e deixando o caminho livre para o mais novo, que casa com a mulher de seus sonhos.

Dos primeiros anos da conquista é o drama *Atahualpa*, recolhido pelo escritor Mario Unzueta, que ainda representa, na atualidade, os índios do vale de Cliza. O dramatismo da obra é intenso, destacando especialmente o desespero dos índios no momento da morte de seu senhor, uma dura acusação indireta à cobiça dos invasores. A *Tragedia del fin de Atahualpa* captura também a visão indígena da conquista.

A prosa quéchua é, em geral, de caráter religioso. Ocupa-se de lendas, fábulas, relatos que nos chegaram da mesma forma que a poesia, por meio da memória. Existem, inclusive, orações e invocações aos deuses, algumas das quais têm um valor poético singular.

umpontodois
Breve cronologia e principais autores da conquista

A conquista da América inaugurou uma nova era para a civilização ocidental, oferecendo um imenso campo de ação para a expansão econômica e cultural da Europa e, sobretudo, para a Espanha. Sobre esse assunto, apresentamos uma breve cronologia na sequência:

- 1492 – Cristóvão Colombo, com três caravelas, La Pinta, La Niña e Santa Maria, chega às ilhas antilhanas, acreditando tratar-se da Ásia. Sua segunda viagem de exploração ocorre em 1493, dessa vez com uma frota de quinze navios, chegando às terras onde hoje estão Porto Rico e Jamaica.
- 1497 – Juan Caboto explora as costas dos Estados Unidos e do Canadá.
- 1498 – Ocorre a terceira viagem de Colombo, na qual chega à ilha de Trindade e faz um percurso pela costa de Paria (Venezuela) e Darién (Panamá).
- 1499 – Os reis católicos permitem que qualquer súdito da Coroa possa explorar as terras americanas, acabando com o monopólio concedido a Colombo e iniciando, assim, as chamadas *Viagens Menores*, as quais demonstraram que a América era um novo continente, um Novo Mundo situado entre Europa e Ásia, desconhecido até então.
- 1500 – Pedro Álvarez Cabral chega à costa do Brasil.

- 1502 – Ocorre a quarta viagem de Colombo, na qual ele explora todo o mar do Caribe e a costa de Honduras, Nicarágua, Costa Rica e Panamá.
- 1520 – Conquista do México. A expedição de Hernán Cortés sai de Cuba em fevereiro de 1519 e entra na capital, México-Tenochtitlán, no início de novembro, sendo recebido com solenidade pela corte de Moctezuma. Um pouco depois, Pedro de Alvarado, temporariamente no comando, ordena a matança do pátio do Templo Maior, que precede à derrota dos espanhóis conhecida como a Noite Triste (30 de junho). Em seguida, ocorrem a tomada de Tenochtitlán, a morte de Moctezuma e a resistência de Guatimozin.
- 1522 – Pedro de Alvarado e González Dávila conquistam a América Central.
- 1524 – Francisco Pizarro explora o litoral do Pacífico até o Peru. Em novembro de 1533, os espanhóis entram triunfantes em Cusco, berço do Império Inca, e conquistam novos territórios no interior do continente e pela costa meridional do Pacífico, apesar das sucessivas guerras civis. Em meados do século XVI, as únicas resistências estavam localizadas na Araucânia, na Patagônia e nos Pampas argentinos.

Como visto, a chegada dos espanhóis acabou com as grandes civilizações pré-colombianas, causou sufrimento e morte, além de perdas incalculáveis no campo artístico e cultural, em virtude do fanatismo, da avareza e da ignorância. Foram as ordens religiosas, e não a Igreja oficial (que era mais uma orgão burocrático e político a serviço da Coroa), que se dedicaram à formação intelectual da sociedade com a qual entraram em contato e que estudaram suas estruturas e expressões religiosas, artísticas e culturais – as quais, dessa forma, puderam ser transmitidas para a posteridade. A cultura europeia (hispânica) iniciou sua penetração na América por meio dos franciscanos, dos agostinianos, dos dominicanos e, posteriormente, dos jesuítas.

As universidades mais importantes foram as de Santo Tomás, no México; de San Marcos, em Lima; de San Carlos Borromeo, na Guatemala (1676); de San Jeronimo, em Havana (1725); de Santa Rosa, em Caracas (1725); de San Gregorio Magno, em Quito (1620); de San Francisco Javier, em Charcas (1620); e de San Ignacio de Loyola, em Córdoba. Não era incomum que duas universidades funcionassem na mesma cidade, em razão da presença de duas ordens religiosas rivais. As universidades americanas imitaram a estrutura das de Salamanca e de Alcalá, que geralmente compreendiam quatro faculdades: Artes, Direito, Teologia e Medicina.

Com a introdução da imprensa, o processo de aculturação se acelerou. Sua implantação foi bastante rápida, embora suas funções tenham se limitado, desde o primeiro momento, às demandas governamentais e eclesiásticas. Os livros vinham da Espanha, e seu comércio estava sujeito a proibições quando se tratava de textos de leitura divertida, como livros de romances de cavalaria, muito em voga na península e que, apesar de todas as complicações, foram contrabandeados em grande número também na América.

1.2.1 As primeiras crônicas da descoberta: Cristóvão Colombo

A literatura hispano-americana começa com um escritor não espanhol, Cristóvão Colombo (1451-1506). O *Diário de Bordo* e as *Cartas de Descoberta* escritas para os Reis Católicos são os primeiros documentos em castelhano referentes ao Novo Mundo. O interesse despertado na Europa por esses escritos deu origem a uma literatura florescente, que incluiu entre seus textos principais os *Contos de viagem*, de Américo Vespúcio, e as *Décadas de Orbe Novo*, de Pedro Mártir de Anglería. A literatura com tema americano é caracterizada sempre por uma nota de espanto e entusiasmo.

> La Española es maravilla; [...] las tierras tan hermosas y gruesas para plantar y sembrar, para criar ganados de todas suertes, para edificios de villas y lugares. Los puertos de la mar aquí no habría creencia sin vista, y de los ríos muchos y grandes, y buenas aguas, los más de los cuales traen oro.
>
> [...] Ellos de cosa que tengan, pidiéndosela, jamás dicen de no; antes, convidan la persona con ello, y muestran tanto amor que darían los corazones, y, quieren sea cosa de valor, quien sea de poco precio, luego por cualquiera cosica, de cualquiera manera que sea que se le dé, por ello se van contentos.[1] (Colón, 1880, p. 8-9)

A prosa de Colombo não apresenta grandes realizações estilísticas, mas cativa pela sua simplicidade. Tudo parece incomparável ao navegador; seu espírito se move em um mundo no qual as influências da Bíblia (e de seu paraíso terrestre) dão rédea solta à fantasia. Em suas páginas mais inspiradas, percebe-se um sentimento religioso que as aproxima do clima dos textos sagrados. A cada momento o navegador italiano acreditava ver sinais divinos.

"O mar é plano como um rio e os melhores ares do mundo [...] O canto dos passarinhos é tal que parece que o homem nunca mais iria querer sair daqui, e as manadas de papagaios obscurecem o sol [...]" (Colón, 2017, p. 114, tradução nossa). Colombo se maravilha com a fertilidade da terra, com a diversidade de fauna e flora, com a mansidão dos habitantes e seu hábito de andar nus: o mito do bom selvagem, do mundo feliz, acabava de nascer. Na *Carta da descoberta da Hispaniola*, o genovês afirma que essa é uma terra maravilhosa, onde a essência do bem consegue se concretizar. É uma visão idílica e irreal da América que, no entanto, acabou fixando para sempre uma imagem indelével e sugestiva na fantasia europeia.

1.2.2 Começo da polêmica sobre o índio: o padre Las Casas

A colonização da América suscita, desde o primeiro momento, graves conflitos morais. O mito do bom selvagem caminha junto ao da degeneração racial. Logo, a colonização se transformou em uma espécie de cruzada, o que provocou a intervenção das ordens religiosas para proteger as populações indígenas da violência e dos abusos dos conquistadores.

Nesse quesito, destaca-se a figura do frade Bartolomeu de las Casas (1474-1565). Las Casas chegou à América espanhola em 1506, dez anos depois de seu pai, que acompanhou Colombo em sua segunda viagem – então, era tanto o herdeiro dos direitos dos conquistadores quanto ele mesmo conquistador. Atormentado por sua condição de "encomendero", em 1511 renunciou às suas propriedades e entrou para os dominicanos. A partir de então, foi nomeado bispo de Chiapas, chamado de Apóstolo dos Índios, e reconhecido legalmente pelo imperador como o procurador oficial deles. Aliás, graças ao depoimento de Las Casas perante Carlos V e o Conselho das Índias, a "encomienda" (o direito ao monopólio dos trabalhos de determinados grupos indígenas que a Coroa outourgava para pessoas concretas e seus descendentes) foi extinta em 1542.

O religioso dedicou mais da metade de sua longa vida à defesa dos índios, apoiando-a com inúmeros escritos. Entre eles, a *Breve relação da destruição das Índias*, editada em 1552, foi a base da lenda negra sobre as atrocidades espanholas na América, disseminada de forma interessada por nações que, como Holanda, Inglaterra e França, eram rivais naturais da Espanha, dona de um imenso império colonial, defendido por todo o contato com outras nações por meio de um monopólio rígido. Escritor vigoroso, o religioso exagera no que se refere aos dados numéricos, mas impressiona pelo ardor de sua denúncia e pela sensação de horror que ela provoca no leitor ainda hoje. Em *Historia de las Indias*, que, por vontade do autor, só foi impressa quarenta anos após sua morte, sua meticulosidade como historiador anda de mãos dadas com a paixão, mas também com a clareza de muitos de seus julgamentos, sem que o autor dissimule sua aversão pelos conquistadores.

1.2.3 Cronistas da exploração: Hernán Cortés e Bernal Díaz del Castillo

A descoberta e a conquista do México ampliaram o panorama geográfico e humano da América, inaugurando o capítulo propriamente épico da conquista. Em mais de uma ocasião, não foi o escritor de profissão quem escreveu, mas o soldado.

É o caso de Hernán Cortés (1485-1547). Proveniente da Estremadura na comitiva de Nicolás de Ovando, mais tarde participou da conquista de Cuba e foi nomeado chefe da expedição que iria, na terceria tentativa, à costa mexicana. Embora suas cartas transmitissem espanto com a grandeza da arquitetura asteca e a esplendorosa natureza, sem dúvida, ele não compreendeu o drama do qual foi protagonista, nem a dimensão real da grande civilização descoberta, nem a inexplicável passividade do mundo asteca perante ele e seus soldados, que inicialmente foram considerados deuses. Nas cinco *Cartas de relación* que enviou ao Imperador Carlos V, entre 1519 e 1526, revelou também sua formação de homem da Renascença, sem grande cultura, mas incomum para a época.

Bernal Díaz del Castillo (1492-1584), um dos soldados de Cortés na conquista do México, também foi um soldado escritor. A ele pertence a *Historia verdadera de la conquista de Nueva España*, que se opôs tanto às *Cartas* de Cortés quanto à *Historia general de las Indias* de Gomara: se Cortés erigiu, por meio de suas cartas, um monumento à sua própria engenhosidade e valor e, por sua vez, Gomara o tornou o único herói da empreitada, Bernal Díaz buscou destacar o heroísmo e a abnegação dos soldados e, sobretudo, sua própria participação nesses acontecimentos históricos.

A obra refere-se a uma época (1517-1530) já distante no momento da escrita. A narração do já idoso capitão é intensa, simples e direta – muito acessível. O soldado, homem de cultura popular, agora escritor de evocações, identifica as maravilhas que se apresentam ao seu olhar com o mundo fantástico de suas leituras cavaleirescas. É o que se percebe no capítulo LXXXVII, quando o cronista evoca o momento em que, no fundo do vale, aparece de forma repentina a capital asteca, com seus edifícios que parecem emergir das águas: "nos quedamos admirados, y deciamos que parecia a las cosas de encantamiento que cuentan en el libro de Amadis"[2] (Díaz del Castillo, 2003, p. 58).

1.2.4 Cronistas oficiais: Fernández de Oviedo, Bernardino de Sahagún e Pedro Cieza de León

Gonzalo Fernández de Oviedo (1478-1557), que foi desde 1532 cronista geral das Índias, é o autor de *Historia general y natural de las Indias, islas y tierra firme del mar oceano* (1535). Na obra, a possessão espanhola da Índias é legitimada da seguinte maneira, marcadamente racista: Deus quer que o império universal católico de Carlos V cumpra uma missão ordenadora no mundo americano, constituído por seres inferiores carregados com todos os vícios possíveis, criaturas demoníacas entregadas à idolatria.

Fernández de Oviedo, o qual recebia notícias diretamente dos conquistadores e dos governadores, não foi apenas um simples recopilador de toda a informação que chegava às suas mãos:

em seu trabalho, ocupa um lugar importante a observação direta das coisas. A descrição é feita com uma meticulosidade quase científica e ele deixa claro sempre quando se trata de algo conhecido de primeira mão e quando é algo conhecido por meio de outros, mencionando sempre suas fontes.

A *Historia general de las cosas de la Nueva Espana* foi escrita pelo franciscano Bernardino de Sahagún (1499-1590). A obra enciclopédica, que originalmente constava de 12 livros (1569) escritos na língua *nahuatl*, foi confiscada pela Coroa espanhola e só se recuperaram em castelhano as linhas fundamentais. Como método, o religioso comparava os dados e as informações recebidas e os submetia a diferentes análises, tentando esclarecer a verdade. Sahagún formou três grupos de examinadores (em Tlatelolco, Tepeapulco e México capital) e, com ajuda de tradutores trilingues do colégio mexicano de Santa Cruz, começou redigir sua magna obra.

A maior parte do que sabemos hoje sobre a civilização mexicana é graças a essa obra. Sem Sahagún e sua equipe, seguramente não teríamos grande parte da literatura *nahuatl* conservada. Além disso, ele contribuiu muito no projeto educativo iniciado pelo arcebispo Juan de Zumárraga.

Pedro Cieza de León (1519-1569), em sua *Historia del Peru* (1522), conta sobre a conquista de Francisco de Pizarro. Essa obra é considerada a mais amplamente documentada e confiável desse momento histórico nessa região. Antes de começar a versão definitiva, Cieza de León visitou pessoalmente o local onde aconteceram os fatos e pesquisou sobre os usos e costumes dos povos sobre os quais escreve, valendo-se de testemunhas orais e documentos conseguidos por meio de diversas fontes – o próprio La Gasea, que teve um papel destacado na conquista de Pizarro, prestou-lhe assessoria para garantir de alguma forma a veracidade dos fatos.

umpontotrês
A voz dos nativos

Também os nativos escreveram sobre o seu mundo, seguindo o exemplo das crônicas iniciadas pelos conquistadores espanhóis. Crioulos, mestiços e índios ofereceram informações de primeira mão sobre suas civilizações e sobre os acontecimentos históricos, vistos, assim, de outra perspectiva. Podemos considerar que a literatura hispano-americana propriamente dita começa com esses textos dos nativos, escritos em uma língua estrangeira imposta, o espanhol, e também nas próprias línguas maternas.

1.3.1 Testemunhos do mundo asteca

O tom desses relatos é, ao mesmo tempo, de celebração dos heróis e de aceitação de uma derrota que se tem como certa e inevitável pelo peso das predições. Os textos do âmbito asteca exaltam a coragem dos nativos nos episódios históricos mais marcantes desse período: o encontro entre Hernán Cortés e Moctezuma; a matança capitaneada por Pedro de Alvarado na Páscoa de 1520; a Noite Triste do 30 de junho desse mesmo ano; e a queda de México-Tenochtitlán nas mãos dos espanhóis em meados de 1521.

Esses cantares de 1523 e 1524, transcritos uns anos mais tarde, estão reunidos num manuscrito do século XVI intitulado *Colección de cantares mexicanos*, que se conserva hoje na Biblioteca Nacional da Cidade do México. Existem também diferentes pinturas indígenas relacionadas com o tema, como o *Códice Florentino*, e os *Anales historicos de la nación mexicana*, manuscrito redigido por um autor anônimo de Tlatelolco em 1528, do qual existe uma versão mais extensa escrita em língua *nahuatl* concluída em 1555.

Importante resulta também o *Libro de los coloquios*, escrito em *nahuatl*: a defesa que os sacerdotes astecas fizeram de sua religião e de sua civilização ante os primeiros doze franciscanos que chegaram em 1524 à Nueva España. A obra é dominada pela consciência do fim de uma era: diante da força dos recém-chegados, anunciada pelas escrituras sagradas, os sábios argumentam com total convicção, mas com uma atitude de fadiga cósmica, dominados pelo desejo de não sobreviver ao ocaso de seus deuses, nos quais seguem acreditando: "Somos gente vulgar, somos perecederos, somos mortales, dejennos pues ya morir, dejennos ya perecer, puesto que ya nuestros dioses han muerto"[3] (León-Portilla, 1985, p. 31).

1.3.2 Testemunhos do mundo maia

A memória maia desse período trata da conquista, por parte dos espanhóis, da península de Yucatán e dos territórios que configuram atualmente grande parte da Guatemala e de El Salvador. Pedro de Alvarado foi um dos protagonistas principais: por ordem de Cortés, ele saiu do México para as terras do Sul, territórios que acabaram em possessão dos espanhóis em 1525. A conquista de Yucatán demorou um pouco mais: a família Montejo lutou durante vários anos e só conseguiu a vitória em 1541.

Todas essas batalhas aparecem representadas em textos quichés e cakchiqueles (as que aconteceram nas terras altas da Guatemala), e em textos maias (as que aconteceram em Yucatán). A crônica mais antiga data da primeira metade do século XVI – *Títulos de la Casa Ixquin Nehaib, Senora del Territorio de Otzoya* –, na qual se descreve a resistência indígena ante as tropas de Alvarado. Outra fonte quiché de grande importância é o *Baile de la Conquista*. O testemunho dos sábios e historiadores indígenas está recolhido nos *Anales de los Xahil*, que abarca até 1604. Também vale a pena lembrar *Lienzo de Tlaxcala*, obra dos tlaxcaltecas que participaram do lado de Alvarado na conquista.

O texto maia mais antigo é a *Cronica de Chac Xulub Chen*, obra de Ah Nakuk Pech, senhor do lugar e participante dos fatos. Também são muito importantes os diferentes livros do *Chilam Balam*, em especial o *Chilam Balam de Chumayel*, datado do século XVI, do qual se conserva uma cópia do século XVIII. Observa-se nesses livros uma preocupação obsessiva com o tempo e o peso das profecias anunciando a chegada dos estrangeiros que, num primeiro momento, nas terras altas da Guatemala, foram considerados deuses.

No *Chilam Balam de Chumayel* (Libro…, 1952), é possível ler diversas críticas aos espanhóis e à religião que eles impuseram. Eles são definidos como "covardes brancos do céu", a cruz é interpretada como símbolo de opressão e de violência, e o novo Deus como deus do pecado – sobressaindo o contraste entre o que predicam os evangelhos e a crueldade dos fatos reais.

> Entonces todo era bueno
> y entonces [los dioses] fueron abatidos.
> Había en ellos sabiduría.
> No había entonces pecado,
> [...]
> No había entonces enfermedad,
> no había dolor de huesos,
> no había fiebre para ellos,
> no había viruelas...
> [...]
>
> No fue así lo que hicieron los *dzules*[*] cuando llegaron aquí.
> Ellos enseñaron el miedo,
> y vinieron a marchitar las flores.[4] (Libro..., 1952, p. 25)

Em fragmentos como esse, percebe-se a profunda dor sentida pelo ocaso das divindades próprias; o passado é idealizado e não há esperança no futuro.

---

* O termo *dzules* era usado pelos maias da península de Yucatán para se referirem aos conquistadores espanhóis. Significa "comedores de *anona*" (graviola), em razão da preferência dos espanhóis por essa fruta tropical observada pelos habitantes da costa mexicana.

1.3.3 Testemunhos do mundo inca

Entre os documentos incas dedicados à conquista, destaca-se o desprezo pela avareza dos espanhóis – no início, também considerados deuses, descendentes de Wiracocha, nessa região. Pelo ouro e pela prata, os estrangeiros não só matavam os índios, mas também se matavam entre si. O desalento pela consciência do fim e um profundo sentimento de orfandade depois da morte de Atahualpa em Cajamarca dominaram os testemunhos dessa região, apesar de o Império Inca ter resistido durante mais de quarenta anos no reduto de Vilcabamba.

Entre os textos que recolhem a memória quéchua desse momento está a *Primer nueva corónica y buen gobierno*, de Felipe Guaman Poma de Ayala, intérprete indígena da conquista e da inquisição no Peru que, ao término de sua vida, finalizou a escrita de sua própria crônica, inaugurando um novo gênero. Ao mudar a perspectiva dos objetivos unicamente pessoais para a perspectiva das necessidades coletivas, Guaman Poma interferiu no que se considerava próprio da crônica.

O autor se apropriou dos discursos legais e de vários outros discursos para reivindicar justiça e a implantação do que viria a ser um bom governo. Além disso, inseriu em sua obra mais de dez línguas nativas, além do castelhano, e desenhos que representavam tanto os valores cristãos como a iconografia quéchua, denunciando as práticas que se diziam cristãs, mas não o eram: castigos, torturas e massacres dos índios. Guaman Poma inaugurou um gênero híbrido que, acima de tudo, representou um ato de resistência e subversão à ordem colonial estabelecida.

1.3.4 Inca Garcilaso de la Vega

O primeiro cronista hispano-americano da Colônia, o Inca Garcilaso de la Vega (1539-1616), era filho de um conquistador, o capitão Sebastián Garcilaso de la Vega, que chegou com Alvarado para reforçar a expedição de Francisco Pizarro, e de uma prima de Atahualpa, a princesa Chimpu Ocllo, que seu pai fez sua concubina. O futuro escritor herdou o sangue imperial dos incas de sua mãe e o sobrenome ilustre, parente das figuras mais importantes da Espanha heroica e literária, de seu pai.

A fama de Garcilaso é baseada fundamentalmente na obra *Comentarios reales de los incas* (1609). Nela, escreveu sobre as origens do povo inca e sobre os hábitos, as cerimônias, os costumes e as normas que caracterizaram a sociedade inca, além das empresas da conquista. Como ele mesmo afirma no prólogo da obra, é especialmente na descrição sociocultural dos incas que ele vai se esforçar mais, já que, sendo filho desse povo, tem uma visão muito mais real do que alguém de fora (Garcilaso de La Vega, 2008).

O livro gerou várias polêmicas no decorrer do tempo: negou-se sua autoria ao inca, visto que, em algumas partes, ele usou grandes fragmentos da obra inédita *Historia del Peru*, do jesuíta Blas Valera – perdida quando os ingleses saquearam a cidade de Cádis, em 1596; duvidou-se da validade histórica do texto, uma vez que na Europa as pessoas não acreditavam que pudesse existir uma civilização tão evoluída do outro lado do oceano; e reprovou-se o excesso de idealização da sociedade inca, descrita como um incrível reino de sabedoria e bondade, que dominava um gigante território de gentes diversas, utilizando como única arma a persuasão e o exemplo.

O título de *Comentarios reales* remete aos *Comentários* de Julio César, a conhecida obra autobiográfica do imperador de Roma que narrava suas próprias conquistas militares, pois Garcilaso não se atreveu a intitular a obra de *Historia*. Como "captatio benevolentiae" (introdução para conseguir a simpatia do leitor), ele humildemente assegurou que sua intenção não era retificar nenhum cronista espanhol, embora por vezes os contradiga. Sua dor é presente pelo declive do grande Império Inca, tornando-se mais aguda após a morte de sua mãe, o que o enche de saudade. Ele se sente dividido entre ambos os mundos.

A raiz da controvérsia gerada pela *Brevísima relación de la destrucción de las Indias*, de Bartolomé de las Casas (1552), foi a exigência por parte do vice-rei de Toledo de crônicas que demonstrassem que os reis incas nunca foram legítimos segundo a ordem natural. A partir daí, o Inca Garcilaso quis reivindicar sua dinastia, pretendendo restaurar uma história mal contada. Sua obra, aliás, contém um grande labor filológico: ela explica quantos erros de tradução foram cometidos pelos espanhóis e quantos deuses foram inventados pelo desconhecimento das línguas ameríndias. O Inca se pergunta por que a civilização pagã greco-latina pode ser retomada, mas a cultura inca não é valorizada.

No "Proêmio ao leitor", o Inca Garcilaso compara Cusco com Roma e os incas com a Antiguidade Clássica. Sua evocação mitifica: como dizia Cícero, para contar a história dos grandes fatos e dos grandes homens, é preciso calar muitas coisas. Isso foi o que ele fez: uma história edificante do Império Inca. Com um tom evocativo e idealizador, percorreu a genealogia de seus reis, começando pelo mítico Manco Capac e sua esposa e irmã Mama Ocllo. Falou sobre Pachacutec, o nono governante, responsável pela criação do Tahuantinsuyo, e sobre Huayna Capac, o décimo primeiro e penúltimo inca, que dividiu o reino entre seus dois filhos, Huascar e Atahualpa, os quais lutavam pelo trono quando Francisco Pizarro desembarcou naquelas terras – o segundo morreu nas mãos do conquistador, em 1512.

O Inca Garcilaso defende, para proveito de sua empresa, o mito das Idades de Hesíodo, com o qual trabalhavam muitos humanistas, convertendo degradação em progresso. Assim, a primeira idade, da barbárie, pré-inca, era de povos canibais, sodomitas, politeístas – adoravam plantas, montes e pedras, até o animal mais baixo. Na segunda idade, Manco Capac chega ao Titicaca e então começa a civilização, prefiguradora do cristianismo – uma língua, uma religião, um governo. Enfim, na terceira idade, os espanhóis encontram um território pronto para receber a doutrina cristã. Se eles não tivessem aparecido, o Império Inca teria se desmembrado (história de Atahualpa).

Essa estrutura é cíclica e linear, exceto quando fala de Atahualpa. Sua originalidade está em dar aos indígenas um papel simétrico ao dos espanhóis: os incas também se civilizaram. Os Capítulos I e II são dedicados às Antípodas, à questão de a Terra ser ou não redonda e às cinco regiões do globo. O Capítulo III trata da lenda do piloto anônimo que entregou os planos para Colombo: o inca lhe dá, inclusive, um nome (Alonso Sánchez), porque seu pai lhe contara. O Capítulo IV usa o gentílico *Peru* para exemplificar como os espanhóis corromperam grande quantidade de palavras pela sua incompreensão da língua originária daquelas terras: por exemplo, quando um indígena fala para eles, tentando responder a uma pergunta feita em espanhol (um idioma que o nativo logicamente não compreende), que seu nome é Berú e que estava no rio (*perú*) (Garcilaso de la Vega, 1941). O Inca Garcilaso usa esse aspecto como um estratagema para fazer crer que os incas eram monoteístas como os cristãos. No Capítulo VIII, ele apresenta o conto oral de Pedro Serrano, texto profundamente renascentista que lembra a história de Robinson Crusoé. Pedro é um náufrago que vive como um selvagem há três anos, até que finalmente encontra outro homem e pensa que ele é o diabo em forma humana. O outro lhe diz para não fugir e, para provar que ele também é cristão, recita o credo. Então, eles se tornam compadres, mas essa amizade não vai durar muito, pois, pouco depois, brigam. O Capítulo IX é uma revisão do mito das idades, enquanto o Capítulo XVII fala do primeiro inca e da permanência dele no lago Titicaca, proveniente do céu dos reis. O Capítulo XXVII trata da poesia inca, traduzida para o espanhol, e dos *amautas*, bem como da importância dos nós do quipu.

Síntese

Neste capítulo, vimos que a chamada *literatura pré-colombiana* (anterior a 1492) não teve expressão escrita propriamente nem é literatura no sentido habitual da palavra (sinônimo de ficção): ela parte de questões teológicas, épicas ou políticas; de lendas (locais) e mitos (universais) fundamentais para os povos antigos, com intenção moralizante e pedagógica.

Também apontamos as três grandes civilizações clássicas da América, que foram a *nahualt*, a maia-quiché e a inca, observando algumas características de cada uma delas.

Tratamos ainda das *Crônicas de Índias*, que versam sobre a chegada dos espanhóis às terras americanas. Destacamos as crônicas do descobrimento (Cristóvão Colombo), as crônicas da exploração (Hernán Cortés e Bernal Díaz del Castillo), as crônicas científicas (Fernández de Oviedo, Bernardino de Sahagún, Cieza de León) e outros pontos de vista, como os do padre Las Casas.

Por fim, apresentamos os principais testemunhos conservados da voz dos nativos, que são: do mundo *nahualt*, *Colección de cantares mexicanos* e *Libro de los coloquios*; do mundo maia, o texto de Felipe Guaman Poma de Ayala; do mundo inca, o texto do Inca Garcilaso de la Vega.

Atividades de autoavaliação

1. No âmbito da literatura pré-colombiana estão a poesia *nahuatl* e a literatura religiosa do povo maia-quiché. Assinale V (verdadeiro) ou F (falso) nas afirmativas a seguir sobre essas duas manifestações da literatura dos povos originários.

    ( ) Aproximam-se pela dolorosa consciência de haver sido colocados no mundo pelos deuses com o único objeto de servi-los e honrá-los.

( ) São manifestações da diversidade da arte contemporânea da América Latina.

( ) São importantes registros da cultura dos povos originários durante o processo de colonização da chamada América Espanhola.

( ) Foram prontamente aceitos pelo cânon literário europeu.

Agora, marque a alternativa que indica a sequência correta:

a. F, V, V, V.
b. V, V, V, V.
c. V, F, V, F.
d. F, F, V, F.

2. Sobre Felipe Guaman Poma de Ayala e a obra *Primer nueva corónica y buen gobierno* (1615), assinale V (verdadeiro) ou F (falso) nas afirmativas a seguir.

( ) *Primer nueva corónica y buen gobierno* inaugurou um novo gênero, interferindo no que se considerava próprio do gênero crônica.

( ) Felipe Guaman Poma de Ayala foi um intérprete indígena da conquista e da inquisição no Peru.

( ) A crônica de Poma de Ayala tem a forma de uma carta dirigida ao rei da Espanha para denunciar os maus-tratos a que era submetida a população nativa do Peru.

( ) Os manuscritos de Poma de Ayala foram impressos em formato de livro e tornaram-se muito populares na época da colônia espanhola.

Agora, marque a alternativa que indica a sequência correta:

a. V, V, V, F.
b. V, V, F, V.
c. V, F, V, V.
d. F, V, V, V.

3. Assinale V (verdadeiro) ou F (falso) nas afirmações sobre *Comentarios reales de los Incas* (1609), do Inca Garcilaso de la Vega:

( ) Reprovou-se durante muito tempo a crítica excessiva ao Império Espanhol, bem como a falsidade de algumas informações que a obra traz sobre a sociedade inca.
( ) Até o século XVIII foi considerada a crônica historiográfica mais importante sobre os incas.
( ) A obra foi escrita no Peru e publicada pela primeira vez em Lisboa.
( ) Está dividida em duas partes: a primeira trata da conquista espanhola do Peru; e a segunda, do modelo de sociedade e governo do Império Inca.

Agora, marque a alternativa que indica a sequência correta:

a. V, V, F, F.
b. V, V, F, V.
c. V, F, F, V.
d. F, V, V, F.

4. Cristóvão Colombo realizou quatro viagens que inauguraram uma nova época na história de Ocidente e na história da literatura espanhola. Explique brevemente quais foram essas viagens.

5. Bartolomé de las Casas (o Apóstolo dos Índios) defendeu os direitos dos indígenas perante Carlos V e o Conselho das Índias e, graças ao peso de sua tese, em 1542, a "encomienda" foi extinta. O que era exatamente essa "encomienda"?

Atividades de aprendizagem

Questões para reflexão

1. Pesquise e depois escreva um texto sobre a influência do *Popol Vuh* no sistema de crenças do povo maia-quiché na atualidade.

2. Na obra *Comentarios reales de los incas* (1941), em sua explicação sobre as origens do nome *Peru*, o Inca Garcilaso de la Vega conta como a primeira comunicação entre índios e espanhóis esteve cheia de confusões que os levaram a contornar verdades e como a autenticidade histórica depende da propriedade linguística. Procure outro exemplo das muitas confusões linguísticas que marcaram esse encontro histórico entre culturas e idiomas tão distintos.

Atividade aplicada: prática

1. Elabore o fichamento do primeiro capítulo de *Las venas abiertas de América Latina*, de Eduardo Galeano (ver seção "Bibliografia comentada").

um O choque entre civilizações
 # dois Rumo à independência
três Modernismo, vanguardas e reumanização da arte
quatro A narrativa do início do século XX
cinco Da renovação ao *boom*
seis O pós-*boom* e as narrativas mais recentes

{

❰ NESTE SEGUNDO CAPÍTULO, concentraremos nossa atenção nos séculos XVI e XVII (período colonial) e no século XIX (após as guerras de independência). Em um primeiro momento, abordaremos a literatura do Renascimento e do barroco e as primeiras tentativas de encontrar uma voz própria dentro do cânone ocidental.

Na sequência, enfocaremos a procura por uma expressão própria dentro de uma língua e de uma tradição sentidas, em parte, como alheias: a situação de colapso (guerras civis, ditaduras e invasões) que teve lugar nas primeiras décadas do século XIX, depois das guerras de independência, fez perceber que a independência nacional não trouxe consigo imediatamente a independência cultural. A poesia moral e patriótica, os ensaios didáticos e os primeiros contos foram algumas das armas do nacionalismo romântico contra o imperialismo. Os textos posteriores do realismo e do naturalismo continuaram nessa linha.

doispontoum
Renascimento e barroco de Índias

No final do século XV, chegou à península, proveniente da Itália, a formidável onda espiritual que supôs o Renascimento, que aproximou dos homens letrados todo o repertório da tradição clássica greco-romana e generalizou o gosto pela epopeia.

Sob a influência da *Eneida* de Virgílio, foram escritos na Europa: *Orlando Furioso*, de Ariosto; *Jerusalém Libertada*, de Tasso; e *Os Lusíadas*, de Camões. Toda nação devia dispor de sua própria epopeia. Desse impulso nasceu também *La Araucana*, de Alonso de Ercilla, o primeiro poema épico culto americano, paradoxalmente escrito por um espanhol.

Como numerosos críticos já fizeram notar, a literatura americana do período colonial tem sido tratada sempre não de forma independente, mas totalmente submetida à história literária da metrópole, Espanha. A singularidade conflituosa da arte desse continente nasceu sob os signos da violência e dos interesses do dominador e, ao mesmo tempo, da criatividade e da resistência do dominado.

Por esse motivo, vamos nos referir aqui não a um genérico barroco, e sim a um *barroco de Índias*, denominação de Picón-Salas (1944), que destacou essa característica de se tratar de algo derivado. Efetivamente, o código alegórico e ornamental próprio das artes plásticas (trasladado depois para as letras) do barroco peninsular foi transferido para a fisionomia das cidades da colônia e para as suas cerimônias religiosas, e a alta literatura constituiu, durante o período de estabilização do vice-reino, a linguagem oficial do Império.

Especificamente no plano da literatura, essa problemática hegemonia/dependência se manifestou claramente em duas direções contrapostas: por um lado, o código barroco serviu à intelectualidade do vice-reino para integrar-se (ao menos de forma simbólica) no sistema dominante, universal; por outro, ofereceu tópicos com que denunciar a Colônia como uma sociedade altamente repressiva que, embora permitisse a ascensão social dos criollos, tentava manter o controle sobre eles, alienando-os de sua realidade cotidiana.

2.1.1 Poesia épica (Chile)

Alonso de Ercilla y Zúñiga (1533-1594) nasceu em Madri e viveu na corte, sendo protegido de Carlos V e, mais tarde, de Felipe II. Ele desempenhou missões diplomáticas de grande importância. Chegou a Lima em 1556 e participou da expedição de García Hurtado de Mendoza contra os araucanos – povo originário do Chile que ocupava todo o território dos Pampas argentinos e o norte da Patagônia, hoje mais conhecido como *mapuche*. De volta à Espanha, publicou, em dois momentos (1569 e 1589), *La Araucana*, um poema culto escrito em oitavas reais (hendecassílabos em rima ABABABCC). Na obra, o herói central se dilui, ou seja, ele é representado por muitos. Entre eles, destacam-se dois indígenas, Caupolicán, que cumpre o destino trágico, e Lautaro, com atributos do herói clássico.

Outra ruptura ocorre na unidade de assunto ou de intenção, observando-se várias digressões. Noventa por cento da *Araucana* é de fatura histórica, e são narrados fatos contemporâneos, algo bastante inédito. O autor aparece e dá dignidade para acontecimentos em curso. Segue muito de perto o *Orlando Furioso* de Ariosto, de 1532 – o grande poema épico moderno –, embora sem ser dominado pela fantasia como aquele e contrapondo a "Le donne, il cavalier, l'arme, gli amori"[5] (Ariosto, 1964, p. 1), do poema italiano, o domínio do raivoso deus da guerra: "Venus y amor aqui no alcanzan parte; solo domina el iracundo Marte"[6] (Ercilla, 2019, p. 5). A influência de Ariosto se revela, sobretudo, no estilo: na atitude estoica e sentenciosa, no tom moralizador e na ironia, na técnica de cortar o relato repentinamente no final do canto para manter uma espécie de suspense e também no dramatismo com que, com frequência, representa os fatos.

Há controvérsias sobre o nível de instrução de Ercilla. Consideremos aqui que a Bíblia e Virgílio lhe eram familiares, assim como o *Infierno*, de Dante, *Il labirinto d'amore*, de Boccaccio, a *Arcadia*, de Sannazaro, e a poesia de Petrarca. Contemporâneo de Ercilla, Lope de Vega o declarava um dos talentos mais brilhantes de ambos os continentes: "Don Alonso de Ercilla, tan ricas Indias en su ingenio tiene, que desde Chile viene a enriquecer la Musa de Castilla"[7] (Vega, 1630, p. 64).

Mais do que pela paisagem ou pelo que acontecia no campo de batalha, Ercilla se sentia atraído pelo ser humano. O que o comovia era o tormento do vencido ante a prepotência e a violência do vencedor. Seguindo a mesma linha adotada pelo Inca Garcilaso com respeito à tragédia dos incas, Ercilla falou sobre o horror da guerra e a injustiça de submeter pela força bruta povos livres e florescentes – temas destinados a ocupar um lugar relevante na literatura hispano-americana. Pablo Neruda, em seu poema "Incitacion al nixonicidio y alabanza de la Revolucion chilena", reconhece em Ercilla (e não será o primeiro nem o único) um grande precursor da liberdade de seu país, alguém que soube celebrar o caráter independente de seu povo.

A atitude do poeta é a de um espanhol que se sente profunda e sinceramente impressionado pela heroica resistência do inimigo, mas que não esquece em nenhum momento a própria origem. Embora reclame um trato humano e justo para os araucanos, está muito longe de desejar para eles outro destino que não seja fazer parte do grande império hispânico, missão com a qual concorda plenamente.

O mais distinguido discípulo americano de Ercilla, o chileno Pedro de Oña (1570-1643?), como era frequente, escreve por contrato *El Arauco domado* (1596), sobre a participação de García Hurtado de Mendoza na campanha araucana, que não tinha sido nem comentada por Ercilla. Esse poema é o mais destacado da épica hispano-americana depois da *Araucana*, e seu valor reside precisamente, segundo os estudiosos, nos numerosos momentos que pouco ou nada têm a ver com o argumento principal imposto; neles se mostra o vigor da escrita na escolha original de uma palavra, na audácia sintática. Também vale a pena destacar a enorme capacidade de Oña para captar os grandes cenários do campo de batalha, embora siga os estereótipos europeus.

2.1.2 Poesia lírica (México)

Juana de Asbaje (1650-1695), ou Sor Juana Inés de la Cruz, nasceu em Puebla e foi filha ilegítima de espanhol e crioula. Criança prodígio, a fama de sua inteligência chegou até os ouvidos do então vice-rei Antonio Sebastián de Toledo, que a levou para a corte para colocá-la à prova: a jovem teve êxito ao responder às perguntas de quarenta eruditos em várias especialidades de ciências e letras. Notavelmente impressionado, o vice-rei a escolheu para ser a moça de companhia de sua mulher, Leonor Carreto (chamada de Laura nos poemas de Sor Juana). As relações de Sor Juana com a corte perduraram por muitos anos, como sua amizade com a Condessa de Paredes e a Marquesa de La Laguna (Fili, Lisi ou Lisida nos poemas). Como freira, entrou primeiramente, em 1667, para a Ordem das Carmelitas Descalças, que abandonou por ser rigorosa demais; depois, em 1669, entrou para a Ordem das Jerônimas.

Sua cela se converteu em um destacado centro cultural da capital, frequentado por muitos amigos de alta linhagem, pelos sucessivos vice-reis e respectivas famílias, por famosos literatos etc. Seria possível pensar, então, que, para Sor Juana, o convento foi um ambiente feliz; no entanto, lá teve de suportar muitas perseguições pela sua inteligência, apesar de suas influentes amizades.

É o caso do bispo Fernández de Santa Cruz, amigo que, sob o pseudônimo de Sor Filotea de la Cruz, enviou-lhe a *Carta de*

Sor Filotea (de finais de 1690), na qual a criticava injustamente, depois de louvar a santidade com que ela conduzia sua vida e o valor dela como escritora, por não fazer melhor uso de seu tempo, dedicando-o a coisas devotas. A famosa carta provocou a não menos famosa *Respuesta a Sor Filotea* (1691), que, por um lado, revela o tamanho da crise interna sofrida pela religiosa, que muito provavelmente chegou a temer até pela salvação de sua alma, e, por outro, proclama com paixão o direito da mulher de dedicar sua vida ao estudo, mostrando, assim, sua própria sede de conhecimento.

Embora cultivasse todos os gêneros, a poesia foi o gênero literário preferido por Sor Juana, principalmente o tema amoroso e os âmbitos filosófico, religioso e moral. Sempre foi a poesia amorosa a que primeiro e durante mais tempo provocou o interesse da crítica literária. Se o fato amoroso existiu ou não na realidade é o que menos importa. O tema é propício para canalizar sentimentos maiores, como a dor causada pela ausência ou a traição de um ser querido – um canto desenganado pela não permanência de todas as coisas.

Esse tormento pela fugacidade do mundo material, pela falsidade do mito da beleza e dos bens terrenais se manifesta também na poesia filosófico-moral e religiosa da freira, junto com seu amor a Deus, que terá como único refúgio sua inteligência: "Yo no estimo tesoros ni riquezas; y así, siempre me causa más contento poner riquezas en mi entendimiento, que no mi entendimiento en las riquezas"[8] (Cruz, 2023, soneto XXVI). Também mostra o desencanto de Sor Juana em relação aos artifícios com que o ser humano tenta deter o tempo e a inevitável destruição que ele provoca ao seu passo. Entretanto, se nesses assuntos ela se aproxima bastante da poesia de Francisco de Quevedo, é Luis de Góngora seu modelo de preciosismo formal, seu mestre no refinado cromatismo, nos neologismos, nas metáforas, nas perífrases, nas onomatopeias e no hipérbato, no uso da mitologia – sempre com o seu aporte pessoal.

Aproximadamente em 1690, Sor Juana compôs um poema em silva de especial relevância: *Primero sueño* – 975 versos que bastariam para lhe dar fama universal. No poema, quando a noite chega, os vapores da digestão turvam a consciência e, enquanto o corpo cede ao sono, o intelecto tenta penetrar os secretos do universo; depois, conforme se aproxima a alvorada, debilitam-se as faculdades de penetração do intelecto e, com o despertar, a inteligência queda derrotada. Vale a pena destacar aqui algumas passagens, como o avanço das sombras noturnas, o silêncio do mundo, a batalha da luz contra a escuridão e o triunfo apoteótico do sol. *Primero sueño* começa com a inspirada descrição do avanço das penumbras:

> Piramidal, funesta, de la tierra
> nacida sombra, al Cielo encaminaba
> de vanos obeliscos punta altiva,
> escalar pretendiendo las Estrellas;
> si bien sus luces bellas
> –exentas siempre, siempre rutilantes–
> la tenebrosa guerra
> que con negros vapores le intimaba
> la pavorosa sombra fugitiva
> burlaban tan distantes,
> que su atezado ceño

>al superior convexo aun no llegaba
>del orbe de la Diosa
>que tres veces hermosa
>con tres hermosos rostros ser ostenta,
>quedando sólo o dueño
>del aire que empañaba
>con el aliento denso que exhalaba;
>[...][9] (Cruz, 2013, p. 39)

Primero sueño resume toda a cultura assimilada pela autora: mitologia, teologia, ciência, ocultismo, filosofia e astronomia. Trata-se do único poema que escreveu por sua própria vontade, baseado nas *Soledades* de Luis de Góngora. Na verdade, é mais maneirista do que barroco, mais conceito do que metáfora, mais ciência do que poesia (nada estranho para a época, por outro lado). É uma obra mais intelectualizada do que seu modelo, uma tentativa de entender os segredos do universo. O tom é lúgubre e há nela uma lenta gravidade, em que os sentidos quase não participam. Sua coluna vertebral é a antítese: acordar/dormir, noite/dia, corpo/alma.

O poema não deve ser entendido como transe místico nem como quimera; trata-se de uma viagem da alma pelos espaços interestelares, na procura de si mesma. Sor Juana se revela contra os limites impostos ao ser humano; entender o universo é uma forma de entender o alto ser. Ela apresenta não a realidade do mundo, mas sua arquitetura interna: geometria, pirâmides, Ícaro (aquele que, segundo o mito greco-romano, quis se aproximar tanto do sol que acabou morrendo), parábolas, linhas, círculos. Nessa viagem, a alma não tem guia espiritual, está sozinha e titubeia. No final, ela confessa seu fracasso e se pergunta para que serve a inteligência, sua vontade de saber.

Sor Juana mantém o apuro poético em composições de ocasião, tanto décimas quanto romances, dedicadas aos seus amigos – como o poema "Pinta la proporción hermosa de la Excelentisima Senora Condesa de Paredes", considerado uma das realizações mais excelsas do barroco hispânico. Essa qualidade pode ser observada também em numerosas canções de Natal e letras sacras, interessantes pelos dados que oferecem da vida colonial e do variado elemento popular e linguístico mexicano da época – em alguns casos, Sor Juana recorre à *jitanjáfora*, elemento característico da poesia afro-antilhana do século XX para reproduzir a fala dos negros.

2.1.3 A crise da Colônia: a necessidade de uma nova expressão

Ao longo período de turbulências da conquista e da colonização, transcorreu uma etapa nada fácil de assentamento, em que se afirmou um asfixiante sistema burocrático no qual tudo devia passar por Madri. A grande distância que separava a Espanha das colônias, as dificuldades de comunicação em um território de tão grande dimensão, a diversidade com que eram aplicadas as leis peninsulares etc. – tudo parecia facilitar uma desordem interna, agravada ainda mais com as frequentes revoltas dos indígenas e dos negros escravizados, além da pronunciada rivalidade entre os crioulos e os peninsulares (que acumulavam todo o poder), das epidemias constantes, dos períodos de fome e da delinquência crescente.

Havia ainda a difusão da pirataria, fomentada e sustentada economicamente pelas nações europeias – como França, Holanda e Inglaterra – que buscavam acabar com o monopólio espanhol na América. De fato, a ameaça dos piratas chegou ao fim quando essas potências rivais lograram fundar as próprias colônias no continente americano: a necessidade comum de uma navegação isenta de perigos se traduziu em acordos internacionais, e a pirataria foi rapidamente extinguida.

O desmoronamento da unidade colonial se acentuou no século XVIII, embora no início a guerra pelo trono da Espanha e a chegada dos Bourbons não tenham se refletido na América. O ideário iluminista começou a circular, e nem o reformismo de Felipe V nem a abertura de Carlos III bastaram para frear a crise ou consolidar os vínculos entre as colônias e a metrópole. O Conde de Aranda, enviado em 1768 à América para comprovar o estado das coisas, já advertia Carlos III de que não era possível seguir tratando os territórios americanos como colônias e que súditos tão longe da Espanha não poderiam amá-la, sobretudo quando esta só lhes enviava exploradores sem escrúpulos. Aranda propunha, então, que se concedessem honras e benefícios aos criWindowsos da mesma forma que aos peninsulares e que os primeiros pudessem intervir diretamente na gestão dos assuntos públicos, para assim acalmar o espírito de independência que estava em um crescente.

No entanto, essas sugestões chegaram tarde demais para conter a evolução histórica. Em 1794, o colombiano Antonio Nariño traduziu a *Declaração dos Direitos do Homem*, e já havia tempo que circulavam pelos territórios americanos as doutrinas de Voltaire e Rousseau (como o *Contrato social* deste último, que duvida da legitimidade de um rei por direito divino e defende em seu lugar o direito de autogoverno de todos os povos), inflamando-os de ideais de liberdade e igualdade social. A influência da revolução e do pensamento francês foi profunda e determinante; as ideias dos enciclopedistas foram vorazmente absorvidas pela aristocracia crioula: jornais, clubes, sociedades patrióticas e literárias difundiam sem descanso e sem demora essas ideias.

A sublevação e a vitória das colônias inglesas foram também um exemplo imediato e de importância fundamental para as colônias hispânicas. Também ajudou o caos instalado na Espanha a partir da invasão napoleônica e da subida ao trono de José Bonaparte. O primeiro movimento de independência ocorreu na Venezuela, em 1806, com Francisco de Miranda. Entre essa data e 1813, todas as colônias espanholas da América, exceto Peru, Cuba e Porto Rico, declararam sua independência. Contudo, essa situação durou pouco no princípio, uma vez que as lutas internas e a restauração dos reis legítimos na Espanha causaram a queda de Napoleão.

A luta recomeçou por toda a América a partir de 1817. Simón Bolivar se converteu no Libertador e, entre 1821 e 1824, nasceram os diferentes Estados independentes: alguns formando unidades territoriais que não durariam muito tempo, como foi o caso da Grande Colômbia; outros vivenciando anos muito complicados, como o México, quando as potências europeias tentaram impor Maximiliano da Áustria como imperador, provocando uma guerra interna dirigida por Benito Juarez. Apesar das dificuldades, a independência foi um fato irreversível. A partir de então, na América confluíram outras influências provenientes da Europa (especialmente Inglaterra e França), mas a marca mais profunda foi, e continua sendo, a dos Estados Unidos.

Nesse período, como ocorreu em tantos outros aspectos da cultura e da sociedade, a literatura começou a deixar para trás a estreita dependência que tinha em relação à Espanha, tendo como foco a França, a maior inspiração política de seu tempo no Ocidente. O repúdio à literatura espanhola significou também uma abertura maior para outras literaturas que não apenas a francesa – a inglesa, a italiana, a alemã e a estadunidense.

doispontodois
Romantismo

Durante as guerras de independência, as classes dirigentes latino-americanas conseguiram se unir contra o inimigo em comum, a Espanha, mas as contradições políticas, econômicas e sociais nunca resolvidas voltaram de novo à superfície ao longo do processo de formação das novas nações livres. Os Estados deviam delimitar seus territórios e se consolidar sob a autoridade de uma lei central, capaz de neutralizar as divergências dos bandos enfrentados com um projeto homogeneizador e democratizador. Porém, depois da vitória sobre o antigo regime, a desordem e o despotismo se intensificaram.

2.2.1 O grupo dos proscritos (Argentina)

Tendo como princípios os mesmos da Revolução Francesa (liberdade, igualdade, fraternidade) e do positivismo de Comte (ordem e progresso), o romantismo foi muito importante na Argentina. Nesse país, essa corrente não tinha nada a ver com a corrente do mesmo nome, originária da Europa (também conhecida como *Sturm und Drang*, movimento artístico alemão precursor do romantismo europeu), que defendia a fantasia, o regresso ao passado (Idade Média), o nacionalismo – embora este último aspecto fosse compartilhado por ambas. Os argentinos defendiam o empirismo científico, o liberalismo e a modernidade civilizadora.

Não podemos entender a atividade intelectual e literária da geração de 1837 (ano de fundação do Salón Literario, base do movimento), os proscritos, sem levar em conta a vitória do caudilho (federal) Juan Manuel de Rosas, em 1829. Os homens de 1837 se sentiam na obrigação de tentar entender as causas que haviam tornado possível essa ditadura. Tanto o conto *El matadero*, de Esteban Echeverría, quanto o livro *Facundo o civilización y barbarie en las pampas argentinas*, de Domingo F. Sarmiento, apresentam dois setores políticos, social e culturalmente enfrentados (unitários e federais). O mundo civilizado da cidade se opõe à barbárie do campo (os pampas). Além disso, ambas as obras representam o momento em que se estava gestando uma nova linguagem de ruptura com os modelos peninsulares, capaz de configurar uma literatura característica e diferenciadora, feita para o novo país que estava se organizando.

A estadia de Esteban Echeverría (1805-1851) em Paris permitiu que ele entrasse em contato com os principais representantes do romantismo francês, de De Vigny a Musset e Dumas, mas ele preferiu, sobretudo, os ingleses e os alemães. Ao regressar à Argentina, fundou, em 1838, a Associação de Maio e liderou uma nova geração de jovens intelectuais que tentaram abrir espaço para a liberdade e o progresso, em total oposição à ideologia dos federais que governavam o país naquele momento, apoiando-se na ignorância e no submetimento das massas populares. Em 1840, Echeverría foi desterrado por Rosas e exilou-se na capital do Uruguai, onde faleceu.

Em sua literatura, destacam-se *Elvira o la novia del Plata* (1832), *Los consuelos* (1834) e *Rimas* (1837). Nesta última obra aparece "La cautiva", poema em nove cantos que entusiasmou a juventude literária argentina pela novidade com que interpretava os pampas, a paisagem nacional. "La cautiva" é um hino ao heroísmo humano que se afirma na desolação do deserto. O próprio Echeverría afirmou que o deserto era o melhor patrimônio dos argentinos e que era necessário extrair dele não só riquezas para o bem-estar nacional, mas também poesia para deleite moral, impulso para a literatura do país. Por esses motivos, o poema foi tomado como o primeiro exemplo de uma literatura genuinamente argentina.

Como se não bastassem seus versos, Echeverría também escreveu um dos textos mais importantes do romantismo hispano-americano: *El matadero* (1838), relato póstumo difundido por Juan María Gutiérrez que praticamente inaugurou a narrativa do Rio da Prata.

O narrado em *El matadero* tem lugar poucos anos depois da Revolução de Maio, durante a ditadura de Rosas, quando um dilúvio de 15 dias obrigou muitos negócios a fechar temporariamente, impactando a economia do país, entre eles o matadouro enfocado na história, o que ocasionou uma falta de carne durante a Quaresma. Em consequência, o preço de aves e peixes encareceu e as pessoas começaram a passar fome. Para suavizar o problema, Rosas enviou alguns bezerros ao matadouro e, quando o povo ficou sabendo desse acontecimento, correu em massa para brigar por um pedaço das vísceras que fosse, as quais costumavam ser jogadas fora. No final da matança, o último bezerro escapou e provocou a morte de uma criança, mas todos pareciam mais preocupados com o bezerro do que com o menino. Depois, finalmente conseguiram pegá-lo e matá-lo. De repente, apareceu cavalgando um jovem – identificado como simpatizante do Partido Unitário, por não se vestir de luto em homenagem ao recente falecimento da esposa do ditador. Os trabalhadores do matadouro, que eram federalistas, o interceptaram para interrogá-lo. Antes que pudessem torturá-lo, o jovem (sempre desafiante e digno) explodiu de raiva e morreu.

O texto é uma denúncia dos crimes cometidos pelo governo rosista. Desde o primeiro parágrafo uma voz em primeira pessoa articula e comenta, parando a história quando preciso para agregar alguma informação que considera conveniente – e sua subjetividade coincide com o credo político de Echeverría. Trata-se de um texto difícil de classificar, pois nele convivem elementos românticos, realistas e iluministas, próprios de distintos gêneros: do quadro de costumes, do conto, da alegoria política. Segundo

Nora Iribe (2014, p. 18-19, tradução nossa), do quadro de costumes (o autor teria como referência o espanhol Mariano José de Larra) toma o "traçado de um marco histórico, social e político"; "a ironia do narrador"; "o uso de recursos pitorescos que vão da eleição de um cenário curioso e insólito, fora do comum até a apresentação de seus detalhes mais detonantes"; e "a reprodução de registros linguísticos próprios da oralidade". A história do bezerro número 50 marca a linha divisória entre o romance de costumes e o conto, entre a parte descritiva e a narrativa. A partir daí, quando a corda que segurava o animal escapa e corta acidentalmente a cabeça de um menino (momento de horror comparável às gravuras de Goya), o tom do narrador passa a ser profundamente sério: a morte pode ser um fato habitual para os povoadores do matadouro, não para ele.

> A pesar de que la mía es historia, no la empezaré por el arca de Noé y la genealogía de sus ascendientes como acostumbraban hacerlo los antiguos historiadores españoles de América que deben ser nuestros prototipos. [...] Diré solamente que los sucesos de mi narración, pasaban por los años de Cristo de 183... Estábamos, a más, en cuaresma, época en que escasea la carne en Buenos Aires, porque la iglesia adoptando el precepto de Epitecto, sustine abstine (sufre, abstente) ordena vigilia y abstinencia a los estómagos de los fieles, a causa de que la carne es pecaminosa, y, como dice el proverbio, busca a la carne. [...]
>
> Los abastecedores, por otra parte, buenos federales, y por lo mismo buenos católicos, sabiendo que el pueblo de Buenos Aires atesora

una docilidad singular para someterse a toda especie de mandamiento, solo traen en días cuaresmales al matadero, los novillos necesarios para el sustento de los niños y de los enfermos dispensados de la abstinencia por la Bula..., y no con el ánimo de que se harten algunos herejotes, que no faltan [...][10] (Echeverría, 2003)

Assim começa *El matadero* (1871), de Esteban Echeverría, cujas primeiras linhas estão cheias da ironia que marcarão a obra toda.

2.2.2 A poesia gauchesca (Argentina)

A poesia gauchesca é um fenômeno exclusivo da região da Prata (Buenos Aires e Montevidéu foram, durante todo o século XIX, grandes centros de cultura) e contribuiu de forma decisiva para o destaque da literatura argentina no âmbito da literatura hispano-americana. Essa poesia dá dimensões míticas à figura do *gaucho*, elevando-o à categoria de herói, de símbolo de todas as virtudes nacionais, justamente quando o *gaucho* real já não era mais do que uma lembrança.

Um momento culminante da poesia gauchesca é o poema *Martín Fierro*, de José Hernández (1834-1886). Hernández combateu como militar com os *gauchos* e, posteriormente, trabalhou como jornalista em Buenos Aires, onde foi escolhido deputado e, finalmente, foi ministro. Seu conhecimento do meio rural determinou uma oposição aos poetas gauchescos que o precederam: ante uma visão pintoresca do *gaucho*, ele apostava em tratar o tema da maneira mais séria possível. No prólogo da primeira edição de *Martín Fierro*, explicita a procura por criar uma personagem que personifica o melhor possível o que Hernández considera característico dos *gauchos* argentinos: uma "imaginación llena de imágenes y de colorido, con todos los arranques de su altivez", "inmoderados hasta el crimen", "hijos de una naturaleza que la educación no ha pulido y suavizado"[11] (Hernández, 1999, p. 10).

No poema, o *gaucho* Martín Fierro é forçado pelo governo a abandonar sua casa e sua família e entrar para o exército a fim de combater grupos de índios que moram no interior e que não querem renunciar ao seu modo de vida livre e selvagem. Sua experiência na fronteira a partir daí vai ser uma injustiça atrás da outra, chegando até mesmo a ser privado, fraudulentamente, de seu salário como soldado. Zangado, Martín Fierro deserta e regressa ao seu povoado, mas lá descobre que seu rancho foi destruído e sua mulher e filhos estão desaparecidos. Ávido pela vingança, torna-se um *gaucho* mau e decide fazer justiça usando a violência; a autoridade o persegue e ele acaba perdido numa espiral de sangue, alcoólatra e viciado em jogo. Porém, apesar dessa vida vagabunda, nunca deixou ser alguém nobre em seu interior, e sua necessidade natural de solidariedade humana no meio da desgraça o leva a juntar-se a outro foragido, Cruz. Ao final de *La ida*, juntos procuram esconderijo entre os índios para fugir da perseguição. No poema de Hernández, captamos sua intenção de contrapor a um mundo injusto e cruel outro mais pacífico, sobre o fundo mítico dos pampas, domínio indiscutível, durante muito tempo, do *gaucho*. Como acontece na literatura dos proscritos, sobretudo em Sarmiento, a nua e crua solidão das grandes extensões de terra da Argentina tem um signo positivo ante uma sociedade cada vez mais urbanizada e organizada. É a idealização nostálgica, também, de um mundo que está prestes a acabar. A vida desgraçada do *gaucho* representa todos eles: "es un telar de desdichas cada gaucho que usté ve. Pero ponga su esperanza en el Dios que lo formó; y aquí me despido yo, que referí ansí a mi modo males que conocen todos pero que naides contó"[12] (Hernández, 1999, p. 82-83).

Vários anos depois, quando Hernández publica *La vuelta de Martín Fierro*, segunda parte do poema, o rebelde se aproxima da sociedade que tinha deixado para trás: a experiência entre os índios foi tão ruim que Fierro não quis saber mais deles. É nesse momento que a personagem adquire uma plena dimensão humana: o ressentimento dá lugar, por fim, a um sentido mais elevado da justiça. Podemos perceber essa mudança quando ele briga com o "Moreno": o gaucho se identifica com a dor do homem, não importa sua raça nem sua cor.

Talvez seja essa nova paz de espírito o que conduz Fierro a um destino feliz e cheio de esperança: ele acaba achando seus filhos e também o filho de seu compadre Cruz. Pela primeira vez em um longo tempo, o futuro já não parece tão ruim, tendo como pano de fundo todo o panorama majestoso dos pampas, resgatados agora para o progresso, princípio e fundamento da grande Argentina que está por chegar. A volta de Martín Fierro ao mundo civilizado simboliza a aventura do povo argentino, que oscila entre o atrativo da liberdade originária e a necessidade prática de uma organização social estável.

Martín Fierro afirma sua originalidade inclusive na linguagem usada. José Hernández aproxima sua obra de uma língua original e verossímil, que dota de uma grande unidade seu magno poema, sem pretender nunca imitar rigorosamente a forma de se expressar do *gaucho*, mas criando uma fala guiada por uma acertada consciência artística.

Se México, Peru e Chile tinham feito aportações essenciais já na época colonial, e Equador e Venezuela no período neoclássico, com o poema *Martín Fierro* a Argentina realizou um valioso aporte para a identidade da literatura hispano-americana. O gosto pela poesia gauchesca no Rio da Prata e a fama conseguida efetivamente por essa obra foram tão expressivos que o tema passou a ser cultivado, com sucesso, pela narrativa.

2.2.3 Romantismo (Peru)

Grande figura do romantismo hispano-americano foi também o peruano Ricardo Palma (1833-1919). A série *Tradiciones peruanas* representa a parte mais notável de sua obra – seis volumes escritos entre 1872 e 1883 –, seguidos por *Ropa vieja* (1889), *Ropa apolillada* (1891), *Tradiciones y articulos históricos* (1899), *Cachivaches, artículos literarios y bibliográficos* (1900) e *Apendice a mis ultimas tradiciones* (1911), além de uma coleção intitulada *Tradiciones en salsa verde*, que o autor não se atreveu a publicar por seu caráter escabroso.

A principal originalidade de Palma está na forma como ele percebe os gêneros escolhidos para as suas *Tradiciones*: quadros de costumes e lendas recriadas com um estilo aparentemente simples – fruto, na verdade, de uma grande perícia artística –, nos quais penetra na história e no espírito da sociedade peruana, transformando-a por meio da fantasia, da ironia e de um sutil erotismo. Sua habilidade consiste em suscitar um clima convincente e de constante interesse, tanto na época incaica quanto na da colônia. Apresenta num mesmo plano santos e cortesãos, soldados e civis: uma sociedade complexa e cheia de nuances. O leitor mergulha no espírito de uma época e diverte-se com as inesperadas piruetas com as quais Palma foge da seriedade da história.

Depois de consolidar-se como escritor, Palma se dedicou a reconstruir o patrimônio bibliográfico da Biblioteca Nacional de Lima, destruído em 1880 pelas tropas chilenas vencedoras na guerra contra o Peru. Nos vinte anos em que atuou como diretor da Biblioteca (1892-1912), logrou reunir grande parte do que tinha desaparecido ou sido subtraído.

doispontotrês
Realismo e naturalismo

O realismo e o naturalismo, movimentos surgidos com pouco tempo de diferença na Europa, concretamente na França (Flaubert, Balzac e Stendhal são autores destacados), misturam-se facilmente na América Latina, razão pela qual parece difícil esquematizar aqui essas escolas literárias. De entrada, não existia uma geração coesa de escritores, e num só autor achamos o trânsito de uma tendência para a seguinte. Os três escritores que examinaremos na sequência começaram no romantismo, beberam de fontes parecidas, mas seguiram caminhos distintos – Clorinda Matto de Turner, naturalista; Mercedes Cabello de Carbonera, realista; e Manuel González Prada, modernista. Nesse sentido, os três procuraram uma expressão escrita nova e pesquisaram o elemento peruano para as letras nacionais.

Segundo explica Jozef (2005), os primeiros realistas se isolaram na doutrina da arte pela arte, mas dando um giro racionalista, procurando em sua narrativa retratar a realidade contemporânea. O escritor é considerado um cronista do cotidiano, que com frequência parte de uma tese com o propósito de crítica social ou política. As histórias devem se desenvolver de modo linear e ser verossímeis, parecer fragmentos da realidade, por isso os ambientes e as personagens devem de ser críveis – uma novidade e conquista desse movimento literário é introduzir diálogos que recriam a forma de falar da época.

O naturalismo foi o fortalecimento e a ampliação dos traços do realismo. Émile Zola, principal representante dessa corrente, tentou aplicar no romance o método experimental de Claude Bernard. Dessa forma, pretendia que a literatura virasse ciência, à semelhança das ciências naturais, com o meio social como objeto de estudo. Partia, assim, da ideia de que o ser humano está determinado pela sua fisiologia, pela sua herança biológica e pelo meio social no qual está inserido. Como consequência, os naturalistas descrevem com detalhe ambientes miseráveis e personagens.

Nesse momento, acreditava-se (em virtude da influência da doutrina de Auguste Comte, pai da sociologia moderna) que a leitura e as belas-artes em geral eram uma ferramenta muito útil para melhorar a sociedade. Isso se traduziu em um desejo de renovação muito bem recebido no Peru daquela época. A conclusão era a seguinte: se as letras fossem hispanófilas, a sociedade como um todo se hispanizaria; se fossem algo distinto, surgiria daí uma identidade nova e apartada da mãe pátria.

2.3.1 Naturalismo (Peru)

A fama internacional de Clorinda Matto de Turner (1852-1909) reside em uma trilogia andina – *Aves sin nido* (1889), *Índole* (1891) e *Herencia* (1895) – romances escritos segundo as normas do naturalismo. Matto de Turner afirma sua adesão à estética de Zola no proêmio de *Aves*, um breve ensaio destinado a convencer o leitor do caráter empírico e objetivo de sua ficção – algo bem comum numa época marcada pelas conquistas da ciência. A autora explica que, para ela, o valor de um romance é comportar-se como uma "fotografia", isto é, reproduzir fielmente a realidade sem tomar partido. Contudo, reconhece que o romance também é mais do que pura mimese, em razão de sua natureza dual: meio racional, meio emotiva. Seu relato, além de representar com detalhes, registra vícios e virtudes. Para a escritora, a contemplação de hábitos sociais é um ato racional que se converte em emocional quando se destaca a falta de justiça de muitas situações. Sua meta é melhorar os maus costumes (sobretudo do clero e dos governadores): depois de mostrar as práticas incorretas, o escritor deve recomendar fórmulas reconstrutivas.

Como a palavra impressa é uma fotografia da sociedade, as letras nacionais não devem imitar as alheias. Uma atitude típica entre os peruanos do século XIX é achar que, mesmo com as *Tradiciones*, de Ricardo Palma, e os romances de Luis B. Cisneros, falta um corpo de literatura nacional; ademais, se não existem criações extraordinárias para ler, o público não pode conseguir "o bom gosto" necessário para apreciar um romance. Matto de Turner reage contra essa atitude: incorporar atributos culturais do estrangeiro (franceses, sobretudo) sem senti-los não colabora para o desenvolvimento pátrio. A autora defende a criação de escolas e o fomento do comércio e do progresso material – que acabaram por promover fantásticas obras de arte, inspiradas na realidade do país.

2.3.2 Realismo (Peru)

Mercedes Cabello de Carbonera (1845-1909), tal como sua conterrânea Clorinda Matto de Turner, foi uma autora preocupada com as questões sociais e bem pouco compreendida em sua época. Durante a década de 1970, nas reuniões literárias organizadas por Juana Manuela Gorriti no Ateneu de Lima, implorou que os/as escritores/as tomassem parte no desenvolvimento da nação peruana.

Em sua produção, destaca-se *Blanca Sol*, que examina diferentes aspectos da sociedade peruana: a corrupção política, a função do casamento, o papel da mulher na sociedade e o peso asfixiante da religião e da Igreja Católica são alguns dos temas tratados. A protagonista do romance é uma mulher de família distinta, porém já sem recursos financeiros. Ela teve uma criação que a tornou vaidosa e irresponsável, capaz de qualquer coisa para satisfazer suas vontades; sua tragédia é não ser livre – por sua classe social de pequeno burguesa, sua condição provinciana e, sobretudo, por ser mulher (a aventura e a realização de sonhos eram privilégios masculinos). Aos 30 anos, cansada do matrimônio enfadonho, apaixona-se por um de seus admiradores e resolve entregar-se, mas acaba repudiada por ele e pela sociedade que antes a bajulava. O marido, falido, termina em um manicômio, e Blanca, para sobreviver, torna-se prostituta.

> La educaron como en Lima educan a la mayor parte de las niñas: mimada, voluntariosa, indolente, sin conocer más autoridad que la suya, ni más limite a sus antojos, que su caprichoso querer.
>
> [...] Procura –habíale dicho la madre a la hija, cuando confeccionaba el tocado del primer baile al que iba asistir vestida de señorita– procura que nadie te iguale ni menos te sobrepase en elegancia y belleza, para que los hombres te admiren y las mujeres te envidien, este es el secreto de mi elevada posición social.[13] (De La Carbonera, 2003, p. 5)

Como as outras obras realistas da época, que tinham como protagonista uma mulher burguesa com ânsias de viver e que se sente encurralada (*Madame Bovary*, de Flaubert, *La Regenta*, de Clarín, e *Anna Karenina*, de Tolstoi), a história tem um triste final, mas, talvez por ser escrita por uma mulher, nesse caso, o escândalo vai mais longe: Blanca transgride a última das regras sociais quando acaba entregando seu corpo por dinheiro. Para Cabello de Carbonera, o vulgar e o pobre são legítimos porque representam de forma fidedigna uma possibilidade (desgraçadamente muito estendida) da experiência humana. Para a autora, a mediocridade é uma característica profundamente representativa do ser humano e, como na maioria dos casos, a felicidade ou a desgraça é simplesmente a acumulação gradual e insensível de fatos pequenos e banais.

doispontoquatro
Modernismo: prosa

Com a difusão da nova estética modernista (da qual trataremos em profundidade no próximo capítulo, centrando-nos em sua vertente mais destacada, a lírica), a prosa hispano-americana buscou o ritmo refinado, a imagem delicada, os cromatismos sutis. Alguns escritores modernistas conseguiram bastante fama à sua época, embora hoje só sejam citados por pura documentação. Os maiores sucessos desse grupo se concentram nos nomes de Larreta e Reyles, Pedro Prado e, sobretudo, Horacio Quiroga. Com eles, aliás, inicia-se já o grande período da narrativa hispano-americana do século XX (que trabalharemos no Capítulo 4).

2.4.1 Contos modernistas (Uruguai)

Horacio Quiroga (1878-1937) é considerado um dos melhores narradores da língua espanhola. Ele é, antes de qualquer classificação ou analogia, um escritor original, de grande sensibilidade, vibrante, inquieto e inquietante, dotado de um singular talento para pintar a paisagem em todas as suas nuances. Usou suas impressões pessoais, acumuladas ao longo de muitos anos morando na selva do Chaco e Misiones, para escrever relatos nos quais a natureza, os animais grandes e pequenos ganham vida. Em sua produção, destacam-se *Cuentos de amor de locura y de muerte* (1917), *Cuentos de la selva* (1918) e o conto "Anaconda" (1921), considerado sua obra-prima.

No "Decálogo del perfecto cuentista" (1927), Quiroga sintetizou as técnicas de seu ofício, estabelecendo pautas relativas à estrutura, à tensão narrativa, à consumação da história e ao impacto do final. A seguir, algumas diretrizes principais do mestre:

> I. Cree en un maestro –Poe, Maupassant, Kipling, Chejov– como en Dios mismo.
>
> [...]
>
> III. Resiste cuanto puedas a la imitación, pero imita si el influjo es demasiado fuerte. Más que ninguna otra cosa, el desarrollo de la personalidad es una larga paciencia.
>
> [...]
>
> VIII. Toma a tus personajes de la mano y llévalos firmemente hasta el final, sin ver otra cosa que el camino que les trazaste. No te distraigas viendo tú lo que ellos pueden o no les importa ver. No abuses del lector. Un cuento es una novela depurada de ripios. Ten esto por una verdad absoluta, aunque no lo sea.
>
> IX. No escribas bajo el imperio de la emoción. Déjala morir, y evócala luego. Si eres capaz entonces de revivirla tal cual fue, has llegado en arte a la mitad del camino.[14] (Quiroga, 1927, p. 6-7)

Sua obra mais representativa, *Cuentos de amor de locura y de muerte* (título escrito sem vírgulas segundo queria seu autor), mistura histórias de amor com textos de suspense e de mistério ou com histórias de tipo social; revela uma aguda percepção das emoções e do entorno agreste e uma profunda exploração da consciência. Segundo Moncada (2023), suas personagens não são arquétipos nem heróis, são pessoas comuns enfrentando os desafios da vida, em alguns casos levados ao limite da sobrevivência. São capazes de lidar com as forças da natureza ("Yaguaí", "Los pescadores de vigas"), embora as probabilidades de sucumbir a elas ("A la deriva", "Insolación", "Los mensú") ou cair vítima do terror ante o inexplicável ("Los buques suicidantes") ou em virtude de elementos cotidianos ("El almohadón de plumas") sejam enormes. Por momentos, Quiroga entende que, para conhecer a loucura, é suficiente transitar os interiores da alma humana ("El solitario") ou confrontar a rede de preconceitos que o ser humano constrói em sociedade ("Estación de amor"). A ironia e o humor negro também têm lugar em alguns dos textos ("La miel silvestre", "Nuestro primer cigarro"). O livro fecha com um conto surpreendentemente otimista ("La meningitis y su sombra"), em contraste fortíssimo com outros contos arrepiantes e brutais.

Síntese

Neste capítulo, tratamos primeiramente da literatura do Renascimento e do barroco de Índias. Os principais autores do período foram Alonso de Ercilla e Pedro de Oña (Chile) na poesia épica e Sor Juana Inés de la Cruz (México) na poesia lírica.

Sobre o desmoronamento da unidade colonial, vimos que algumas razões foram:

- a grande distância que separava a Espanha das colônias;
- as dificuldades de comunicação em um território com grandes dimensões;
- a diversidade com que eram aplicadas as leis peninsulares;
- as frequentes revoltas dos indígenas e dos negros escravizados;
- a rivalidade entre os crioulos e os peninsulares que acumulavam o poder;
- as epidemias constantes, os períodos de fome e a delinquência crescente.

Esse processo se acentuou no século XVIII, quando se divulgou o ideário iluminista; a vitória das colônias inglesas também foi um exemplo fundamental. Assim, entre 1806 e 1813, todas as colônias espanholas da América (exceto o Peru, Cuba e Porto Rico) declararam sua independência.

Na sequência, enfocamos a literatura ligada ao romantismo. A poesia moral e patriótica, os ensaios didáticos e os primeiros contos opuseram o nacionalismo romântico ao imperialismo. Durante as guerras de independência, as classes dirigentes latino-americanas conseguiram se unir contra o inimigo em comum, Espanha, porém, depois da vitória sobre o antigo regime, a desordem e o despotismo se intensificaram.

Na Argentina, a geração de 1837 ou dos proscritos (Esteban Echeverría, Domingo Sarmiento etc.) escreveram contra a ditadura e opuseram o mundo civilizado da cidade à barbárie do campo. Suas obras representam também uma nova linguagem, que pretendia romper com os modelos da literatura peninsular. A poesia gauchesca (que teve como máximo expoente José Hernández) contribuiu decisivamente para a consolidação da literatura argentina como uma das que tiveram maior destaque dentro do conjunto da literatura hispano-americana. No Peru, descatou-se Ricardo Palma e suas *Tradiciones*.

Sobre o realismo, vimos que se isolou na doutrina da arte pela arte, mas dando um giro racionalista. Nesse sentido, o escritor é considerado um cronista do cotidiano, que com frequência parte de uma tese com o propósito de crítica social ou política.

Por sua vez, o naturalismo foi o fortalecimento e a ampliação dos traços do realismo. Parte da ideia de que o ser humano está determinado por sua fisiologia, por sua herança biológica e pelo meio social no qual está inserido.

As principais autoras do período foram Clorinda Matto de Turner e Mercedes Cabello de Carbonera (Peru).

Por fim, tratamos do modernismo. Vimos que, com a difusão da nova estética modernista, a prosa hispano-americana buscou o ritmo refinado, a imagem delicada, os cromatismos sutis. Com alguns desses autores, como Horacio Quiroga (Uruguai), inicia-se já o grande período da narrativa hispano-americana do século XX.

Atividades de autoavaliação

1. Assinale V (verdadeiro) ou F (falso) nas afirmativas sobre a poesia épica de *La Araucana*, de Alonso de Ercilla.
   ( ) Rompe a regra das três unidades aristotélicas.
   ( ) Trata-se de um poema culto escrito em oitavas reais (octossílabos em rima ABABABCC).
   ( ) Na maior parte da obra são narrados acontecimentos do mesmo tempo histórico em que a autor vive.
   ( ) Segue muito de perto *Orlando Furioso*, de Ariosto – o grande poema épico moderno –, sendo dominado pela fantasia como aquele.

   Agora, marque a alternativa que indica a sequência correta:
   a. V, F, V, V.
   b. V, F, V, F.
   c. F, V, V, F.
   d. V, V, F, V.

2. Assinale V (verdadeiro) ou F (falso) nas afirmações a seguir sobre a obra *Tradiciones peruanas*, de Ricardo Palma.
   ( ) Conformam-se em seis volumes, que começaram a ser publicados em 1876.
   ( ) Um dos volumes da obra é *Tradiciones en salsa verde*.
   ( ) Reformulou o gênero literário da lenda e trouxe uma nova vida literária para as tradições.
   ( ) Depois de se consolidar como escritor, Palma se dedicou a reconstruir o patrimônio bibliográfico da Biblioteca Nacional de Lima.

Agora, marque a alternativa que indica a sequência correta:

a. F, V, V, F.
b. V, V, F, F.
c. F, F, V, V.
d. V, F, V, F.

3. Assinale V (verdadeiro) ou F (falso) nas afirmativas sobre o escritor uruguaio Horacio Quiroga e sua produção literária.

( ) Foi reconhecido pela sua vasta obra poética de grande valor lírico.
( ) Foi um mestre do conto hispano-americano.
( ) Era um ferrenho crítico à imitação do estilo de outros autores na construção e criação artística.
( ) Era um entusiasta da produção literária do estadunidense Edgar Allan Poe e reconhecia a influência deste em sua obra.

Agora, marque a alternativa que indica a sequência correta:

a. F, V, F, F.
b. F, V, F, V.
c. F, V, V, V.
d. F, F, V, F.

4. A famosa *Carta de Sor Filotea*, escrita sob pseudônimo pelo bispo Fernández de Santa Cruz, provocou a não menos famosa *Respuesta a Sor Filotea*, um dos textos pelos quais Sor Juana é considerada precursora do feminismo. Qual é o conteúdo dessa *Respuesta*?

5. Relacione o fragmento do prólogo de *La vuelta de Martín Fierro*, de José Hernández, com o final das aventuras dessa personagem emblemática das letras e da cultura argentina:

> La capital es el punto donde residen todas las tradiciones, todos los talentos, todos los prestigios, todo el desenvolvimiento moral e intelectual de un país; la capital no solamente es el asiento de los poderes públicos, la base de sus tribunales y de su Legislatura: la capital es también los clubs políticos, los círculos literarios, la Universidad, todos los elementos de cultura que una sociedad tiene; es a la capital donde el extranjero viene a medir los grados de adelanto y civilización de una sociedad; la capital atrae y asimila todo lo que el país entero produce de grande y de noble.[15] (Hernández, citado por Jitrik, 2010)

Atividades de aprendizagem

Questões para reflexão

1. A voz poética no *Primero sueño* de Sor Juana dedica 49 versos a Faetón, uma personagem que simboliza a transgressão e a audácia extremas. Qual é a história dessa personagem mitológica e por que representa a ânsia emancipadora de saber?

2. Você considera que a controvérsia que envolve civilização e barbárie continua vigente na Argentina e, por extensão, na America hispânica? Justifique sua resposta.

Atividade aplicada: prática

1. Escolha quatro ou cinco textos de *Cuentos* (2004), de Horacio Quiroga, e elabore um questionário sobre eles. O questionário deve ser pensado para estudantes de ensino médio que estão conhecendo pela primeira vez os contos desse escritor. As perguntas devem ser direcionadas para que os estudantes possam classificar as principais características da narrativa de Quiroga (temas, estilo, estrutura das ações etc.).

> QUIROGA, H. **Cuentos**. Selección y prólogo de Emir Rodríguez Monegal. 3. ed. Caracas: Biblioteca Ayacucho, 2004. Disponível em: <https://biblioteca.org.ar/libros/211668.pdf>. Acesso em: 20 dez. 2023.

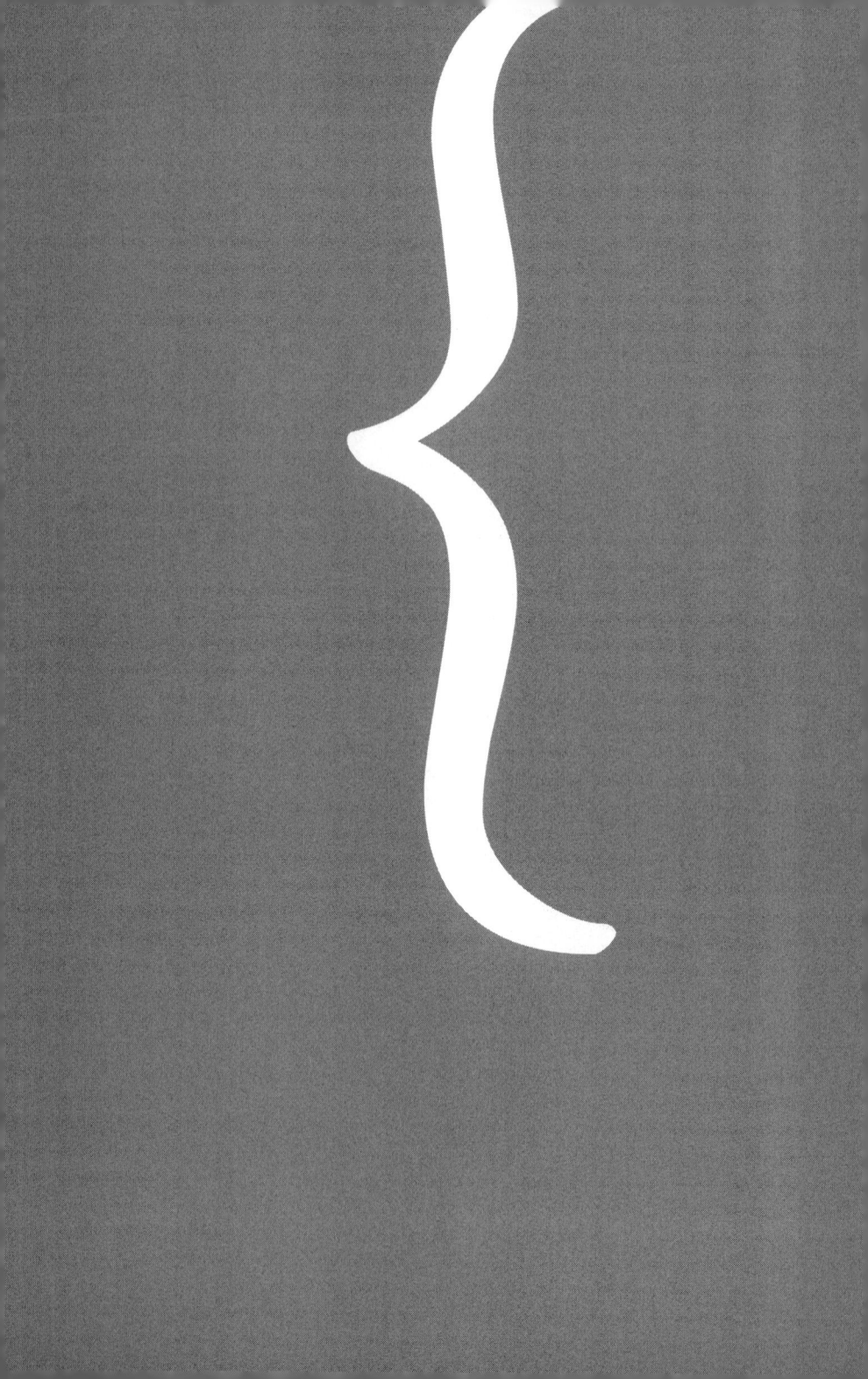

{

um O choque entre civilizações
dois Rumo à independência
três Modernismo, vanguardas e reumanização da arte
quatro A narrativa do início do século XX
cinco Da renovação ao *boom*
seis O pós-*boom* e as narrativas mais recentes

{

❰ NESTE TERCEIRO CAPÍTULO, trataremos do modernismo hispano-americano e das vanguardas, frutos da crise que acompanhou a expansão do capitalismo e a forma burguesa de vida, movimentos que foram uma reação à tendência cientificista da qual tinha derivado a modernidade iniciada no século XVIII. O modernismo, de certa forma, foi um retorno parcial às raízes românticas, em clara rejeição ao realismo/naturalismo do século XIX (os movimentos literários parecem obedecer à lei do pêndulo, negando sempre o movimento imediatamente anterior). Depois da poesia gauchesca, no modernismo, a literatura hispano-americana revelou outra vez sua originalidade, embora a principal fonte de inspiração fosse ainda europeia. Entre as vanguardas, muitas e de caráter efêmero, houve algumas que não se conformaram com a pura revolução/evasão estética e reclamaram uma mudança radical na cultura e na sociedade, como o surrealismo. Esse *ismo* foi especialmente relevante para os autores em língua espanhola, assim como o ultraísmo, o criacionismo e, em menor medida, apesar de sua origem plenamente hispano-americana, o estridentismo.

trêspontoum
Modernismo

O modernismo hispano-americano é um marco da literatura da região, pois foi o primeiro movimento de época em língua espanhola que se originou nos países da América Latina, estendendo-se, mais tarde, para a Espanha peninsular. Nesta seção, apresentaremos essa corrente literária e seus principais autores.

3.1.1 Origens do modernismo: Manuel González Prada e José Martí

Paralelamente ao final do romantismo, foi se afirmando uma nova tendência estética, o modernismo. Da atitude romântica se conservou o culto à morte, à melancolia e à solidão, mas tudo visto de uma nova perspectiva, expressado com rebuscada sutileza, buscando-se sempre a musicalidade das palavras e o refinamento. Era uma renovada concepção da arte, que afirmava um mundo onde a beleza era rainha, os sentimentos eram quinta-essenciados e o eu do artista procurava um refúgio exótico – medieval ou renascentista, da China até as sagas nórdicas – longe da América e da Espanha, enquanto aumentava o interesse pela poesia francesa parnasiana (Gautier, Baudelaire, Leconte de Lisle) e simbolista

(Verlaine, Rimbaud, Mallarmé) e pelas poesias italiana, inglesa, alemã, norte-americana (Edgar Allan Poe) e oriental. Em íntima comunhão com a poesia, a música adquiriu especial relevância: Wagner, Schubert e Debussy logo se converteram em referências obrigatórias.

No período de transição entre o romantismo e o modernismo, como precursores do novo estilo destacamos dois nomes: o peruano Manuel González Prada e o cubano José Martí, dois homens de ação, nos quais a atitude romântica se fundia com o espírito novo, uma forma expressão que procurava inusitados elementos métricos e referências culturais.

Manuel González Prada (1844-1918) mostrou, sem falso pudor, os problemas que sofria sua pátria; só assim poderia o Peru ser reconstruído. Seu grito "Los viejos a la tumba, los jovenes a la obra" foi uma chamada contra o *status quo* daquele momento – especialmente contra o poder excessivo nas mãos das classes privilegiadas, o exército e a Igreja. Sua esperança residia no povo, numa revolução que fosse "inundación que ahoga las sabandijas y depone el limo fecundante en el suelo empobrecido. Será también la aurora del gran dia. No faltará sangre. Las auroras tienen matices rojos"[16] (González Prada, 1933, p. 156). Por discursos como esse foi acusado de querer incitar uma guerra civil.

Na poesia, sua ideologia social se afirma em *Libertarias* (1904-1909), e sua postura anticlerical, nas sátiras de *Presbiterianas* (1909). Profundo conhecedor da literatura alemã, traduziu Goethe, Schiller e Koerner. Por sua ânsia de grandes horizontes literários e sua incansável experimentação métrica, Prada é um modernista em potencial. Do ponto de vista do conteúdo, sua poesia é essencialmente romântica, mas se expressa por meio de formas novas, de metros tomados de seus poetas preferidos de qualquer procedência (rondel, *letrilla*, balada, *copla*, loa, soneto etc.). Em *Minusculas* (1901) canta o amor ao estilo de Bécquer, mas em *Exoticas* (1911) há já uma atmosfera claramente pré-modernista, que se repete em *Trozos de vida* (1918), sua última coleção de poemas.

José Martí (1853-1895) nasceu em Havana, Cuba, mas era filho de espanhóis. Em 1968, já escrevia em jornais clandestinos: suas ideias de liberação de Cuba provieram de seu mentor Rafael María de Mendive. Em 1869, ingressou na prisão por conspirar contra o governo, saindo de lá para ser deportado para a Espanha, graças à intervenção de seu pai. Na França, deparou-se com a exposição de pintores impressionistas na Paris de 1874 e, a partir daí, sua prosa passou a apresentar estruturas clássicas e sabor impressionista. Mais tarde, viajou para o México e a Guatemala e voltou para Cuba – sendo deportado novamente como conspirador. Em 1882, estabeleceu-se por alguns anos nos Estados Unidos, onde escreveu o *Manifesto de Montecristi* e arrecadou fundos para um partido político cubano. Organizou a guerra do exílio e acabou morrendo nela. Esse último período foi a época em que escreveu suas melhores crônicas modernistas, que percorreram todo o continente.

Martí teve a filosofia de Krause, Emerson e Kierkegaard como ideários estéticos, pedagógicos e éticos. Ele procurou uma literatura para melhorar a realidade, concebendo a arte como a encarnação do finito no infinito. A maior parte de sua prolífica obra é crônica jornalística, embora o tom seja marcadamente lírico. Esse gênero resolveu sua crise de consciência de dedicar-se à arte, pois ele não estava interessado em "épater le bourgeois"* nem nas torres de marfim**, ele queria formar e informar. Martí é considerado um dos grandes ideólogos americanos; apesar de sua visão bastante reformista, ele é um precursor em sua ânsia por regiões culturais maiores, em sua concepção superior da luta política: a ideia grandiosa de hispanismo e de fraternidade universal, como pode ser visto no artigo "Nuestra América" (Martí, 1978).

Em seu prólogo de 1882 ao poema "Niágara", de Pérez Bonalde, apresentou o primeiro manifesto do modernismo americano, um lúcido pressentimento do que era a vida moderna e das provas às quais nosso espírito era submetido por causa dela. No mesmo ano, escreveu o *Ismaelillo*, poemário breve dedicado ao seu filho José, Pepito, que tinha então 4 anos e vivia com a mãe. Trata-se de um canto de esperança: "¡Hijo soy de mi hijo! / ¡El me rehace!"[17] (Martí, 2003, p. 14). A criança (filho) representa para Martí um refúgio do mundo que o assedia e um motivo para seguir lutando; sonha que ele seja seu sucessor e o considera o mais forte dos dois. Pede-lhe que viva puro e não siga o rei amarelo e dá a ele o poder de mudar tudo à sua volta. Relata um processo de transformação e a alegria inefável, com passagens místicas, para o ansiado reencontro com o filho.

Hijo:

Espantado de todo me refugio en tí.

---

* Chocar com atitudes ou atos a moral e o modo de vida burguês. Os iniciadores desse grito de guerra foram os poetas rebeldes do simbolismo do século XIX, Rimbaud e Baudelaire.
** Desinteresse pela realidade, a ideia da arte pela arte.

Tengo fe en el mejoramiento humano, en la vida futura, en la utilidad de la virtud, y en tí.

Si alguien te dice que estas páginas se parecen a otras páginas, diles que te amo demasiado para profanarte así. Tal como aquí te pinto, tal te han visto mis ojos. Con esos arreos de gala te me has aparecido. Cuando he cesado de verte en una forma, he cesado de pintarte. Esos riachuelos han pasado por mi corazón.

¡Lleguen al tuyo![18] (Martí, 2003, p. 2)

Em *Ismaelillo* já aparecem o credo ideológico de Martí e o preceito modernista da originalidade, da liberdade, da inspiração e da honestidade. O autor critica os parnasianos pelo formalismo excessivo, pela dependência à métrica, pela estética do distanciamento e pela poesia marmórea. É um poema existencialista e confessional, um desafogo, algo raro em Martí em seu conceito de literatura edificante, de procura pelas verdades profundas. No caminho, seu verso se funde com as cores da natureza ('mi verso es de un verde claro y de um carmín encendido') – influência clara da filosofia transcendental de Emerson.

3.1.2 Síntese do modernismo: Rubén Darío

Rubén Darío (1867-1916) mostrou, com seu talento, a imensa gama de possibilidades que o modernismo guardava dentro de si. De origem humilde, na formação humana e intelectual do poeta nicaraguense foram decisivas suas viagens e estâncias no Chile, na Espanha, na França, nos Estados Unidos e na Argentina. No Chile esteve quando bem jovem. Já para Madri viajou em

1898, quando conheceu Benavente, Unamuno, Azorin, Baroja e Valle-Inclan. Em sua visita a Paris, fez amizade com Moreas, Banville e Verlaine. Em Nova Iorque, conheceu Martí. Mudou-se para Buenos Aires em 1893 e assumiu a direção plena do movimento modernista. Finalmente, após novas viagens pela Europa e pela América, morreu em seu país.

Na reconstrução da trajetória poética de Darío, nos livros anteriores a *Azul...*, que logo foram rejeitados pelo próprio autor, podemos achar o gérmen de toda a sua arte. Em *Azul...* não existe revolução de tipo métrico: o romance, a silva e o soneto são formas tradicionais, mas, segundo o poeta, ele segue as notas de uma melodia interior, que contribui para se conseguir um ritmo particular, usa uma adjetivação inesperada, estuda a etimologia das palavras e escolhe um léxico aristocrático.

Na segunda edição, *Azul...* aparece ampliado com outros poemas de tema americano, como "Caupolicán", que mostram o crescente interesse do poeta pelos assuntos americanos. Com essa obra, Darío exerceu uma influência profundamente inovadora sobre a expressão poética do mundo hispânico sendo comparado com Boscán, Garcilaso de la Vega ou Gongora.

Na sequência, com *Prosas profanas*, Darío consolidou definitivamente o modernismo. No verso, ele recorre ao alexandrino francês moderno, a versos de nove sílabas, a uma acentuação original do hendecassílabo, a inusitadas combinações de estrofes etc. Além disso, apresenta um mundo cheio de colorido e musicalidade, também melancólico, sem desespero. A obra é povoada de personagens, circunstâncias e elementos refinados que provêm das artes e da mitologia. É um esteticismo que, com frequência, acaba derivando uma espécie de decorativismo religioso, simbolista e decadente. Os símbolos religiosos passam a dignificar a carne, o amor.

> Yo persigo una forma que no encuentra mi estilo,
> botón de pensamiento que busca ser la rosa;
> se anuncia con un beso que en mis labios se posa
> el abrazo imposible de la Venus de Milo.
>
> [...]
>
> y bajo la ventana de mi Bella-Durmiente,
> el sollozo continuo del chorro de la fuente
> y el cuello del gran cisne blanco que me interroga.[19] (Darío, 1915, p. 157-158)

As fontes francesas (Heredia, Leconte de Lisie, Verlaine, Gautier, Baudelaire) e todos os outros poetas preferidos de Darío se convertem aqui em algo original. O poeta celebra "la misa rosa de su juventud"[20] (Darío, 1915, p. 48), conforme suas próprias palavras. Seu antigo "clavicordio pompadour" (Darío, 1915, p. 48) experimentou as mudanças inerentes a uma existência humana de ritmo intenso, por vezes doloroso. A poesia vitalista dessa obra contém várias notas outonais, que serão amplamente desenvolvidas no livro posterior, *Cantos de vida y esperanza*.

Em *Cantos de vida y esperanza* há também uma decantação definitiva de forma e conteúdo. Essa obra continua mostrando a admiração de Darío pela aristocracia de pensamento, pela nobreza da arte, bem como seu horror ante a mediocridade. Há dessa vez, igualmente, um repúdio ao esplendor formal vazio, que dá lugar a uma forma mais complexa de expressão. Para chegar até a prezada palavra essencial, Darío procura no mais profundo de seu ser.

O poeta faz um balanço e entende o grande vazio que deixa a ausência de fé e de altos ideais e, na crise, escolhe voltar para o divino e acreditar num futuro melhor para o seu povo. No valor e na coragem da comunidade hispânica encontra Darío sua missão ante o imperialismo dos Estados Unidos. Suas palavras não parecem retóricas porque sua preocupação é sincera, seu compromisso é real.

Ainda ecoa nessa coleção de poemas uma sede de "ilusiones infinitas". Ainda assoma obstinado o cisne, a lembrança sensual de Leda. O desgaste produzido pela vida vivida não provoca no poeta um pessimismo exacerbado, senão uma resignação mensurada, na qual sobrevive certo vitalismo do passado.

3.1.3 Novas vozes (Chile): Gabriela Mistral

Durante o modernismo e em sua fase final, teve papel de destaque, sobretudo em relação a épocas anteriores, a produção poética escrita por mulheres, especialmente no Rio da Prata: nomes como María Eugenia Vaz Ferreira (1880-1925), Delmira Agustini (1886-1914), Alfonsina Storni (1892-1938), Juana de Ibarbourou (1895-1979) e Gabriela Mistral (1889-1957).

Lucila Godoy Alcayaga, conhecida no mundo como Gabriela Mistral, foi Prêmio Nobel de Literatura em 1945 e a primeira pessoa da América Latina a receber essa honraria. De origem humilde, ela teve uma infância difícil no norte do Chile. Adotou seu pseudônimo inspirada na obra de Gabriel D'Annunzio e

Frédéric Mistral, e seu trabalho literário começou ser reconhecido em 1914, depois de ganhar alguns Jogos Florais da capital. Já convertida em uma reputada pedagoga, em 1925 deixou seu trabalho como professora e começou atuar como cônsul, primeiro em Nápoles e depois em Lisboa. Em 1938, de volta ao Chile, colaborou decisivamente na campanha eleitoral que levou até a presidência da República seu amigo de juventude, Aguirre Cerda. Mistral teve uma vida dedicada à difusão da cultura e à luta pela justiça social e pelos direitos humanos.

Sua produção escrita (jornalística, epistolar) é enorme, embora, no que se refere à poesia, só tenha publicado quatro livros em vida. As características de sua literatura são a ausência de retórica e a preferência por uma linguagem coloquial. Apesar de suas imagens violentas e do gosto pelos símbolos, foi absolutamente contra a poesia pura, chegando até mesmo a rejeitar um prólogo de Paul Valéry para a tradução francesa de seus versos. Seus principais temas foram a maternidade, o amor, a comunhão com a natureza americana, a morte como destino e um panteísmo com múltiplas referências concretas ao cristianismo.

Destacamos, entre os títulos de sua obra poética, *Desolación*, livro que gira ao redor da dor e da morte (seu namorado, o jovem ferroviário Romelio Ureta, acabara de suicidar-se), tanto que a própria autora inclui dois textos nos quais declara sua decisão de direcionar sua escrita, no futuro, para realidades mais sorridentes – o poema "Palabras serenas" expressa o desejo de um estado de ânimo que "começa a cantar", e o breve ensaio que fecha a obra, "Voto", apresenta a sucessão lógica dos passos que devem levá-la até esse novo estado. Segundo Ana M. Cuneo (1998), este último texto expõe "la concepción del poema como acto purificador que deja al hablante en situación de cantar otro tipo de palabras"[21].

> Por el niño dormido que llevo, mi paso se ha vuelto sigiloso. Y es religioso todo mi corazón, desde que lleva el misterio.
> Mi voz es suave, como por una sordina de amor, y es que temo despertarlo.[22] (Mistral, 2003, p. 102)

Com Mistral e os nomes citados anteriormente, o modernismo se esgotou, mas a lírica modernista continuou sendo a base da formação dos maiores poetas hispano-americanos e espanhóis do século XX.

trêspontodois
Vanguardas

O termo *vanguarda* procede da palavra francesa *avant-garde*, que faz referência a uma série de movimentos ou "ismos" (cubismo, futurismo, expressionismo, dadaísmo, surrealismo, criacionismo, ultraísmo) que afetaram a literatura e as artes em geral e se sucederam a um ritmo vertiginoso na primeira metade do século XX, pois nenhuma delas aspirava à permanência, menos ainda à imobilidade. Costumavam surgir por meio de manifestos.

Foi o estalo criador que coincidiu com a Primeira Guerra Mundial – "única higiene do mundo", segundo Marinetti (1978, p. 130, tradução nossa). A vanguarda representava uma estética renovadora e combativa de exploração e risco. Havia uma analogia entre a destruição homicida da guerra e a desconstrução conceitual que promoveu a primeira vanguarda. Essa fúria antirracionalista foi característica comum a todas as escolas e grupos que militavam por uma arte nova. Apesar de suas divergências, todas procuravam uma estética de acordo com a complexidade da vida e sua dinâmica. Os vanguardistas se autoproclamavam *modernos*, pois confiavam euforicamente na ciência e na técnica como agentes de uma nova era. Essa visão exaltante e antropocêntrica era encarnada à perfeição pelo mito de Prometeu: o rei da criação, o ladrão do fogo dos deuses. Com Nietzsche e Rimbaud como representantes dessa atitude, o poeta moderno cortou o nó que o mantinha ligado à tradição. No entanto, ao mesmo tempo que renegavam o passado imediato, os vanguardistas recuperavam, em nome da modernidade, a arte primitiva e o jogo – duas formas de dessacralizar a racionalidade burguesa da qual eram originários. Essa ruptura estética se duplicou com a separação em relação ao público: como não há correspondência entre gosto e classe social, o artista rejeita esse mesmo público ao qual proporciona alimentos "celestes".

3.2.1 Criacionismo, ultraísmo e estridentismo

As vanguardas hispano-americanas viveram seu auge na primeira metade do século XX, trazendo para o continente as discussões das escolas europeias e promovendo grandes mudanças na maneira de pensar as artes. Neste tópico, vamos apresentar as três correntes vanguardistas mais destacadas pela historiografia literária da região: o criacionismo, o ultraísmo e o estridentismo.

Criacionismo

O criacionismo foi a primeira vanguarda criada na Hispano-América. Para Vicente Huidobro, seu criador, um poeta criacionista é aquele que, em vez de reproduzir o que enxerga ou escuta, enxerga o que ele mesmo produz e sua atenção está em estado de alta frequência.

> É a febre lúcida que habita o poeta a que dá às coisas sua dimensão enigmática e insólita, outorgando ao cotidiano sua surpresa. A musa criacionista é filha do estupor; em seu olhar germina a face oculta das coisas. O poeta tem os olhos fecundos; transpassa o véu de Maia suspenso sobre a realidade da aparência. [...] O Criacionismo decreta o fim da Literatura para inaugurar o reino da poesia, tal como a entenderam os gregos. (Jimeno-Grendi, 2006 p. 66-67, tradução nossa)

Um poema criacionista deve superar a memória e o conceito puro; deve nascer do que não é habitual – aqui, os elementos comuns são extraídos da vida cotidiana do poeta. A importância está na "construção" da imagem: "La noche viene de los ojos ajenos"[23], como afirma Huidobro (1925, p. 41), pois, para ele, a poesia deve abraçar o diverso, brincar com os opostos complementários, unir emoção intelectual e premeditação, afastar-se do automatismo surrealista.

Ultraísmo

O ultraísmo foi um movimento literário iniciado na Espanha em 1918, seguindo o modelo criacionista, ou seja, enfrentando o modernismo e os novecentistas que tinham dominado a poesia peninsular desde o final do século XIX. Na sombra desses estímulos americanos, os ultraístas se reuniam na tertúlia do Café Colonial de Madri, presidida por Rafael Cansinos Assens.

O círculo inicial ultraísta reconhecia a influência direta do chileno Vicente Huidobro e dos franceses Mallarmé e Apollinaire. Ademais, embora eles não mencionassem esta coincidência, foram contemporâneos do movimento Dada, criado em Zurique por Tristan Tzara. Max Aub (1966) sintetiza as teses ultraístas em seu desejo de afastar-se da massa, seguindo o rastro dos "raros"* do final do século XIX. A literatura era *de e para* iniciados. Durante mais de uma década, sua atividade e sua ideologia criativa foram refletidas nas revistas *Cervantes* (1919-1920), *Vltra* (1921-1922) e *Horizonte* (1922-1923).

Um jovem Jorge Luis Borges, instalado com sua irmã em Madri em 1919, inseriu-se no ambiente das reuniões que dominavam o ambiente cultural da capital – atividades ultraístas que ele, entre outros, acabou exportando para a Argentina e que se refletiram nas revistas *Prisma* (1921-1922) e *Proa* (1922-1923).

Estridentismo

Em 31 de dezembro de 1921 apareceu, no centro da Cidade do México, um pasquim assinado por Manuel Maples Arce que apresentava os 14 pontos nos quais se apoiava o recém-nascido estridentismo. Embora a Revolução mexicana tivesse acabado oficialmente

---

* *Os raros* é um livro de Rubén Darío publicado em 1896, no qual o autor faz uma seleção de poetas, dramaturgos e escritores que ele apreciava e que seguiam uma estética inovadora para a época, em sua maioria, simbolistas e franceses.

em 1917 com a proclamação da Constituição, os anos posteriores continuaram tendo capítulos turbulentos, já que os movimentos revolucionários e contrarrevolucionários seguiam bem vivos.

O México de Porfirio Díaz tomava como exemplo de sua ideia de progresso, aburguesada, a sociedade francesa. O estridentismo também olhava para o Velho Continente, mas de uma ótica revolucionária, reparando nos movimentos artísticos mais ousados e transformadores: futurismo, cubismo, ultraísmo e dadaísmo. No México existia um conhecimento muito direto desses movimentos por meio das revistas espanholas das vanguardas, como *Cosmópolis*, *Ultra* e *Grecia*.

O recurso distintivo do estridentismo foi seu caráter não centralista; sua atividade se propagava por outros estados além da capital mexicana, sendo que seu ápice ocorreu em Xalapa, no estado mexicano de Veracruz. Isso aconteceu por dois motivos: primeiro porque a maioria do grupo procedia da província; segundo porque no percurso dos anos 1920 a atividade cultural da Cidade do México girava ao redor da revista *Contemporáneos*, que surgiu por volta de 1928. Esses criadores contaram com o favor do secretário de Educação, José Vasconcelos – um apoio governamental que afastou o estridentismo da capital, mas o movimento soube encontrar seu lugar em outras latitudes da República.

3.2.2 Vicente Huidobro

O poeta chileno Vicente Huidobro (1893-1948) morou em Paris entre 1917 e 1933, retornando à capital francesa como jornalista de guerra nos anos 1944 e 1945. O cosmopolitismo dele tem muito a ver com o trato assíduo com os promotores da vanguarda: Apollinaire, Cendrars, Dermée, Reverdy, Gris e Picasso.

Bem cedo o chileno passou a procurar uma teoria para sua poesia. Baudelaire, Lautreamont, Rimbaud e Mallarmé foram sua influência direta. Para todos esses poetas, escrever é ser vidente, advertir que existe algo mais além do logos, visitar um lugar onde as antinomias lógicas são por fim superadas. "O artista moderno através de uma consciência hiperlúcida cria um domínio virtual, conceitualizado e simultâneo, rompe com a diacronia e a verossimilhança" (Jimeno-Grendi, 2006, p. 62, tradução nossa). Huidobro, desde 1913, fulminava contra o lirismo imitador. Desse mesmo ano são seus caligramas: "Japonerías de estío", "Triángulo armónico", "Fresco nipón", "Nipona" e "Capilla aldeana", nos quais desarticula o verso e a tipografia tradicional, operando uma renovação visual do poema quase contemporânea de Apollinaire.

Em 1914, Huidobro proclamou ainda mais alto sua autonomia poética ante a natureza: o poema é uma entidade independente da realidade exterior. Em seu manifesto "Non serviam", ele já propôs elementos de sua estética futura. No entanto, 1916 foi a data-chave de sua evolução posterior, o ano em que escreveu os poemas "Espejo de agua" e "Adán". Neste último, ele proclama a relação entre a ciência e a arte, intuição de absoluta modernidade.

> Nací a los treinta y tres años, el día de la muerte de Cristo; nací en el Equinoccio, bajo las hortensias y los aeroplanos del calor.
> Tenía yo un profundo mirar de pichón, de túnel y de automóvil sentimental. Lanzaba suspiros de acróbata.
> Mi padre era ciego y sus manos eran más admirables que la noche.
> Amo la noche, sombrero de todos los días.[24] (Huidobro, 2018, p. 1)

O poema *Altazor* é expressão e norte do criacionismo (vanguarda breve, como todas, pois nenhum *ismo* durou mais que quarenta anos). Trata-se de uma história em sete cantos, uma espécie de gênesis – sete foram os dias da criação divina e, segundo uma leitura metafísica, sete seriam também os distintos estágios da alma, que passa por várias vicissitudes.

Azor é o nome de um pássaro que voa alto, segundo o título. A paisagem é original, sideral, em que o movimento resulta totalmente livre. Há velocidade, vertigem, dinamismo, além de queda física e mortal ao vazio, que é também queda espiritual. É personagem híbrida, anti-herói: pássaro, aviador, anjo caído, Ícaro, Faetón, prisioneiro, o próprio Vicente Huidobro. Ele tenta deter a viagem inevitável, e seu paraquedas são a Poesia e o Amor (canto II). Há Platão na base do poema: o movimento ascendente é aquele realizado pelo filósofo quando se dirige para o mundo das ideias, do conhecimento, mas ele é obrigado a descer para mostrar esse mundo real aos homens que moram entre as sombras-cópias do mundo das ideias, e isso causa sofrimento.

3.2.3 César Vallejo

César Vallejo (1892-1938), para alguns críticos o maior poeta em língua espanhola do século XX, era "cholo" (mistura de negro e indígena) e teve uma educação formal precária e sofrida em virtude de sua condição social. Comunista dos pés à cabeça, quis viver sempre pobre e lutou do lado dos republicanos na Guerra Civil Espanhola (1936-1939), origem de suas aclamadas obras *Poemas humanos* e *España, aparta de mi este cáliz* – sua poesia revolucionária influenciará enormemente os autores espanhóis da Geração de 1950 (José Ángel Valente, Blas de Otero, Gabriel Celaya, León Felipe).

Vallejo nunca foi vinculado a nenhum movimento estético concreto. A ele só interessa aquilo que afunda suas raízes na vida. É o poeta do sofrimento e da rebeldia que nascem das limitações humanas. Despreza a rima, os ritmos regulares, a sintaxe. Suprime a pontuação, perturba a tipografia (entende o poema como algo arquitetônico) e usa muitos arcaísmos e neologismos. Que tem de vanguardista sua escrita? A total liberdade, inclusive aquela que permite os erros ortográficos, se ela é compartilhada. Há uma uma disposição ideográfica, uma grafia arbitrária, uma justaposição de imagens e de discursos: o leitor precisa completar o texto.

Exibe pessimismo, melancolia e um animismo próprio da cultura andina. Em seus poemas encontramos elementos supersticiosos, como a coruja e o sal, e figuras como a aranha e a cana. Há uma oralidade dramática em suas composições, muito expressivas, quase gestuais.

Trilce (1922) deriva de *triple* (triplo) e *dulce* (doce). Os temas, como ocorre em *Los heraldos negros*, são simples e reiterativos (cela–casa–erotismo). Há poemas do tédio na prisão: ele eleva à categoria estética aquilo que em outros poemas seria antipoético, insignificante. Há muitos poemas referidos à infância, ao paraíso perdido, em que a mãe aparece como centro do mundo familiar e como refúgio. Há também poemas de amor e sensualidade dedicados à sua namorada, Otilia; neles, o sexo aparece unido à angústia e ao instinto. Por cima de tudo sempre sobrevoa uma incerteza, uma obsessão metafísica (Se Deus está morto, o que colocamos em seu lugar?). Outro tópico importante são as horas do relógio – o tempo aparece humanizado, ligado ao desamparo e à morte. Os números são importantes: o ímpar para Vallejo é defeituoso, não harmônico; por outro lado, ele não procura pela beleza de uma Vênus de Milo, pois não lhe interessa a perfeição do círculo, e sim o assimétrico.

> [...]
> Esto me lacera de tempranía.
> Esa manera de caminar por los trapecios.
> Esos corajosos brutos como postizos.
> Esa goma que pega el azogue al adentro.
> Esas posaderas sentadas para arriba.
> Ese no puede ser, sido.
> Absurdo.
> Demencia.
> Pero he venido de Trujillo a Lima.
> Pero gano un sueldo de cinco soles.[25] (Vallejo, 1989, p. 108)

No nível formal, o referente é frequentemente perdido. Não há um discurso lógico, e a linguagem é desconstruída, uma vez que o objetivo é destruir os hábitos mentais que perspectivam a realidade para conseguir pensar de outra forma. Vallejo não busca uma poética coerente e traduzível, mas, antes, transmitir intuições (expressar o indizível de forma indizível), uma poética universal, como a música. Em *Trilce* abundam os pronomes (*eu, você*); o estilo é, muitas vezes, telegráfico; os artigos e os verbos são eliminados; há muitos sussurros infantis e coloquialismos (por se tratar da linguagem da tribo); procura a expressão seca, o batimento desgarrado, a emoção natural. De forma estoica, Vallejo busca a dignidade perante a vida.

3.2.4 Pablo Neruda

Prêmio Nobel de Literatura em 1971, Neftalí Ricardo Reyes (1904-1973) se criou na cidade de Temuco, no Chile, tomando o sobrenome do poeta tcheco Jan Neruda. Na Universidade de Santiago, seguiu a carreira diplomática, que o levou, a partir de 1927, às terras de Birmânia, Singapura, Java, China, Argentina, França e Espanha.

 O processo de composição de *Residencia en la Tierra* durou dez anos (cinco deles como cônsul, de 1925 a 1935) e conectou três continentes: Ásia, Europa e América. O poeta deve decidir entre fixar-se no real e concreto ou seguir vivendo no sonhado e ideal. O primeiro poema, "Galope muerto", poderia perfeitamente ser uma continuação da "Canción desesperada" (de *Veinte poemas de amor e uma canción desesperada*, livro imediatamente anterior e de grande sucesso). O tema por excelência em *Residencia* é a amada ausente, recuperada por meio da memória. Trata-se de uma válvula de escape sentimental que inaugura a linha profética de Neruda: o poeta está em busca de uma visão que o salve do mundo. Sentem-se a angústia e a solidão causadas pela degradação do mundo moderno, pela uniformidade, pela rotina, razão pela qual os poemas estão cheios de monotonia; são versos rituais que poetizam o tédio. O texto é existencialista, expressionista, autodestrutivo.

SI solamente me tocaras el corazón,
si solamente pusieras tu boca en mi corazón,
tu fina boca, tus dientes,
si pusieras tu lengua como una flecha roja
allí donde mi corazón polvoriento golpea,
si soplaras en mi corazón, cerca del mar, llorando,
sonaría con un ruido oscuro, con sonido de ruedas de tren con sueño,
como aguas vacilantes,
como el otoño en hojas,
[...][26] (Neruda, 2017, p. 112)

Segundo conta em suas memórias, o assassinato de Federico García Lorca e a Guerra Civil Espanhola (1936-1939) o mudaram para sempre: sua poesia, de derrotista, hermética e surrealista, passou a ser comprometida social e politicamente (*España en el corazón*). Em 1939, foi nomeado cônsul em Paris e encarregado da migração de republicanos espanhóis no Chile. Em 1945, de volta ao seu país, foi escolhido senador pelo Partido Comunista – que foi declarado ilegal pouco depois pelo presidente Videla, fato que forçou seu exílio na Europa.

Em 1950, publicou, no México, *Canto general*, livro de caráter enciclopédico que começou a escrever dez anos antes, ao sentir, conforme suas palavras, a necessidade urgente de escrever uma poesia que agrupasse "las incidencias históricas, las condiciones geográficas, la vida y las luchas de nuestros pueblos"[27] (Neruda, 2017, p. 146).

Canto general é uma epopeia do mundo americano que comemora suas grandezas e deplora suas misérias em 231 poemas repartidos em 15 seções. Neruda percorre a paisagem de sua terra, sua cosmogonia e seus rituais, a história de seu povo, sem respeitar a ordem cronológica, pulando de trás para a frente no tempo e vice-versa, contradizendo-se também: se, por um lado, celebra o silvestre e o virginal, por outro, sente orgulho do esforço humano por dominar a natureza; se, por um lado, menospreza a tecnologia e a civilização urbana, por outro, louva a ciência, a planificação em grande escala e a utopia racionalista.

Em *Canto general*, o povo se converte em um broto surgido da própria natureza, que tem a mesma fertilidade e a mesma capacidade transformadora da terra que o engendra. Neruda, habitante de um continente espoliado pelo capitalismo, identifica-se com o sofrimento do povo, e sua poesia passa do mito de uma idade de ouro perdida à luta pela justiça e pela igualdade. A epifania vivida ante as imponentes ruínas de Machu Picchu se torna similar à revelação vivida pelo poeta durante a Guerra Civil Espanhola, quando uma sensação de queda e desastre o fez sentir que dos restos de um mundo perdido, irrecuperável devia levantar-se a palavra poética que, restabelecendo o sonho, servisse de guia aos homens em sua luta infatigável por um amanhã melhor.

trêspontotrês
Reumanização da arte

A chamada *reumanização da arte* (o filósofo espanhol José Ortega y Gasset se referia, em 1925, à arte e à literatura das vanguardas como uma desumanização da arte) foi produzida por várias vias, entre as quais se destaca a poesia negra, ou afro-antilhana. Essa poesia surgiu nas ilhas do Caribe e tem sua fonte de inspiração nas ricas peculiaridades étnicas e culturais daquela região, misturando elementos cultos e populares africanos, americanos e espanhóis. Entre seus temas estão os relacionados ao compromisso político e à crítica social, baseados, muitas vezes, nos costumes e nos mitos do povo negro ou mulato. Quanto aos aspectos formais, predominam nessa poesia as formas tradicionais castelhanas, os ritmos africanos, os paralelismos e as onomatopeias.

Nas primeiras décadas do século XX, o "primitivismo" virou moda na cultura ocidental: foi a época do *jazz*, nascido dos cantos espirituais ou religiosos dos antigos escravos, ao mesmo tempo tempo que surgia, nos Estados Unidos, um movimento literário negro – pela primeira vez a África chamava a atenção de artistas e antropólogos. O "negrismo" não demorou a desenvolver-se também na Ibero-América, onde existia uma ampla população de origem africana, um ciclo que se fechou no final dos anos 1930, quando essa poesia se dissolveu em outras correntes poéticas, reaparecendo só posteriormente em manifestações isoladas.

3.3.1 Poesia afro-antilhana: Nicolás Guillén

O poeta cubano Nicolás Guillén (1902-1989), principal representante da poesia afro-antilhana, foi educado nos princípios católicos de sua mãe e nas ideias igualitárias de seu pai, senador liberal. Entre 1939 e 1941, desenvolveu uma intensa atividade política como dirigente da Frente Nacional Antifascista, chegando inclusive a se candidatar a prefeito de Havana. Nomeado Poeta Nacional de Cuba pelo governo de Fidel Castro, também dirigiu até sua morte a União de Escritores e Artistas de Cuba (Uneac), fundada em 1961.

O jornal havaneiro *Diario de la Marina* publicou pela primeira vez o breve poemário de Guillén *Motivos del son*, o qual se converteu imediatamente em um grande acontecimento cultural. Os oito poemas foram musicalizados por vários artistas da época e provocaram um escândalo em alguns setores da sociedade, pelo seu conteúdo reivindicativo e orgulhoso do ser mestiço. Nessa época, os Estados Unidos controlava econômica e politicamente a ilha caribenha, com o beneplácito de uma administração corrompida, encabeçada pelo ditador Fulgencio Batista; dessa forma, Cuba se converteu em um paraíso de jogo e prostituição para o turismo norte-americano. Nesse contexto, a população negra sofria especialmente com a segregação racial e, diante disso, um grupo de escritores e intelectuais adotaram posturas contrárias ao regime oficial.

Guillén recriou a fala do povo havaneiro, introduzindo numerosas alterações fonéticas, além de vozes e topônimos de dialetos africanos. Não se trata, porém, de uma fala exclusivamente negra, mas cubana, pois também há elementos indígenas que foram incorporados ao espanhol. No que se refere aos recursos estilísticos, o autor utiliza onomatopeias e rimas agudas, que visam imitar o som da percussão africana (*jitanjáforas*), assim como repetições que dão ao texto uma sonoridade muito característica – embora todos esses recursos possam ser considerados populares, e não exclusivamente negros, e combinados com outros de caráter culto.

Em *Motivos del son*, Guillén assume sua condição de negro, revisando suas vivências – muitas delas sob o prisma da raça, mas não exclusivamente – quando de sua chegada a Havana: de que forma nos bairros mais pobres da cidade se aglomeravam os descendentes de homens e mulheres africanos escravizados e como eles se organizavam para ser focos de resistência cultural.

Foi chamado *poeta da negritude*, mas, de fato, como ele mesmo explicava no prólogo de seu segundo livro, *Sóngoro cosongo*, o que ele queria reivindicar era a cor cubana, a mestiçagem "blanquinegra", segundo ele mesmo explica no prólogo: "La inyección africana en esta tierra es tan profunda, y se cruzan y entrecruzan en nuestra bien regada hidrografía social tantas corrientes capilares, que sería trabajo de miniaturista desenredar el jeroglífico"[28] (Guillén, 1931, p. 115). Nessa obra, ele aprofundou a denúncia política e social, tendo em vista a situação de discriminação, marginalidade e pobreza que sofriam e sofrem os negros e mulatos.

> ¡Ay, negra,
> si tú supiera!
> Anoche te bi pasá
> y no quise que me biera.
> A é tú le hará como a mí,
> [...][29] (Guillén, 1930, p. 106)

Ligado ao seu país, o poeta captou e expressou a realidade que melhor conhecia – a realidade de Havana –, mas a figura do exilado social se estendeu por toda a América, por todo o mundo esquecido. O canto de Guillén é, assim, de rebeldia e esperança, choro e sorriso universal, por meio de uma autêntica revolução estilística.

Síntese

Neste capítulo, tratamos do modernismo. Vimos que, no período de transição do romantismo para o modernismo, como precursores do novo estilo, destacam-se dois nomes: Manuel González Prada (Peru) e José Martí (Cuba).

Da atitude romântica o modernismo conservou o culto à morte, à melancolia e à solidão, tudo visto, porém, de uma nova perspectiva, expressado com rebuscada sutileza, buscando-se sempre a musicalidade das palavras e o refinamento. Era uma renovada concepção da arte, que afirmava um mundo onde a beleza era rainha, os sentimentos eram quinta-essenciados e o eu do artista procurava um refúgio exótico – medieval ou renascentista, da China até as sagas nórdicas – longe da América e da Espanha. Destacou-se aqui a figura do poeta Rubén Darío (Nicarágua).

Durante todo o modernismo até seu período final, teve papel de destaque, sobretudo em relação a épocas anteriores, a produção poética escrita por mulheres, especialmente no Rio da Prata: nomes como Gabriela Mistral (Chile), Alfonsina Storni e Juana de Ibarbourou (Argentina).

Na sequência, abordamos as vanguardas, que representavam uma estética renovadora e combativa de exploração e risco. Essa fúria antirracionalista foi a característica comum a todas as escolas e grupos que militavam por uma arte nova. Os vanguardistas se autoproclamavam *modernos*, pois confiavam euforicamente na ciência e na técnica como agentes de uma nova era.

As principais vanguardas hispano-americanas, além do surrealismo, foram o criacionismo, o ultraísmo e o estridentismo. Alguns dos poetas que se destacaram nesse período foram Vicente Huidobro, Pablo Neruda (Chile) e César Vallejo (Peru).

Por fim, versamos sobre a reumanização da arte, em que houve produções feitas por várias vias, entre as quais se destaca a poesia negra ou afro-antilhana, surgida nas ilhas do Caribe e cujas fontes de inspiração foram as ricas peculiaridades étnicas e culturais daquela região, misturando elementos cultos e populares africanos, americanos e espanhóis. Destacou-se nessa fase Nicolás Guillén (Cuba).

Atividades de autoavaliação

1. Assinale V (verdadeiro) ou F (falso) nas afirmações a seguir sobre o modernismo hispano-americano do final do século XIX.
   - ( ) A arte para os modernistas é um campo de luta política e social.
   - ( ) O movimento modernista foi um marco da literatura hispano-americana, pois foi o primeiro estilo de época em língua espanhola que fez o caminho ao contrário: iniciou na América Latina para depois seguir para a Espanha.
   - ( ) Os modernistas estavam preocupados em ser um retrato fiel da realidade.
   - ( ) Os modernistas entendem a arte como uma atividade nobre e respeitável em si mesma, que, para ser importante, não precisa ser útil.

Agora, marque a alternativa que indica a sequência correta:

a. F, V, F, F.
b. V, V, V, F.
c. F, V, V, V.
d. F, V, F, V.

2. César Vallejo foi um dos grandes poetas da América Latina. Assinale V (verdadeiro) ou F (falso) nas afirmações sobre o poeta peruano.

( ) A casa, o pai e a mãe, a fraternidade humana..., cada tema principal na poesia de Vallejo é transfigurado até resultar nada corriqueiro.
( ) Ele não busca uma poética coerente e traduzível, mas, antes, transmitir intuições, uma poética universal, como a música.
( ) O título *Trilce* (1922) deriva de *trip* (viagem) e *dulce* (doce).
( ) Suas obras estão cheias de melancolia e animismo.

Agora, marque a alternativa que indica a sequência correta:

a. F, V, F, F.
b. V, V, F, V.
c. F, F, V, V.
d. V, F, V, F.

3. Pablo Neruda é outro grande poeta do continente. Assinale V (verdadeiro) ou F (falso) nas afirmações sobre o poeta chileno.

( ) A poesia de Pablo Neruda, antes derrotista, hermética e surrealista, passou a ser comprometida social e politicamente a partir de sua experiência na Segunda Guerra Mundial.

( ) Foi o primeiro latino-americano a ganhar o Prêmio Nobel de Literatura.

( ) Viveu em muitos países ocupando cargos diplomáticos e ajudou os republicanos na Guerra Civil Espanhola, tendo dedicado o livro *España en el corazón* a esse conflito.

( ) *Canto general* é uma epopeia que comemora as grandezas e deplora as misérias do mundo americano em mais de 200 poemas.

Agora, marque a alternativa que indica a sequência correta:

a. F, F, V, F.
b. V, F, F, V.
c. V, V, F, F.
d. F, F, V, V.

4. Por que o manifesto de 1914 de Vicente Huidobro se intitula "Non serviam"?

5. Na segunda década do século XX, vários poetas da Hispano-América se aproximaram do mundo negro, uma realidade apenas explorada até então. Nessa linha, o cubano Nicolás Guillén tem sido catalogado, não poucas vezes, como o maior expoente da poesia negra ibero-americana. Por que esse rótulo pode ser considerado inexato?

Atividades de aprendizagem

Questões para reflexão

1. Que relação tem o conto "El rey burgués", incluído na obra *Azul*, de Rubén Darío (2021, p. 14-21), com os princípios defendidos pelo modernismo?

2. Como você descreveria o eu poético de "Me viene, hay días, una gana ubérrima, política…", da obra *Poemas humanos*, de César Vallejo (1959, p. 88-89)?

Atividade aplicada: prática

1. Pesquise e elabore um plano de aula sobre as vanguardas na América hispânica.

um O choque entre civilizações
dois Rumo à independência
três Modernismo, vanguardas e reumanização da arte
quatro A narrativa do início do século XX
cinco Da renovação ao *boom*
seis O pós-*boom* e as narrativas mais recentes

{

❰NESTE CAPÍTULO, ABORDAREMOS a narrativa regionalista das primeiras décadas do século XX, um fenômeno literário produto de um contexto histórico cujo realismo social teve um papel estético protagonista na literatura do continente. O propósito é apresentar um panorama das correntes dominantes no regionalismo hispano-americano. Seguindo o que diz a crítica especializada, escolhemos os romances mais representativos para ilustrar esse período. Dessa forma, acreditamos que o capítulo ajudará a iniciar os estudos sobre a importância do romance da terra na evolução da literatura hispano-americana.

Também trataremos da narrativa curta hispano-americana, cuja figura de Jorge Luis Borges consolida uma tradição de grandes contistas e também transcende as fronteiras da região, pois o escritor argentino foi um dos nomes mais influentes do século passado.

quatropontoum
O romance da terra hispano-americano da primeira metade do século XX

A narrativa da primeira metade do século XX, antes do chamado *boom* da literatura hispano-americana, foi uma época que se mostrou fecunda em virtude da qualidade e da originalidade de sua produção literária. No entanto, um dos méritos mais reconhecidos foi estabelecer temáticas que exploravam a rica e marginalizada cultura popular e rural do continente. Este se mostrou um caminho frutífero que, ao longo do século XX, produziu grandes clássicos da literatura da região.

Para colocarmos em contexto, devemos observar que, em 1898, as últimas repúblicas hispano-americanas conquistaram a independência: Cuba, República Dominicana e Porto Rico. A América Latina iniciou o século XX com uma configuração territorial muito distinta das colônias do princípio do século XIX. Contudo, as nações imperialistas exerciam grande influência na região. O poder estava nas mãos das oligarquias crioulas, que, para seguirem no controle, impunham uma política do atraso, cuja consequência era a estagnação do progresso. A negação da modernização do continente por um parcela das elites favorecia a dependência cultural, artística e tecnológica dos países europeus e dos Estados Unidos.

Nesse cenário, a estrutura social latino-americana estabelecida começou a ser contestada internamente. O início do século foi marcado por revoltas e rebeliões pelo continente. A Revolução Mexicana (1910-1920), a primeira revolução do século XX, foi um marco do latente anseio por mudanças de parte significativa da sociedade daquela época. A conjuntura internacional – a Primeira Guerra Mundial (1914-1918), a Revolução Russa (1917) e o *Crash* da Bolsa de Valores de Nova Iorque (1929) – também contribuiu para um ambiente conturbado e ávido por mudanças.

O panorama da época impactou a mentalidade dos intelectuais, que viam a necessidade de reconstruir as nações latino-americanas por meio de uma perpectiva de inclusão do pensamento popular – até então marginalizado ou deveras romantizado pelos escritores do século XIX. Para os narradores do início do século XX, era crucial construir um projeto literário em que fosse expresso o que somos, a essência do continente e suas mazelas. Para tanto, estavam comprometidos com o grande tema e esforço literário da época: definir a identidade latino-americana (Dessau, 1980). Dessa maneira, a natureza selvagem do interior e seus habitantes se tornaram os grandes protagonistas da literatura produzida nas primeiras décadas do século XX.

A narrativa dessa época se constituiu de modo que a literatura fosse um instrumento de denúncia da exploração e do abandono do homem do campo e das etnias subjugadas socialmente. Os literatos também buscavam fomentar em suas obras a discussão sobre a urgência de mudanças estruturais. Foram essas transformações que fizeram com que a justiça social fosse implementada nos lugares mais remotos do continente. Com tal propósito, o realismo social foi o gênero cultivado por esses escritores, cuja característica mais notória era o exame ou escrutínio da realidade social – dos povos originários, dos homens dos *llanos*, dos desertos e das florestas – para denunciar as tragédias dessas pessoas. Ao mesmo tempo, o regionalismo hispano-americano tinha em vista uma reparação histórica em favor dos grupos sociais menos favorecidos, a fim de que fossem contemplados dentro do imaginário nacional de uma maneira menos idealizada e preconceituosa.

A natureza sempre esteve presente de uma forma poderosa na literatura latino-americana, desde as crônicas da conquista, passando pelos escritores do século XIX, até os poetas e narradores românticos. Entretanto, a abordagem da literatura da terra ou literatura regional é realista e de crítica social. Expor o abandono, a exploração e a discriminação dos habitantes das regiões em que a natureza era mais indômita foi uma preocupação dos escritores dessa época.

Outro aspecto que teve um tratamento muito especial foi a linguagem. Os romances eram escritos com um cuidado muito especial em reproduzir a fala popular das regiões em que as histórias ocorriam. Esse cuidado com o modo como as pessoas do interior se expressavam valorizava a cultura da região e fortalecia o sentimento de inclusão dessas pessoas no projeto nacional. A literatura regional é considerada a primeira com uma linguagem própria, que manifesta a essência da terra e do povo hispano-americano. Também teve sucesso de público, observando-se uma pequena explosão de êxito da literatura do continente, que cativou novos leitores para a literatura da região.

4.1.1 O romance da Revolução Mexicana: *Los de abajo* (1915), de Mariano Azuela

A Revolução Mexicana (1910-1917) foi o tema de uma quantidade considerável de narrativas de grande êxito na primeira metade do século XX no México. Eram romances realistas que denunciavam as condições em que se encontravam as populações rurais e criticavam os grandes fazendeiros e a organização quase que feudal do campo mexicano. Foram igualmente instrumento de propaganda da revolução, exaltando o heroísmo do povo, que se uniu para acabar com a tirania dos poderosos e de alguns agentes da revolta. No entanto, também houve obras que prezavam por uma análise crítica da contenda, como é o caso do romance *Los de abajo* (1915), de Mariano Azuela. Outros autores que escreveram sobre a Revolução Mexicana foram: Martín Luis Guzmán; Gregorio López y Fuentes; José Vasconcelos; Dr. Atl (Gerardo Murillo); Ermilo Abreu Gómez; José Mancisidor; Rafael Muñoz; e Francisco L. Urquizo.

Mariano Azuela (1873-1952) foi o grande expoente dessa literatura. Publicou o que é considerado o romance mais importante sobre a revolução: *Los de abajo* (1915). Azuela teve uma grande produção literária, destancando-se títulos como *Maria Luisa* (1907), *Los fracasados* (1908), *Mala yerba* (1909), *Andres Perez, maderista* (1911), *Las moscas* (1931), *La luciérnaga* (1932), *Pedro Moreno, el insurgente* (1935), *El camarada Pantoja* (1937), *La marchanta* (1944), *La mujer domada* (1946) e *Sendas perdidas* (1949). Além de escritor, Azuela exercia a profissão de médico e, assim, conseguiu participar da luta. Ele se alistou como médico do bando de Pancho Villa e elaborou o livro de relatos que colheu *in loco*, durante o conflito.

Los de abajo é uma crítica aos rumos da revolução, da forma como foi se descarrilando. Azuela denuncia as atrocidades cometidas pelos dois bandos: revolucionários e federais. Embora apoiasse a causa revolucionária, no romance, Azuela não poupa a insurgência de suas críticas, visto que era consciente do rastro de miséria e dor que infligia o desenrolar do conflito, sobretudo aos esquecidos: os homens e as mulheres mais pobres que habitavam a zona rural mexicana.

O romance de Azuela conta a história de Demétrio Macías, um caudilho de origem humilde e indígena, caracterizado como um homem corajoso, bondoso para os seus, mas também uma pessoa cruel e sanguinária. Demétrio liderou um bando de rebeldes que lutavam contra as tropas federais em suas aldeias.

> La relación que de su aventura siguió detallando en tono declamatorio causó gran hilaridad a Pancracio y al Manteca.
>
> — Yo he procurado hacerme entender, convencerlos de que soy un verdadero correligionario...
>
> — ¿Corre... qué? —inquirió Demetrio, tendiendo una oreja.
>
> — Correligionario, mi jefe..., es decir, que persigo los mismos ideales y defiendo la misma causa que ustedes defienden.
>
> Demetrio sonrió:
>
> — ¿Pos cuál causa defendemos nosotros?...
>
> Luis Cervantes, desconcertado, no encontró qué contestar.[30]
> (Azuela, 2014, p. 41)

Demétrio não conhecia a razão de estar lutando, ou seja, seus motivos não são explicados, tampouco as motivações que caracterizavam a Revolução Mexicana. Além de Demétrio, os outros integrantes da tropa também eram seduzidos pela ação dos confrontos, isto é, a adrenalina da guerra criava dependência e os combatentes não conseguiam mais deixar a luta.

No caminho de Demétrio e seu bando, eles cruzam com o jovem da cidade, Luís Cervantes, um personagem construído com traços da biografia de Azuela, que entra na luta revolucionária por acreditar nos propósitos de justiça social e na construção de um novo país. Porém, cada vez mais ele entende que esses ideais estão muito longe do real motivo que move os combatentes a lutar. O trecho a seguir é a conversa do estudante com outro personagem da Cidade do México sobre as batalhas da revolução.

> — Yo pensé una florida pradera al remate de un camino… Y me encontré un pantano. Amigo mío: hay hechos y hay hombres que no son sino pura hiel… Y esa hiel va cayendo gota a gota en el alma, y todo lo amarga, todo lo envenena. Entusiasmo, esperanzas, ideales, alegrías…, ¡nada! Luego no le queda más: o se convierte usted en un bandido igual a ellos, o desaparece de la escena, escondiéndose tras las murallas de un egoísmo impenetrable y feroz.
>
> — Como decía — prosiguió Luis Cervantes —, se acaba la revolución, y se acabó todo. ¡Lástima de tanta vida segada, de tantas viudas y huérfanos, de tanta sangre vertida! Todo, ¿para qué? Para que unos cuantos bribones se enriquezcan y todo quede igual o peor que antes. […] ¿Será justo abandonar a la patria en estos momentos solemnes en que va a necesitar de toda la abnegación de sus hijos

los humildes para que la salven, para que no la dejen caer de nuevo en manos de sus eternos detentadores y verdugos, los caciques?... ¡No hay que olvidarse de lo más sagrado que existe en el mundo para el hombre: la familia y la patria![31] (Azuela, 2014, p. 53)

Demétrio, o personagem principal, conhece algumas glórias e morre em combate sem saber as razões que o levaram a entrar na guerra e a morrer nela. Ele não tinha a consciência de que a luta revolucionária era para construir uma pátria mais justa para o seu povo, pois começou a lutar para se defender e seguiu combatendo pelo prazer de lutar. De certa forma, Demétrio é uma representação dos homens que estavam fazendo a guerra, sem os ideais da revolução, somente pelo prazer de pegar em armas e se afastar um pouco da miséria do campo.

4.1.2 O romance da selva: *La vorágine* (1924), de José Eustasio Rivera

José Eustasio Rivera (1888-1928) foi um poeta, romancista, político e diplomata colombiano, designado secretário de uma das comissões encarregadas de demarcar a fronteira entre Colômbia e Venezuela. Em decorrência dessa atribuição, percorreu a selva amazônica e conheceu as populações que moravam na floresta, principalmente o drama e as injustiças impostas aos homens da borracha. Quando regressou da selva, tentou, sem êxito, promulgar leis para evitar a exploração dos trabalhadores da borracha. No entanto, com o material recoletado em suas andanças pela mata – histórias, lendas, relatos e aventuras vivenciadas –, escreveu seu romance mais conhecido, *La vorágine* (1924), um clássico da literatura latino-americana e uma arma de denúncia social.

> Momentos después, el árbol y yo perpetuamos en la Kodak nuestras heridas, que vertieron para igual amo distintos jugos: siringa y sangre.
> De allí en adelante, el lente fotográfico se dio a funcionar entre las peonadas, reproduciendo fases de la tortura, sin tregua ni disimulo, abochornando a los capataces, aunque mis advertencias no cesaban de predicarle al naturalista el grave peligro de que mis amos lo supieran. El sabio seguía impertérrito, fotografiando mutilaciones y cicatrices. "Estos crímenes, que avergüenzan a la especie humana —solía decirme—, deben ser conocidos en todo el mundo para que los gobiernos se apresuren a remediarlos". Envió notas a Londres, París y Lima, acompañando vistas de sus denuncios, y pasaron tiempo sin que se notara ningún remedio. Entonces decidió quejarse a los empresarios, adujo documentos y me envió con cartas a La Chorrera.[32] (Rivera, 1976, p. 123)

No romance, a violência, a injustiça e a exploração do trabalho do homem da selva são registradas por um homem ilustrado, um naturalista francês, que no caminho que percorre pela selva encontra situações inumanas. Mesmo não obtendo êxito, pois subestima o poder dos latifundiários da selva, para denunciar os crimes que presencia, faz uso da documentação para conseguir justiça. Do mesmo modo, na construção ficcional do romance estão inseridos elementos que são atestados factuais da realidade.

Na primeira edição aparecem fotos dos personagens principais, como a foto de um homem sentado em uma rede no meio da selva, e na descrição da foto consta o nome de Arturo Cova, o narrador protagonista do romance; em outra foto aparece o nome de Clemente Silva, o seringalista escravizado do romance, que está no alto de uma seringueira fazendo cortes no tronco da árvore para extrair o látex. Há também outro documento – o prólogo e o epílogo do romance, uma carta direcionada ao cônsul da Colômbia em Manaus, na qual se faz referência ao manuscrito de Arturo Cova. Esses recursos criam, de forma ficcional, uma legitimação do relato, fortalecendo, assim, a construção do romance, como se se tratasse de uma história verídica.

> Don Clemente: Sentimos no esperarlo en el barracón de Manuel Cardoso, porque los apestados desembarcan. Aquí, desplegado en la barbacoa, le dejo este libro, para que en él se entere de nuestra ruta por medio del croquis, imaginado, que dibujé. Cuide mucho esos manuscritos y póngalos en manos del Cónsul. Son la historia nuestra, la desolada historia de los caucheros. ¡Cuánta página en blanco, cuánta cosa que no se dijo![33] (Rivera, 1976, p. 201)

La vorágine faz parte dos romances da terra e do "realismo social", porém é uma obra em transição e com muitos traços românticos. A nostalgia romântica está na elaboração do personagem narrador, Arturo Cova, e na relação dramática deste com Alícia. Cova é um poeta que raptou Alícia, com o consentimento dela, para que conseguissem viver a história de amor deles. Essa relação vai ser o fio condutor do romance. A narração é repleta de uma linguagem hiperbólica, propensa à declamação e ao exagero; dessa forma, em muitas ocasiões, retira o foco do drama humano que está ao redor do narrador e o traz para os seus sentimentos. A exacerbação dos sentimentos é notória em Covas, levando-o a quase cometer suicídio. Depois de viverem separados por um bom tempo, conseguem viver juntos para logo depois terem de fugir para dentro da selva, a fim de tentar salvar o filho recém-nascido.

> Antenoche, entre la miseria, la oscuridad y el desamparo, nació el pequeñuelo sietemesino. Su primer queja, su primer grito, su primer llanto fueron para las selvas inhumanas. ¡Vivirá! ¡Me lo llevaré en una canoa por estos ríos, en pos de mi tierra, lejos del dolor y la esclavitud, como el cauchero del Putumayo, como Julio Sánchez![34] (Rivera, 1976, p. 200)

A geografia tem um papel protagonista no romance: a selva amazônica é descrita quase como uma deusa sedenta de sacrifícios. O inferno verde mutila, enferma, enlouquece e mata homens e mulheres que se embrenham em seus domínios. Essa paisagem extrema e repleta de mistérios desenvolvida por Rivera deixou uma marca muito poderosa na literatura latino-americana, que somente foi construída com a mesma potência anos depois por Gabriel García Márquez.

> ¡Nada de ruiseñores enamorados, nada de jardín versallesco, nada de panoramas sentimentales! Aquí los responsos de sapos hidrópicos, las malezas de cerros misantrópicos, los rebalses de caños podridos. Aquí, la parásita afrodisíaca que llena el suelo de abejas

muertas; la diversidad de flores inmundas que se contraen con sexuales palpitaciones y su olor pegajoso emborracha como una droga; la liana maligna cuya pelusa enceguece los animales [...].

Aquí, de noche, voces desconocidas, luces fantasmagóricas, silêncios fúnebre. Es la muerte, que pasa dando la vida Oyese el golpe de la fruta, que al abatirse hace la promesa de su semilla; el caer de la hoja, que llena el monte con vago suspiro, ofreciéndose como abono para las raíces del árbol paterno; el chasquido de la mandíbula, que devora con temor de ser devorada; el silbido de alerta, los ayes agónicos, el rumor del regüeldo. Y cuando el alba riega sobre los montes su gloria trágica, se inicia el clamoreo sobreviviente; el zumbido de la pava chillona, los retumbos del puerco salvaje, las risas del mono ridículo. ¡Todo por el júbilo breve de vivir unas horas más![35] (Rivera, 1976, p. 142-143)

La vorágine é a selva amazônica pelo poder destruidor que se esconde em cada remanso silencioso e invisível. O espaço selvagem oprime pelos seus perigos; no entanto, são o abandono e a corrupção dos representantes do Estado colombiano que propiciam as injustiças. O romance, por mais que tenha idealizações e adornos típicos do romantismo, é uma obra de denúncia. A tese defendida nele é a de que o atraso civilizatório proporciona a exploração do trabalho e a arbitrariedade dos poderosos – a selva somente amplifica a barbárie.

4.1.3 O romance gauchesco: *Don Segundo Sombra* (1926), de Ricardo Güiraldes

Ricardo Güiraldes (1886-1927) nasceu em Buenos Aires. Procedente de uma família de latifundiários argentinos, na primeira infância morou na França, onde aprendeu o francês como primeira língua. De regresso à Argentina, ainda criança, estabeleceu-se na casa da fazenda, conhecida como *La Porteña*, onde foi educado por professores particulares. Na adolescência, estudou em Buenos Aires e depois viajou pela Europa durante três anos. Em suas viagens, conheceu diversos países, diferentes literaturas e interessou-se pela filosofia hindu.

As primeiras produções literárias de Güiraldes, romances, contos e poesias, tiveram uma repercussão quase nula. Nessa época, jovens escritores vanguardistas também sofriam com o desprezo e a falta de apoio por parte da elite intelectual e artística, ainda fortemente ancorada nos preceitos estéticos do século XIX. Güiraldes participou ativamente da segunda fase da revista *Proa* (1924-1926), idealizada por Jorge Luis Borges, a qual tinha um programa bem concreto: "intervir no debate literário por meio da construção de uma tribuna serena, sem preconceitos" (Martínez, 2023, tradução nossa). Güiraldes publicou, em 1926, seu romance mais importante, *Don Segundo Sombra*, que obteve prestígio e popularidade na Argentina e também foi um marco do regionalismo latino-americano, sobretudo da literatura gauchesca argentina.

Don Segundo Sombra (1926) é uma obra em primeira pessoa, descritiva, que mistura lembranças de infância e reflexões sobre o homem rural da Argentina. O romance não retrata o homem do campo com o objetivo de realizar uma denúncia social sobre a exploração, tampouco reivindica a figura do *gaucho* argentino socialmente, como o fez o poeta argentino José Hernández em *Martín Fierro* (1872), clássico da literatura gauchesca. *Don Segundo Sombra* é, mais acertadamente, um elogio, em tom poético, ao *gaucho* argentino. O romance de Güiraldes evoca o *gaucho* como um personagem legendário, em harmonia com o seu meio.

O romance é construído por meio das memórias do jovem Fábio, que é criado exclusivamente pela mãe e, quando adolescente, é enviado para a casa das tias, em outra localidade. Nessa instância com as suas tias, o jovem, avesso aos estudos, vive como um pícaro, realizando escambos para ganhar algum dinheiro e seguir com os seus passeios em parceria com outros jovens do povoado. A vida de Fábio se transforma com a chegada de Don Segundo Sombra à pequena cidade. A simples presença do *gaucho* o deslumbra. Ele foge da casa das tias para viver em uma fazenda e aprender o trabalho da lida com o gado. Logo é escolhido para fazer parte da tropa de Don Segundo Sombra, encarregada de transferir o gado para outras paragens. A viagem inicial em companhia de Don Segundo Sombra forja o homem que ele se torna.

> Cinco años habían pasado sin que nos separáramos ni un solo día, durante nuestra penosa vida de reseros. Cinco años de esos hacen de un chico un gaucho, cuando se ha tenido la suerte de vivirlos al lado de un hombre como el que yo llamaba mi padrino. Él fue quien me guió pacientemente hacia todos los conocimientos de hombre de pampa. Él me enseñó los saberes del resero, las artimañas del

domador, el manejo del lazo y las boleadoras, la difícil ciencia de formar un buen caballo para el aparte y las pechadas, el entablar una tropilla y hacerla pararla a mano en el campo, hasta poder agarrar los animales donde y como quisiera. [...]

También por él supe de la vida, la resistencia y la entereza en la lucha, el fatalismo en aceptar sin rezongos lo sucedido, la fuerza moral ante las aventuras sentimentales, la desconfianza para con las mujeres y la bebida, la prudencia entre los forasteros, la fe en los amigos.

Y hasta para divertirme tuve en él a un maestro, pues no de otra parte me vinieron mis floreos en la guitarra y mis mudanzas en el zapateo. De su memoria saqué estilos, versadas, y bailes de dos, e imitándolo llegué a poder escobillar un gato o un triunfo y a bailar una huella o un prado. Coplas y relaciones sobraban en su haber para hacer sonrojar de gusto o de pudor a un centenar de chinas.

Pero todo eso no era sino un resplandorcito de sus conocimientos y mi admiración tenía donde renovarse a diario.

¡Cuánto había andado ese hombre!

En todos los pagos tenía amigos, que lo querían y respetaban aunque poco tiempo paraba en un punto. Su ascendiente sobre los paisanos era tal que una palabra suya podía arreglar el asunto más embrollado. Su popularidad empero, lejos de servirle, parecía fatigarlo después de un tiempo.

[...]

Pero por sobre todo y contra todo, don Segundo quería su libertad. Era un espíritu anárquico y solitario, a quien la sociedad continuada de los hombres concluía por infligir un invariable cansancio.[36] (Güiraldes, 1983, p. 197-198)

O modelo de *gaucho* argentino evocada no romance de espírito livre, anárquico e em comunhão com a natureza fascinou toda uma geração de leitores e mudou a percepção desse tipo tão característico da cultura rural argentina. A influência de *Dom Segundo Sombra* na literatura gauchesca foi fundamental para as novas obras que trataram de entender o mundo rural argentino.

4.1.4 O clássico do regionalismo: *Doña Bárbara* (1929), de Rómulo Gallegos

Rómulo Gallegos (1884-1969) é o escritor mais importante da Venezuela e um dos narradores mais influentes da América Latina no século XX. Dramaturgo, roteirista, contista e romancista, deixou uma vasta produção literária de acentuado caráter nacionalista, sobretudo por seus romances regionalistas, nos quais se embrenhou na natureza e na alma venezuelana. Político atuante, defensor da democracia e crítico das injustiças sociais, foi presidente da Venezuela, o primeiro eleito pelo voto popular, durante um curto período, pois o depuseram de seu mandato por meio de um golpe militar. Exilou-se em vários momentos no decorrer de sua vida por ser crítico aos regimes ditatoriais que se sucederam em seu país.

Corrigir e alterar seus livros era uma constante na prática de Gallegos, desde o primeiro, *El último solar* (1920), reeditado em 1930 com o novo título de *Reinado solar*. Outros títulos importantes de sua obra são *La trepadora* (1925), que trata da questão da mestiçagem, e a trilogia regionalista que deu fama ao escritor venezuelano: o primeiro foi *Doña Bárbara* (1929); o segundo, *Cantaclaro* (1934), que também transcorre nos *llanos* venezuelanos, mas com o foco na condição social dos personagens, de como os anseios pela mudança e o ímpeto de revolta do homem humilde são inúteis ante o seu destino; e o terceiro foi *Canaima* (1935), romance cuja trama se desenrola nos garimpos das selvas do sul da Venezuela, onde imperam as injustiças. Todos esses romances, com uma forte crítica social, trazem o entendimento da problemática vigente na Venezuela, relacionando-a à dicotomia civilização/barbárie. O homem do campo, empobrecido, explorado pelos coronéis e sem recursos para transformar sua realidade, somente alcançaria uma justiça social duradoura com a implementação de políticas públicas que estabelecessem o Estado de direito e fomentassem a educação. Dessa forma, a civilização afastaria a realidade brutal a que os menos favorecidos estão condenados.

O embrião do romance *Doña Bárbara* foi uma viagem de Rómulo Gallegos feita pelas planícies remotas do estado de Apure, em 1927, para documentar a vida naquelas paragens. Nessa viagem, Gallegos escutou a história de Francisca Vázquez, personagem que inspirou a protagonista do romance. Em 1928, Gallegos escreveu a primeira versão do romance, intitulado *La Coronela*, e a enviou para impressão em Caracas. No entanto, Gallegos reconsiderou, cancelou a impressão e destruiu os exemplares impressos dessa versão do livro. No ano de 1929, em Barcelona, ele reelaborou e publicou, com o título definitivo, um dos romances mais celebrados do regionalismo hispano-americano.

A história começa com o protagonista, Santos Luzardo, regressando às terras da família. Luzardo foi estudar na cidade grande e, depois de se formar em Direito e se transformar em um homem ilustrado, volta para as terras de sua infância com a intenção de vendê-las. Porém, é fisgado pela contemplação dos *llanos* venezuelanos, da região do rio Apure e decide permanecer nas terras herdadas.

O espaço do romance, os *llanos* venezuelanos, que encantam o filho que retorna à sua terra, também fascina o leitor pelas descrições poéticas da natureza indômita da região: "¡Ancho llano! ¡Inmensidad bravía! Desiertas praderas sin límites, hondos, muchos y solitarios ríos. ¡Cuan inútil resonaría la demanda de auxilio, al vuelco del coletazo del caimán, en la soledad de aquellos parajes!"[37] (Gallegos, 1977, p. 9).

O outro personagem principal é a que dá título ao romance, Doña Bárbara, a "devoradora de homens", "la dañera", que apresenta características totalmente opostas a Santos Luzardo, extremamente violenta, arbitrária e caprichosa. A estrutura alegórica do romance mobiliza o tema do choque entre civilização e barbárie presente na literatura latino-americana do século XIX. Dessa perspectiva, a construção do personagem Santos Luzardo representa a civilização e Doña Bárbara, como seu nome indica, a barbárie. Outro personagem importante pela carga simbólica é Guillermo Danger ou Míster Danger, empresário estadunidense que mora nos *llanos* de Apure e se alia a Doña Bárbara. Míster Danger representa o neocolonialismo dos Estados Unidos: ele despreza os *llaneros* e não tem escrúpulos para conseguir seus objetivos econômicos.

> No obstante, Luzardo se quedó pensando en la necesidad de implantar la costumbre de la cerca. Por ella empezaría la civilización de la llanura; la cerca sería el derecho contra la acción todopoderosa de la fuerza, la necesaria limitación del hombre ante los principios.
>
> Ya tenía, pues, una verdadera obra propia de un civilizador: hacer introducer en las leyes de llano la obligación de la cerca.
>
> Mientras tanto, ya tenía también unos pensamientos que eran como ir a lomos de un caballo salvaje en la vertiginosa carrera de la doma, haciendo girar los espejismos de la llanura. El hilo de los alambrados, la línea recta del hombre dentro de la línea curva de la naturaleza, demarcaría en la tierra de los innumerables caminos, por donde hace tiempo se pierden, rumbeando, las esperanzas errantes, uno solo y derecho hacia el porvenir.
>
> Todos estos propósitos los formuló en alta voz, hablando a solas, entusiasmado. En verdad, era muy Hermosa aquella visión del Llano futuro civilizado y próspero que se extendía ante su imaginación.
>
> Era una tarde de sol y viento recio. Ondulaban los pastos dentro del tembloroso anillo de aguas ilusorias del espejismo y a través de los médanos distantes, y por el carril del horizonte corrían, como penachos de humo, las trombas de tierra, las tolvaneras que arrastraba el ventarrón.

De pronto el soñador, ilusionado de veras en un momentáneo olvido de la realidad circundante, o jugando con la fantasía, exclamó:

— ¡El ferrocarril! Allá viene el ferrocarril.

Luego sonrió tristemente, como se sonríe al engaño cuando se acaban de acariciar esperanzas tal vez irrealizables; pero después de haber contemplado un rato el alegre juego del viento en los médanos, murmuró optimista:

— Algún día será verdad. El progreso penetrará en la llanura y la barbarie retrocederá vencida. Tal vez nosotros no alcanzaremos a verlo; pero sangre nuestra palpitará en la emoción de quien lo vea.[38] (Gallegos, 1977, p. 54)

Doña Bárbara consegue captar a riqueza da cultura das planícies venezuelanas e, ao mesmo tempo, fazer uma crítica à sociedade da época. O romance de Gallegos fomentou a discussão sobre os problemas estruturais do país e cativou os leitores com a força de seus personagens e o encanto das descrições dos espaços naturais.

4.1.5 O romance indigenista hispano-americano

O romance indigenista hispano-americano despontou nas primeiras décadas do século XX. Para caracterizar o desenvolvimento dessa corrente literária, é necessário enfatizar que o contexto internacional e os movimentos sociais de luta contra a exploração de classe tiveram um papel destacado na formação dos intelectuais da época. Nessa direção, a Revolução Mexicana, mencionada anteriormente, é um marco da insurreição dos povos marginalizados no continente.

No âmbito da literatura, esses enfrentamentos políticos contra as injustiças sociais, tão representativos da época, produziram o romance proletário. Essa narrativa se desenvolveu nas primeiras décadas do século XX e se alastrou-se pelo mundo – e na América Latina não foi diferente. No entanto, os povos originários não eram correlatos aos proletariados do mundo. O romance indigenista hispano-americano é um recorte da narrativa social com uma crítica mais abrangente, apontando para a civilização ocidental. A dicotomia civilização/barbárie, muito explorada nos romances da época, não se articula na narrativa indigenista. A visão otimista de que a civilização traria consigo a justiça social – apresentada, por exemplo, em Rómulo Gallegos e José Eustasio Rivera –, nos romances indigenistas, era a origem das injustiças, pois relegava aos indígenas o apagamento de sua cultura. Tampouco era a exaltação romântica do índio heróico e idealizado do século XIX, mas as reivindicações do índio real, da defesa e da recuperação de seus direitos, de sua cultura; do índio que vive como pária à margem da sociedade e do Estado, sofrendo as consequências de um progresso econômico do qual ele é vítima.

Escritores do Peru, da Bolívia e do Equador foram os primeiros a desenvolverem romances que situavam o índio como protagonista e criticavam a condição de vida e o lugar marginalizado que eles ocupavam na sociedade. Cabe destacar alguns nomes importantes para a formação do movimento indigenista hispano-americano: os pensadores e políticos peruanos José Carlos Mariátegui (1894-1930) e Víctor Raúl Haya de la Torre

(1895-1979), líderes de movimentos anti-imperialistas e de emancipação indígenas que influenciaram os intelectuais da época; o pioneirismo da escritora e feminista peruana Clorinda Matto de Turner (1853-1909), autora do romance realista *Aves sin nido* (1889), que é considerado o precursor do romance indigenista na América do Sul. Os escritores e romances de maior destaque desse primeiro momento do romance indigenista são: o boliviano Alcides Arguedas (1879-1946) e o romance *Raza de bronce* (1919); o escritor equatoriano Jorge Icaza (1906-1978) e o livro *Huasipungo* (1934); e o peruano Ciro Alegría (1909-1967), autor de *El mundo es ancho y ajeno* (1939).

Ciro Alegría (1909-1967) nasceu em uma das fazendas da família, próximo da localidade Huamachuco, nas serras do norte do Peru. Antes de seu nascimento, seu pai, José Eliseo Alegría Lynch, tentou uma pequena reforma agrária nas terras familiares, ação que desencadeou a ira do avô de Alegría, um latifundiário respeitado e poderoso. O ato culminou em um severo castigo: a expulsão dos pais de Ciro Alegría para uma propriedade remota, onde nasceu o escritor. Durante sua infância, deixou em várias ocasiões o convívio com os pais para estudar. A relação familiar tumultuada e as mudanças recorrentes lhe proporcionaram uma vivência singular do mundo andino, que logo seriam matéria-prima para a imaginação do escritor peruano.

Em Trujillo, cidade peruana em que se estabeleceu em sua juventude, escreveu para vários jornais e começou o curso de Letras, porém não se graduou porque foi expulso da faculdade em consequência da militância estudantil. Em 1932, foi preso e torturado por participar do movimento Aprista do Peru. Em 1933, foi libertado da prisão e, no ano seguinte, decidiu exilar-se no Chile. Alegría publicou no exílio *Serpiente de oro* (1934) e *Los perros hambrientos* (1939), que trazem a temática da exploração do indígena e do cholo peruano; ambas as obras tiveram muito boa aceitação. Contudo, ele alcançou projeção internacional com *El mundo es ancho y ajeno*, vencedor, em 1941, do concurso latino-americano de romance da Editora Farral & Rinehart, de Nova Iorque.

El mundo es ancho y ajeno (1939) retrata a luta da comunidade chamada Rumi contra a voracidade de um latifundiário, Álvaro Amenábar e Roldán, "señor de Umay, dueño de vidas y haciendas em veinte léguas a redonda"[39] (Alegría, 2000, p. 199). Os indígenas, liderados pelo prefeito Rosendo Maqui, defendem-se do ataque do potentado dono de terras, que, auxiliado por juízes corruptos e artimanhas, quer tomar as terras deles. É uma batalha que já nasce perdida, porque o destino dessas pessoas já está traçado, ou seja, os perdedores e os vencedores estão determinados antes mesmo de eles nascerem.

> El indio Rosendo Maqui estaba encuclillado tal un viejo ídolo. Tenía el cuerpo nudoso y cetrino como el lloque — palo contorsionado y durísimo —, porque era un poco vegetal, un poco hombre, un poco piedra. Su nariz quebrada señalaba una boca de gruesos labios plegados con un gesto de serenidad y firmeza. Tras las duras colinas de los pómulos brillaban los ojos, oscuros lagos quietos. Las cejas eran una crestería. Podría afirmarse que el Adán americano fue plasmado según su geografía; que las fuerzas de la tierra, de tan enérgicas, eclosionaron en un hombre con rasgos de montaña. En sus sienes nevaba como en las del Urpillau. Él también

era un venerable patriarca. Desde hacía muchos años, tantos que ya no los podía contar precisamente, los comuneros lo mantenían en el cargo de alcalde o jefe de la comunidad, asesorado por cuatro regidores que tampoco cambiaban. Es que el pueblo de Rumi se decía: "El que ha dao güena razón hoy, debe dar güena razón mañana", y dejaba a los mejores en sus puestos. Rosendo Maqui había gobernado demostrando ser avisado, tranquilo, justiciero y prudente.[40] (Alegría, 2000, p. 11)

O latifundiário queria transformar os *comuneros* em peões para que trabalhassem nas minas e em suas plantações. Por essa razão, os habitantes da comunidade eram permanentemente ameaçados de serem desapropriados de suas terras. Quando acontece o desalojamento, os *comuneros* se mudam para Yanañahui, um lugar pedregoso e de mau clima. Outra parte da comunidade se divide, fugindo da vida rural para tentar uma vida melhor em outros lugares do Peru, porém na cidade encontram mais exploração. A mudança para Yanañahui não apazigua a situação dos *comuneros*, e as agressões continuam. Guiados por um advogado, apelam ante a corte superior para recuperar suas terras, mas a resolução do julgamento, favorável aos indígenas, é roubada por homens de Aménabar e termina na fogueira.

Alguns *comuneros* se unem ao bando do famoso ladrão Fiero Vásquez e se vingam, à sua maneira, do pessoal de Aménabar. Rosendo Maqui, que não fazia parte dessa facção, é acusado de roubar gado, instigar a violência e dar refúgio aos bandidos. A força da "lei" é cumprida com severidade. O velho prefeito é preso e brutalmente espancado pelos guardas, morrendo na prisão em consequência dos ferimentos. Anos depois a esperança se renova. O filho adotivo de Rosendo Maqui, Benito Castro, retorna depois de 16 anos fora. Ele viajou pelo Peru, estudou e voltou com ideias novas, almejando trazer a modernidade para a comunidade. É eleito prefeito e, sob a sua administração, a comunidade de Yanañahui ressurge e começa a prosperar. No entanto, Aménabar volta a atacar a comunidade, abrindo um novo juízo com a alegação de que as terras pertencem a ele. Dessa vez, contudo, os *comuneros* pegam em armas para defender suas terras, mas são aniquilados pelas forças policiais que se unem aos capangas de Aménabar, e a comunidade desaparece.

> Se hizo el reparto de la cosecha entre los comuneros, según sus necesidades, y el excedente fue destinado a la venta.
>
> Y como quedara un poco de trigo que alguien derramó, regado por la plaza, Rosendo Maqui se puso a gritar:
>
> — Recojan, recojan luego ese trigo... Es preferible ver la plata po el suelo y no los granos de Dios, la comida, el bendito alimento del hombre...
>
> Así fueron recogidos de la tierra, una vez más, el maíz y el trigo. Eran la vida de los comuneros. Eran la historia de Rumi... Páginas atrás vimos a Rosendo Maqui considerar diferentes acontecimientos como la historia de su pueblo. Es lo frecuente y en su caso se explica, pues para él la tierra es la vida misma y no recuerdos. Esa historia parecía muy nutrida. Repartidos tales sucesos en cincuenta, en cien, en doscientos o más años — recordemos que él sólo sabía de oídas muchas cosas —, la vida comunitaria adquiere un evidente

carácter de paz y uniformidad y toma su verdadero sentido en el trabajo de la tierra. La siembra, el cultivo y la cosecha son el verdadero eje de su existencia. El trigo y el maíz — "bendito alimento" — devienen símbolos. Como otros hombres edifican sus proyectos sobre empleos, títulos, artes o finanzas, sobre la tierra y sus frutos los comuneros levantaban su esperanza... Y para ellos la tierra y sus frutos comenzaban por ser un credo de hermandad.[41] (Alegría, 2000, p. 210)

O romance é trágico, mas não está nada distante da realidade cotidiana das comunidades originárias do continente. Alegría constrói em *El mundo ancho y ajeno* uma denúncia que não faz nenhum tipo de atenuação quanto à violência e à exploração dos povos originários do Peru. O romance é áspero e cru, um grito estridente de protesto e raiva.

quatropontodois
Borges e a tradição da narrativa curta hispano-americana do século XX

Em consonância com as mudanças sociais do século XX, no âmbito literário, as vanguardas foram um ponto de ruptura com a arte feita até aquele momento. Dessa perspectiva, o conto, a narrativa curta, foi um terreno de experimentação de grandes autores e, em virtude do dinamismo de seu formato, ganhou muita popularidade. Escritores como o irlandês James Joyce e o tcheco Franz Kafka são alguns exemplos de contistas que criaram narrativas inovadoras para a literatura e aumentaram o interesse pelo conto. A tradição hispano-americana de grandes contistas deve muito ao uruguaio Horacio Quiroga, autor que já foi tratado no capítulo anterior. Quiroga trilhou um caminho que foi muito proveitoso para a narrativa hispano-americana do século XX: a dos contos fantásticos. Outro escritor que desenvolveu estranhíssimos e inclassificáveis contos foi o uruguaio Felisberto Hernández (1902-1964). Esse dois escritores, somados ao argentino Macedonio Fernández (1874-1952), são fundamentais para traçar a linha do tempo de uma parcela importante de narradores hispano-americanos, entre os quais estão o uruguaio Juan Carlos Onetti (1909-1973), o argentino Julio Cortázar (1914-1984), o mexicano Juan Rulfo (1917-1986), o colombiano Gabriel García Márquez (1927-2014), o também argentino Ricardo Piglia (1941-2017) e o chileno Roberto Bolaño (1953-2003). Essa constelação de escritores poderia ser acrescida com mais nomes de autores que desenvolveram narrativas curtas, experimentais, fantásticas e que repercutem outras artes e áreas do pensamento. No entanto, somente com esses nomes já se pode delinear uma tradição latino-americana, em que a figura do escritor argentino Jorge Luis Borges é o centro em torno do qual orbitam escritores que se distinguiram escrevendo contos fantásticos, experimentais, com aspirações existenciais e metafísicas.

Na metade do século XX, época da renovação do regionalismo, cujo entendimento do continente propiciou novos rumos para a literatura da região, também conheceu a revolução causada por Jorge Luis Borges, que se enquadra em uma divisão diferente. Borges foi o escritor latino-americano que mais influenciou a literatura universal no século XX. O peso de Borges foi o de construir uma obra que é difícil de catalogar no âmbito da literatura latino-americana, sobretudo pela originalidade e pela amplitude dos temas tratados. Muitos dos contos de Borges não estão no espaço do continente, tampouco apresentam personagens da região. Outro fator é a referência literária ampla do escritor. George Steiner, crítico literário e tradutor, criou o conceito de *literatura extraterritorial* para catalogar escritores como o russo Vladimir Nabokov e o irlandês Samuel Beckett. São autores que escreveram fora de seu país de origem, em uma língua diferente da materna, e utilizaram referentes da literatura universal. Além de Nabokov e Beckett, Steiner também menciona Borges para exemplificar sua concepção.

> Aun cuando, por lo que sé, Borges sólo escribió poemas y relatos en español, es uno de los nuevos "esperantistas". Su conocimiento del francés, el alemán y, especialmente, el inglés es profundo. Muy frecuentemente, un texto inglés –de Blake, Stevenson, Coleridge, De Quincey– subyace en su frase española. La otra lengua "se trasluce", confiriéndole a los versos de Borges y a sus *Ficciones* una cualidad luminosa y universal. Borges se sirve de la lengua vernácula de Argentina y de su mitología para conferir peso a lo que de otra manera sería una imaginación demasiado abstracta, demasiado arbitraria.[42] (Steiner, 2000, p. 19-20)

Jorge Luis Borges (1899-1986) nasceu em Buenos Aires, Argentina, e interessou-se desde muito cedo pelo ofício de escritor. Também foi ensaísta, crítico literário e tradutor. Borges estudou na adolescência em vários países da Europa. Regressou a Buenos Aires em 1921 e participou da agitada vida intelectual e artística da cidade. Escreveu e ajudou a criar revistas literárias de grande repercussão e influência na literatura latino-americana, como as revistas *Proa* e *Sur*. Iniciou sua produção literária escrevendo poesia – *Fervor de Buenos Aires* (1923) e *Luna de enfrente* (1925) foram os dois primeiros livros de poesia do escritor. Contudo, sua produção literária é conhecida mundialmente pelos contos, que inspiram e magnetizam leitores ainda hoje. O primeiro livro de narrativas curtas foi *Historia universal de la infamia* (1935). Esse livro é uma experiência de recriação lúdica de relatos nos quais Borges manipula histórias reais e de outros autores. Como o título antecipa, as histórias selecionadas tratam de criminosos e rufiões, porém os personagens dos relatos muitas vezes se comportam de maneira heroica. O livro de contos que se seguiu foi *Ficciones* (1944). A influência desse livro ultrapassa as fronteiras do continente e configura-se como uma das obras que direcionam o rumo da literatura no século XX. Segue-se a ele *El Aleph* (1949), *El informe de Brodie* (1970) e *El libro de arena* (1975).

Ficciones é uma obra em que Borges reuniu um livro e outros contos já publicados. Está dividida em duas partes: a primeira, intitulada "Senderos que se bifurcan", abarca um prólogo e sete contos; "Artificios" é a segunda parte e contém um prólogo e nove contos. A primeira parte foi publicada em formato de livro em 1941 com o mesmo nome. Os contos são construídos com elementos das literaturas policial, de mistério e fantástica; no entanto, os temas tratados remetem a questões de filosofia e à própria literatura. As histórias são ambientadas, com uma certa insistência, em locais como bibliotecas; também há recorrência de citações de enciclopédias e de labirintos de histórias. A narrativa de Borges foi explorada por uma infinidade de críticos literários, de inúmeras latitudes, que não estavam preocupados em buscar aspectos da cultura regional ou uma visão do continente latino-americano, mas entender as contribuições de Borges para a literatura do século XX, uma vez que desencadeiam profundas análises sobre a capacidade da literatura de se retroalimentar e também causam provocações ao indagar sobre o alcance da ficção para a criação da realidade.

> No quería [Pierre Menard, el autor del Quijote] componer otro Quijote —lo cual es fácil— sino el *Quijote*. Inútil agregar que no encaró nunca una transcripción mecánica del original; no se proponía copiarlo. Su admirable ambición era producir unas páginas que coincidieran —palabra por palabra y línea por línea— con las de Miguel de Cervantes.
>
> [...]
>
> El método inicial que imaginó era relativamente sencillo. Conocer bien el español, recuperar la fe católica, guerrear contra los moros o contra el turco, olvidar la historia de Europa entre los años de 1602 y de 1918, *ser* Miguel de Cervantes. Pierre Menard estudió ese procedimiento (sé que logró un manejo bastante fiel del español del siglo XVII) pero lo descartó por fácil. ¡Más bien por imposible!,

dirá el lector. De acuerdo, pero la empresa era de antemano imposible y de todos los medios imposibles para llevarla a término, éste era el menos interesante. Ser en el siglo XX un novelista popular del siglo XVII le pareció una disminución. Ser, de alguna manera, Cervantes y llegar al Quijote le pareció menos arduo —por consiguiente, menos interesante— que seguir siendo Pierre Menard y llegar al *Quijote*, a través de las experiencias de Pierre Menard. (Esa convicción, dicho sea de paso, le hizo excluir el prólogo autobiográfico de la segunda parte del *Don Quijote*. Incluir ese prólogo hubiera sido crear otro personaje —Cervantes— pero también hubiera significado presentar el *Quijote* en función de ese personaje y no de Menard. Éste, naturalmente, se negó a esa facilidad). "Mi empresa no es difícil, esencialmente" leo en otro lugar de la carta. "Me bastaría ser inmortal para llevarla a cabo". ¿Confesaré que suelo imaginar que la terminó y que leo el *Quijote* —todo el *Quijote*— como si lo hubiera pensado Menard? Noches pasadas, al hojear el capítulo XXVI —no ensayado nunca por él— reconocí el estilo de nuestro amigo y como su voz en esta frase excepcional: *las ninfas de los ríos, la dolorosa y húmida Eco*. Esa conjunción eficaz de un adjetivo moral y otro físico me trajo a la memoria un verso de Shakespeare, que discutimos una tarde [...].[43] (Borges, 2018, p. 22, grifo do original)

Os contos de *Ficciones* comumente aludem à dicotomia realidade/ficção como um jogo dentro de um labirinto repleto de espelhos. A ficção reflete a realidade, e a realidade reflete a ficção, sem nunca encontrar uma saída; uma bifurcação leva a outra. No célebre conto "Pierre Menard, autor del Quijote", narra-se a história de um escritor francês, Pierre Menard, que reescreveu, no século XX, dois capítulos de *Don Quijote*, de Cervantes: "Esa obra, tal vez la más significativa de nuestro tiempo, consta de los capítulos noveno y trigésimo octavo de la primera parte del *Don Quijote* y de un fragmento del capítulo veintidós"[44] (Borges, 2018, p. 20). A reescrita da narrativa de Cervantes – com todas as pontuações e palavras, idênticas à obra original – parte de uma lógica fantástica que nos transporta a um universo em que os livros podem ser reescritos rigorosamente iguais, mas sendo totalmente diferentes. Pierre Menard, o personagem central desse conto de Borges, tornou-se um clássico, sendo o conto muitas vezes citado com interpretações variadas, mas que seguem por questões da literatura, como a retroalimentação do universo literário e a importância do contexto histórico para a interpretação, além de colocar em relevo a subjetividade da literatura. Nesse sentido, a literatura somente funciona com a ação do leitor, razão pela qual uma obra nunca será a mesma, pois nunca vamos ler a mesma obra da mesma maneira: por mais que sejam as mesmas palavras, a obra age de outra maneira dentro de nós, uma vez que nunca somos os mesmos. Há um acúmulo de experiências que nos transformam diariamente, as quais repercutem em nossa leitura de mundo e, por esse motivo, em nossa interpretação do que está escrito. Um leitor não deixa de ser um escritor, pois ressignifica as histórias, e, do mesmo modo, todos os escritores são, antes de tudo, leitores.

Nosotros, de un vistazo, percibimos tres copas en una mesa; Funes, todos los vástagos y racimos y frutos que comprende una parra.

> Sabía las formas de las nubes australes del amanecer del 30 de abril de 1882 y podía compararlas en el recuerdo con las vetas de un libro en pasta española que sólo había mirado una vez y con las líneas de la espuma que un remo levantó en el Río Negro la víspera de la acción del Quebracho. Esos recuerdos no eran simples; cada imagen visual estaba ligada a sensaciones musculares, térmicas, etcétera. Podía reconstruir todos los sueños, todos los entre sueños.
>
> Dos o tres veces había reconstruido un día entero; no había dudado nunca, pero cada reconstrucción había requerido un día entero. Me dijo: "Más recuerdos tengo yo solo que los que habrán tenido todos los hombres desde que el mundo es mundo". Y también: "Mis sueños son como la vigilia de ustedes". Y también, hacia el alba: "Mi memoria, señor, es como vaciadero de basuras". Una circunferencia en un pizarrón, un triángulo rectángulo, un rombo, son formas que podemos intuir plenamente; lo mismo le pasaba a Ireneo con las aborrascadas crines de un potro, con una punta de ganado en una cuchilla, con el fuego cambiante y con la innumerable ceniza, con las muchas caras de un muerto en un largo velorio. No sé cuántas estrellas veía en el cielo.[45] (Borges, 2018, p. 53)

Outro tema trabalhado por Borges é a memória. "Funes, el memorioso" é o conto que abre a segunda parte de *Ficciones*. O conto está escrito em primeira pessoa e narra, por meio do filho letrado de um abastado estancieiro, a história dos prodígios de Ireneo Funes, um jovem que tem o sobrenatural poder de se lembrar de tudo o que leu, ouviu e vivenciou. A história acontece no ano de 1884, no povoado de Fray Bentos, interior da

Argentina, em uma das viagens de verão do narrador. O jovem vindo da cidade e um primo encontram Funes quando voltavam a cavalo de uma visita à fazenda da família. Bernardo, o primo, interpela Funes sobre as horas, e este responde sem olhar para o relógio: "Faltan cuatro minutos para las ocho, joven Bernardo Juan Francisco"[46] (Borges, 2018, p. 51). Três anos depois desse dia, o narrador volta para Fray Bentos e é informado de que Funes sofreu um acidente que o deixou incapacitado na cama. Essa nova visita a Fray Bentos atrai a atenção de Funes, que sabe que o jovem citadino traz valores e livros raros: "*De viris illustribus* de Lhomond, el *Thesaurus* de Quicherat, los Comentarios de Julio César y un volumen impar de la *Naturalis historia* de Plinio"[47] (Borges, 2018, p. 52). O encontro dos dois personagens é o ápice do conto, pois o assombro com a memória de Funes somente aumenta, uma vez que o memorioso tinha aprendido latim e lido os livros em poucos dias. Todos os livros eram exemplares em latim da cultura clássica ocidental, textos que buscavam catalogar o conhecimento antigo.

A citação de livros raros, antigos, clássicos e que buscam ser a memória do mundo, um catálogo das coisas existentes, é constante na obra de Borges. Por exemplo, "Tlön, Uqbar, Orbis Tertius" – outro conto de *Ficciones* – desenvolve-se a partir da constatação de que há uma versão apócrifa da Enciclópedia Britânica, pois esse exemplar revela a existência de outro livro misterioso, a enciclopédia de Tlön – livro que desvela a existência de um planeta desconhecido, Tlön, no qual uma civilização se desenvolveu por meio de uma ideologia. A influência foi tamanha que todas as sociedades se padronizaram. Nesse conto, Borges aparece como personagem junto com outro escritor, o amigo Adolfo Bioy Casares. O conto tem uma atmosfera de mistério policial e desencadeia uma série de descobertas sobre esses livros perdidos. Aborda ainda temas filosóficos, como a questão epistemológica de como a linguagem influencia a criação do pensamento. Também, por meio da metáfora, trata das formas como as ideias influenciam a realidade, transformando-a. No final do conto, chega-se à conclusão de que, no futuro, a Terra será como Tlön.

Síntese

Neste capítulo, abordamos a narrativa regionalista. No início do século XX, a narrativa hispano-americana experimentou uma pequena explosão de romances populares e com um forte teor nacionalista. Escritores representativos desse momento foram: Mariano Azuela (México), Rómulo Gallegos (Venezuela), José Eustasio Rivera (Colômbia), Ricardo Güiraldes (Argentina) e Ciro Alegría (Peru).

Nesse movimento, as produções literárias são voltadas para a natureza agreste, o homem do campo e as zonas remotas. As técnicas presentes são as do realismo social, muito difundido no fim do século XIX e início do século XX em todo o mundo, porém, na América Latina, essa vertente se desenvolveu de uma maneira particular, em virtude de suas especificidades. A dicotomia civilização/barbárie explorada no século XIX, como na literatura de Sarmiento, é retomada para proporcionar, por meio da civilização, a justiça social. Não se tratava, contudo, de um realismo social genuíno, como no romance de José Eustasio Rivera, *La vorágine*, em que abundam traços do romantismo. Outro aspecto que moldou o regionalismo hispano-americano foram as particularidades de cada região do continente. Em razão das diferenças regionais, são utilizadas nomenclaturas distintas para fazer referência à narrativa dessa época, como *romance da revolução mexicana*, *romance gauchesco*, *romance da selva* e *romance indigenista*.

Tratamos ainda de Jorge Luis Borges e da tradição contista hispano-americana do século XX. O que caracteriza essa tradição é a inovação de técnicas, uma combinação de tipos de narrativas, como aquelas próprias dos romances policiais e da literatura fantástica, conciliadas com uma temática que traz elementos de metaficção, metaliteratura e filosofia. Borges, de forma pioneira, explorou magistralmente todos esses ingredientes e, por essa razão, constuma-se dizer que foi um dos escritores responsáveis por dar um rumo para a narrativa do século XX.

Atividades de autoavaliação

1. O romance regionalista hispano-americano marcou a narrativa hispano-americana da primeira metade do século XX. No que se refere às características do romance regionalista hispano-americano, assinale V (verdadeiro) ou F (falso) nas afirmativas que seguem.

    ( ) Impulsionou uma construção nacional que incluísse os homens e as mulheres das zonas agrestes, que eram excluídos do projeto nacional.

    ( ) O regionalismo se caracterizava por um preciosismo vocabular, uma linguagem rebuscada e ornamental para expressar as ideias. Por essa razão, não se empregavam expressões populares em seus romances.

( ) O regionalismo não se preocupava com as condições sociais e políticas da América Latina; a única preocupação dos escritores desse movimento era conceber uma obra artística.

( ) Os escritores regionalistas hispano-americanos tinham influências de vários estilos de época, mas, em vários romances desse movimento, destaca-se, pela ênfase nos problemas sociais, o realismo social.

Agora, marque a alternativa que indica a sequência correta:

a. F, F, F, V.
b. V, F, F, V.
c. F, V, F, F.
d. V, F, V, F.

2. A narrativa indigenista hispano-americana foi uma corrente do regionalismo hispano-americano que teve muito êxito e concebeu grandes romances. Sobre essa narrativa, assinale V (verdadeiro) ou F (falso) nas informações a seguir.

( ) A narrativa indigenista hispano-americana criticava a civilização ocidental em seus textos, pois o desenvolvimento civilizatório nos moldes europeus, na visão dos escritores dessa corrente, compreendia o extermínio das culturas originais.

( ) A narrativa indigenista hispano-americana articula a dicotomia civilização/barbárie com o intuito de que a civilização acabe com as injustiças cometidas contra as comunidades originais.

( ) A obra mais destacada da narrativa indigenista hispano-americana é *Doña Bárbara*, de Rómulo Gallegos.

( ) A narrativa indigenista hispano-americana foi exclusivamente produzida no Peru.

Agora, marque a alternativa que indica a sequência correta:

a. V, V, V, V.
b. V, F, V, V.
c. V, F, F, F.
d. F, V, V, F.

3. *Don Segundo Sombra* (1926), de Ricardo Güiraldes, é um romance regionalista da Argentina. Sobre esse romance, assinale V (verdadeiro) ou F (falso) nas afirmações que seguem.

( ) O romance de Güiraldes foi o ponto culminante do indigenismo hispano-americano.

( ) O romance *Don Segundo Sombra* atualiza a literatura gauchesca e concebe a visão do *gaucho* mais difundida no século XX.

( ) Até a publicação do romance de Güiraldes, a literatura gauchesca girava ao redor de *El gaucho Martín Fierro* (1872), de José Hernández.

( ) No romance de Güiraldes, o *gaucho* é representado como uma figura lendária, um indivualista anárquico, com um conceito raivoso da liberdade e como um eterno itinerante em meio a uma paisagem ampla e aberta. Essa ideia do *gaucho* foi a mais influente no século XX.

Agora, marque a alternativa que indica a sequência correta:

a. F, F, V, V.
b. F, V, V, F.
c. F, V, V, V.

d. V, V, V, F.

4. Os temas tratados pelos escritores regionalistas acompanharam a literatura hispano-americana durante quase todo o século XX. Durante esse período ocorreram algumas renovações estéticas e formais. Que temas são esses e por que foram e são tão importantes para a literatura do continente?

5. O escritor Jorge Luis Borges faz parte de um seleto grupo de narradores que influenciaram os rumos da literatura fora do continente. Quais são os aspectos da literatura de Borges que se destacam? Como ele pode ser considerado o centro de uma tradição de contistas na região?

Atividades de aprendizagem

Questões para reflexão

1. O romance *Doña Bárbara*, de Rómulo Gallegos, é considerado um dos pontos altos do regionalismo hispano-americano. A crítica aponta a alegoria do conflito entre civilização e barbárie como um tema preponderante no livro. Analise como são construídos os personagens Doña Bárbara, Santos Luzardo, Marisela e Míster Danger da perspectiva dessa alegoria conflitiva.

2. Leia o conto de Jorge Luis Borges intitulado "El jardín de los senderos que se bifurcan", do livro *Ficciones* (1944), e explique, com exemplos, quais são as principais características da produção do escritor argentino presentes nesse conto.

Atividade aplicada: prática

1. Faça o fichamento do capítulo "La polis se politiza", do livro *La ciudad letrada*, do crítico literário Ángel Rama.

   RAMA, Á. La ciudad letrada. Montevideo: Arca, 1998.

um O choque entre civilizações
dois Rumo à independência
três Modernismo, vanguardas e reumanização da arte
quatro A narrativa do início do século XX
cinco Da renovação ao *boom*
seis O pós-*boom* e as narrativas mais recentes

{

❡ NESTE CAPÍTULO, TRATAREMOS da renovação ocorrida no meio do século, a qual contribuiu para instrumentalizar as narrativas com ferramentas que buscavam representar a diversidade cultural do continente com mais exatidão. Nesse sentido, examinaremos os conceitos do real maravilhoso e do realismo mágico, bem como as principais obras de Alejo Carpentier e Miguel Ángel Asturias.

Outro ponto que analisaremos serão as produções de Juan Rulfo e José María Arguedas, as quais introduziram uma nova concepção da oralidade na literatura.

Por último, apresentaremos a geração do *boom* hispano-americano e seus principais escritores e produções literárias, considerando aspectos que proporcionaram essa confluência de narradores.

cincopontoum
A renovação do meio do século: a ruptura com o realismo tradicional

Na década de 1920, três jovens escritores se encontraram em Paris: o cubano Alejo Carpentier, o venezuelano Arturo Uslar Pietri e o guatemalteco Miguel Ángel Asturias. Era o período conhecido como *entreguerras*, o auge das vanguardas, e a cidade de Paris era um profuso centro artístico e intelectual, que magnetizava estudantes, artistas e jovens revolucionários. Os três se tornaram amigos e se reuniam com frequência em cafés da cidade para contar histórias sobre os respectivos países. A distância da terra natal era um estímulo para refletir sobre a história de seus países, e o espírito transformador da época também colaborou para a construção de uma nova maneira de entender o continente. Consequentemente, esses três escritores foram os responsáveis pelas mudanças estéticas introduzidas na literatura para representar o mundo mítico da cultura hispano-americana. Asturias publicou *Leyendas de Guatemala* (1930), livro que recria contos orais da Guatemala de uma maneira poética. Já Uslar Pietri publicou *Las lanzas coloradas* (1931) – considerado o primeiro romance do realismo mágico hispano-americano –, um romance histórico que trata da independência da Venezuela. A narrativa de Uslar Pietri se caracteriza por introduzir o componente místico presente nas lutas pela libertação. Por sua vez, Alejo Carpentier publicou *¡Écue-Yamba-Ó!* (1933), que conta a história trágica de Menegildo Cué, um homem negro cubano. Nesse romance, Carpentier mistura a narrativa naturalista com as técnicas vanguardistas. As experimentações de como representar o universo mítico americano, anos depois, desembocaria no real maravilhoso de Carpentier e a nova literatura latino-americana. Sobre todas essas reflexões com relação à realidade latino-americana, Alejo Carpentier (1973, p. 7) escreve:

> Y es que, por la virginidad del paisaje, por la formación, por la ontología, por la presencia fáustica del indio y del negro, por la Revelación que constituyó su reciente descubrimiento, por los fecundos mestizajes que propició, América está muy lejos de haber agotado su caudal de mitologías.[48]

A dimensão da cultura não europeia, reivindicada pelos romances da terra e, sobretudo, pelos romances indigenistas, valorizou a contribuição da cultura popular, rural, dos povos originários e de matriz africana. No entanto, as ferramentas estilísticas e estéticas não eram capazes de se aprofundar na representação do imaginário cultural desses grupos sociais. O pensamento latino-americano é extremamente fragmentado e diverso, composto por heterogêneas visões de mundo, em que a realidade muitas vezes é mediada pela misticidade, pela crença nas lendas e mitos que a conformam. Nesse sentido, o realismo social já não era suficiente como ferramenta para representar essa realidade do continente.

No prólogo do romance *El reino de este mundo* (1949), Carpentier fundou o "real maravilloso". Em um trecho desse prólogo, Carpentier discorre sobre a viagem que ele fez ao Haiti em 1943 e descreve como esse real maravilhoso estava presente em todos os momentos da viagem.

> A cada paso hallaba lo real maravilloso. Pero pensaba, además, que esa presencia y vigencia de lo real maravilloso no era privilegio único de Haití, sino patrimonio de la América entera, donde todavía no se ha terminado de establecer, por ejemplo, un recuento de cosmogonías. Lo real maravilloso se encuentra a cada paso en las vidas de hombres que inscribieron fechas en la historia del Continente y dejaron apellidos aún llevados: desde los buscadores de la Fuente de la Eterna Juventud, de la áurea ciudad de Manoa, hasta ciertos rebeldes de la primera hora o ciertos héroes modernos de nuestras guerras de independencia de tan mitológica traza como la coronela Juana de Azurduy.[49] (Carpentier, 1973, p. 6)

Essa vertente narrativa, amplamente difundida no século XX, foi uma maneira inovadora de entender a realidade latino-americana, visto que considera o encantamento como um elemento ativo e determinante do imaginário de muitos povos que habitam o continente. Para explicar como a literatura opera o mágico, estabelece uma comparação com os preceitos da ficção fantástica europeia e também do surrealismo. Entretanto, Carpentier nega que esses conceitos estéticos são o que ele denomina "real maravilloso". O escritor cubano postula o real maravilhoso como uma proposição originária da América Latina e uma maneira de representar a diversidade de pensamentos e crenças que conformam a realidade do continente.

5.1.1 *El reino de este mundo* (1949), de Alejo Carpentier

Alejo Carpentier (1904-1980) nasceu na Suíça e, quando ele tinha apenas 2 anos de idade, seus pais se mudaram para o interior de Cuba. O pai, arquiteto, e a mãe, professora de línguas eslavas, foram responsáveis pela primeira formação do escritor: o pai lhe ensinou literatura; e a mãe, música. Essas duas artes, a literatura e a poesia, foram fundamentais na produção artística de Carpentier. A literatura o tornou famoso, e um dos elementos fundamentais da construção literária de Carpentier é a música. Os romances *Los pasos perdidos* (1953) e *Concierto barroco* (1974) são destacados exemplos de como a música está presente na produção literária do escritor. O romance mais importante da obra de Carpentier é *El Siglo de las Luces* (1962), romance histórico que transcorre nas ilhas do Caribe na época da Revolução Francesa. Ele também é considerado um grande contista e ensaísta e deixou um número considerável de excelentes escritos. Dedicou grande parte de sua vida à militância política e à defesa da Revolução Cubana.

El reino de este mundo (1949) coloca em prática as ideias do prólogo do livro. O romance trata de um fato histórico – a Revolução Haitiana, a primeira revolução independentista da América Latina – em que o fator místico tem um peso importante para o desfecho da contenda. Consequentemente, mobiliza o conceito do real maravilhoso, defendido por Carpentier, para evidenciar o protagonismo da cultura afro-caribenha na união e na luta do povo haitiano pela libertação do jugo colonial e escravocrata francês.

O romance se divide em quatro partes, e cada divisão conta etapas diferentes da história da Revolução Haitiana. O narrador é em terceira pessoa e onisciente, e a narração ocorre sem diálogos. Trata-se de um discurso narrativo e descritivo, característico da escritura neobarroca desenvolvida por Carpentier.

O primeiro capítulo apresenta o Haiti colônia, pré-revolução, e o modo como a revolta como se organiza. Conhecemos os personagens principais: Ti Noel e Mackandal, que eram escravizados na mesma fazenda. Mackandal perdeu o braço em um acidente e, em razão desse problema físico, começou a pastorear o gado. Por essa característica ficou conhecido como "manco", maneta. Foi pastoreando, em contato com a natureza, que Mackandal descobriu plantas mágicas, as quais usou para envenenar os franceses. Foi então capturado e executado na fogueira. Contudo, no momento em que está queimando na fogueira, transforma-se em um mosquito para cumprir sua promessa de seguir com sua gente no reino deste mundo. Para os homens escravizados do Haiti, cresce a fama de Mackandal: sacerdote vodu, senhor dos venenos e que se metamorfoseia em qualquer animal.

> Todos sabían que la iguana verde, la mariposa nocturna, el perro desconocido, el alcatraz inverosímil, no eran sino simples disfraces. Dotado del poder de transformarse en animal de pezuña, en ave, pez o insecto, Mackandal visitaba continuamente las haciendas de la Llanura para vigilar a sus fieles y saber si todavía confiaban en su regreso. De metamorfosis en metamorfosis, el manco estaba en todas partes, habiendo recobrado su integridad corpórea al vestir trajes de animales. Con alas un día, con agallas al otro, galopando

o reptando, se había adueñado del curso de los ríos subterráneos, de las cavernas de la costa, de las copas de los árboles, y reinaba ya sobre la isla entera. Ahora, sus poderes eran ilimitados. Lo mismo podía cubrir una yegua que descansar en el frescor de un aljibe, posarse en las ramas ligeras de un aromo o colarse por el ojo de una cerradura. Los perros no le ladraban; mudaba de sombra según le conviniera. Por obra suya, una negra parió un niño con cara de jabalí. De noche solía aparecerse en los caminos bajo el pelo de un chivo negro con ascuas en los cuernos. Un día daría la señal del gran levantamiento, y los Señores de Allá, encabezados por Damballah, por el Amo de los Caminos y por Ogun de los Hierros, traerían el rayo y el trueno, para desencadenar el ciclón que completaría la obra de los hombres. En esa gran hora —decía Ti Noel— la sangre de los blancos correría hasta los arroyos, donde los Loas, ebrios de júbilo, la beberían de bruces, hasta llenarse los pulmones.[50] (Carpentier, 1973, p. 24)

Ti Noel é o personagem que se move por todos os eventos relevantes da independência haitiana relatados no livro. Participa do levante liderado pelo sacerdote vodu de origem jamaicana Bouckman, cujo triunfo expulsa os franceses da ilha. Depois de um período em Cuba, volta para a ilha para presenciar como o poder acaba nas mãos de uma monarquia negra, o autoproclamado rei Henri Christophe, que é um tirano. É preso pelos soldados do rei e, uma vez cativo, trabalha com outros homens escravizados na construção da grandiosa fortaleza La Ferrière. Logo após, há a queda da monarquia e a consolidação de um governo republicano independente dos haitianos. Ti Noel é testemunha das mudanças de poder no Haiti e conclui que, mesmo com o advento da República Independente do Haiti, as injustiças contra a população haitiana seguem.

> Pero, en ese momento, la noche se llenó de tambores. Llamándose unos a otros, respondiéndose de montaña a montaña, subiendo de las playas, saliendo de las cavernas, corriendo debajo de los árboles, descendiendo por las quebradas y cauces, tronaban los tambores radás, los tambores congos, los tambores de Bouckman, los tambores de los Grandes Pactos, los tambores todos del Vodú. Era una vasta percusión en redondo, que danzaba sobre Sans-Souci, apretando el cerco. Un horizonte de truenos que se estrechaba. Una tormenta, cuyo vórtice era, en aquel instante, el trono sin heraldos ni maceros. El rey volvió a su habitación y a su ventana. Ya había comenzado el incendio de sus granjas, de sus alquerías, de sus cañaverales. Ahora, delante de los tambores corría el fuego, saltando de casa a casa, de sembrado a sembrado. Una llamarada se había abierto en el almacén de granos, arrojando tablas rojinegras a la nave del forraje. El viento del norte levantaba la encendida paja de los maizales, trayéndola cada vez más cerca. Sobre las terrazas del palacio caían cenizas ardientes.[51] (Carpentier, 1973)

No romance há outras histórias paralelas, uma das quais é a de Soliman, um homem escravizado que é o massagista de Paulina Bonaparte, irmã de Bonaparte. Pauline é um personagem histórico que morou por um período no Haiti e na República, mas no romance é ficcionalizada para mostrar como os ideais franceses estavam presentes no processo de independência haitiana.

No entanto, o romance reforça as convicções de que a realidade latino-americana está permeada por muitas culturas e que o motor das mudanças é próprio do entendimento do mundo dessa sociedade.

5.1.2 *Hombres de maíz* (1949), de Miguel Ángel Asturias

Miguel Ángel Asturias (1899-1974), quando ainda estudante, participou ativamente da política de seu país, Guatemala. Foi um estudante destacado e um dos fundadores da universidade popular, projeto em que tentava auxiliar as classes menos favorecidas. Em 1923, viajou para a Europa, estabelecendo-se em Paris, onde estudou Etnologia na Universidade de Sorbonne. Nessa época, Asturias conheceu George Raynaud, que estava realizando uma nova tradução do *Popol Vuh*, o livro sagrado dos maias, do idioma quiché para o castelhano. Asturias se uniu à empreitada, cuja conclusão demorou quarenta anos. Em Paris, participou do movimento surrealista. Publicou o livro de contos *Leyendas de Guatemala* (1930), primeira tentativa do escritor guatemalteco de unir seu conhecimento da cultura guatemalteca com experimentações vanguardistas. Escreveu, usando como base um antigo conto, *El señor Presidente* (1946), seu romance mais conhecido, que foi prontamente aclamado e é considerado até hoje um dos mais importantes romances sobre ditaduras. Em 1949, publicou o que é considerado sua obra-prima, *Hombres de maíz*, romance no qual vamos nos deter para comentar com mais extensão. Na sequência, escreveu a "trilogia bananeira": *Viento fuerte* (1950), *El papa verde*

(1954) e *Los ojos de los enterrados* (1960). Outro romance destacado de sua vasta obra é *Mulata de tal* (1963). Asturias ganhou diversos prêmios e o maior de todos os reconhecimentos para um escritor, o Nobel de Literatura, em 1967.

> Mi realismo es mágico –dice Asturias– porque depende un poco del sueño tal como lo concebían los surrealistas. Tal como lo concebían también los mayas en sus textos sagrados. Leyendo estos últimos me he dado cuenta que existe una realidad palpable sobre la cual se enraíza otra, creada por la imaginación, y que se envuelve con tantos detalles que se hace tan real como la otra. Toda mi obra se desarrolla entre estas dos realidades: la una social, política, popular, con personajes que hablan el habla del pueblo guatemalteco, la otra imaginaria, que los encierra en una especie de ambiente y paisaje de sueño.[52] (Rincón, 1996, p. 696)

Hombres de maíz faz referência ao mito fundador da civilização maia. Segundo a lenda, depois que os deuses tentaram, sem êxito, fazer o homem com o barro e com a madeira, eles obtiveram sucesso com o milho. Como as espigas de milho podem ser de cores variadas, isso também explica as múltiplas cores de pele dos seres humanos. Essa história é contada no manuscrito de Chichicastenango ou *Popol Vuh*, que significa "Livro da Comunidade". O manuscrito de Chichicastenango remonta aos primeiros anos da conquista espanhola, porém sua publicação só aconteceu em 1715, pelo frei Francisco Ximénez, que publicou a tradução para o espanhol com a versão em maia-quiché do manuscrito original. *Popol Vuh* foi o registro em língua quiché da cosmovisão dos maias e foi uma escritura sagrada para esse povo. Asturias, como mencionado anteriormente, trabalhou durante décadas no estudo e na tradução desse livro.

O romance também alude à visão de mundo maia na construção do tempo: a narrativa é cíclica, como a percepção do tempo para a cultura maia. O livro está integrado por seis relatos aparentemente desconexos, mas estruturados sutilmente pelo tema da busca das origens e por um estilo narrativo que encaixa os planos literários, místicos e históricos (Abate, 2000). A originalidade de *Hombres de maíz* faz com que o romance se integre à tradição literária autenticamente hispano-americana.

O complexo romance de Asturias desenvolve três áreas narrativas principais: a realidade guatemalteca da época do romance; uma visão histórica do período de 1900-1949; e uma representação geral do desenvolvimento da civilização ocidental – um exemplo é o enfoque na progressiva deterioração das relações humanas e o agravamento da alienação.

Os personagens do romance são uma criação dramática sem um protagonismo claro. Alguns deles são: o cacique rebelde Gaspar Ilom, o traidor Tomás Machojón, o envenenador Piojosa Grande, o impassível coronel Godoy, o carteiro Nicho Aquino, a taberneira Aleja Cuevas e o arrieiro Hilario Sacayón.

Asturias constrói um romance com muitas referências da cultura maia, como a cosmovisão, a língua e outros elementos que reivindicam a tradição de seu povo, ao mesmo tempo que amarra todos esses valores e visões de mundo ao contexto de luta pela terra. Com esse livro, Asturias buscava promover o embate contra o imperialismo, a dominação e o extermínio de sua gente.

Nesse sentido, o grande inimigo dos povos do Caribe na metade do século XX era a United Fruit Company, empresa estadunidense cuja exploração do trabalho e saqueio de terras dos indígenas eram totalmente impunes e acobertados pelos governos ditatoriais guatemaltecos.

> —¡Jo... darria la tuya! A cada rato me figuro que es la patrulla la que nos alcanza y sos vos. Por no dejar de estar cansando al caballo tu compañero. Y ésos qué es lo que esperan para alcanzarnos. Deben venir pasando el agua, corriendo, guanaqueando, apeándose a cada rato con el pretexto de cincha floja, de miar, de buscarnos con la oreja pegada al suelo del camino. Y siquiera despacharan ligero. De los que dicen: purémonos que el jefecito va adelante. Eso si no se han metido a robarse reses en las tierras. Las mujeres y las gallinas también peligran. Todo lo que es nutrimento y amor peligra con gente voluntariosa para darle gusto al cuerpo. Sólo que éstos dialtiro dicen quitá de ái: tentones, cholludos, sin respeto. Y a la prueba me remito. Ya agarraron la cacha de quedarse atrás por ver qué se roban y quien los hace andar. Ni arreados. Sólo que esta vez les va cair riata. Entre que yo para con el hígado hecho pozol y ellos a paso de tortuga. ¡Quemadera de sangre tan preciosa! Y esto que ya no es cuesta, ¿qué será, mi madre?, palo encebado pa mulas.[53] (Asturias, 1996, p. 69)

Segundo a crítica, *Hombres de maíz* estendeu sua influência a obras posteriores, porque provocou uma ruptura com o realismo indigenista anterior e abriu uma nova etapa de diálogo entre as práticas científicas (como a antropologia e a sociologia) e a literatura. Por esse caminho se enveredaram futuros escritores, que se valeram dos decisivos aportes da literatura de Asturias para seguir com a evolução da literatura preocupada em trazer à tona mundos e realidades culturais marginalizados.

cincopontodois
A segunda etapa de renovação: a narrativa antropológica de Arguedas e Rulfo

José María Arguedas e Juan Rulfo se destacaram na segunda metade do século XX pela complexa construção literária com que retratam a cultura das comunidades rurais de seus países. Especificamente, Arguedas se aprofundou na resistência cultural dos povos dos Andes peruanos e Rulfo na sociedade dos povoados desolados do estado de Jalisco, no México. As obras desses dois escritores foram pioneiras na renovação do regionalismo, que também se conhece como *neorregionalismo*.

Sobre essa fase do romance latino-americano, o crítico literário uruguaio Ángel Rama (2008) fez um importante estudo em que emprega o conceito de transculturação desenvolvido pelo antropólogo cubano Fernando Ortiz em 1940. Segundo Rama, a transculturação narrativa – os exemplos dados são das obras de Arguedas, Rulfo, Roa Bastos, García Márquez e Guimarães Rosa – funciona como uma "plasticidade cultural" que permite integrar as tradições e as novidades, ou seja, adicionar elementos de fora por meio de uma rearticulação total da estrutura cultural própria. Esse aspecto tão importante para a América Latina, que se caracteriza pela heterogeneidade cultural, é ainda hoje amplamente discutido. Um dos aspectos evidenciados por Rama (2008) nas produções literárias de Arguedas e Rulfo é como eles articulam a narrativa por meio da oralidade.

5.2.1 O novo indigenismo do século XX

José María Arguedas (1911-1969) nasceu na cidade de Andahuaylas, nas serranias do interior do Peru. Um dado marcante da biografia de Arguedas é a orfandade do escritor, pois ele perdeu a mãe muito cedo. Esse fato foi fundamental para que Arguedas se refugiasse na cozinha, espaço das indígenas, onde recebeu afeto e cuidado. Ele aprendeu a falar quéchua e escutou as histórias contadas pelas índias. Foi nesse ambiente que o respeito e a admiração pela cultura inca começaram a crescer em Arguedas. Formou-se em Letras pela Universidad de San Marcos, em Lima. Estudou também antropologia e foi pesquisador da cultura andina e professor daquela universidade.

Em 1935, publicou *Agua*, seu primeiro livro de contos. Em 1941, escreveu *Yawar Fiesta*, romance que inaugurou o neoindigenismo hispano-americano. *Los ríos profundos* (1958) foi o romance mais popular e prestigiado de Arguedas. *El sexto*, de 1961, cujo título é o nome do presídio limenho, é um romance testemunho que ficcionaliza a experiência que Arguedas teve no cárcere por protestar contra a visita ao Peru do general italiano Camarotta, representante do regime fascista de Mussolini. *Todas las sangres* (1964) é um romance em que há um esforço formidável de representar todas as etnias peruanas. Por fim, *El zorro de arriba e de abajo* (1971) é um romance póstumo, ambientado nas duas áreas geográficas mais características do Peru, a costa e a serra.

Los ríos profundos (1958) é um romance com muitas referências autobiográficas. Conta a história de Ernesto, uma criança órfã de mãe. O pai pertence a uma família de posses, mas passa por dificuldades financeiras por divergências com o patriarca. O romance começa com a viagem do jovem e seu pai para Cusco, antiga capital do Império Inca. Nessa viagem, Ernesto conhece os muros incas da cidade, uma experiência que lhe causa uma profunda comoção. Ernesto, como Arguedas, vive dividido entre o mundo ocidental e o mundo indígena. O personagem fala quéchua e se identifica com a cultura do povo inca, mas deve ir a um colégio interno, pois é o que determina seu avô. A escola de Ernesto é em Abancay, outra cidade dos Andes peruanos. Nessa localidade, ele tem múltiplas experiências, que vão da solidão à perseguição, da evasão à reflexão. Ernesto define Abancay como uma cidade cativa, construída em cima de povoados indígenas históricos. Nesse período na cidade, o personagem principal presencia o motim dos *comuneros* e se refugia na natureza, no som do rio Pachachaca, que corta os Andes, na contemplação dos cumes. Ernesto acredita nos ensinamentos da cultura ancestral dos indígenas dos Andes; assim, conversa com os rios, busca as respostas na natureza. É nesses momentos de contemplação que Ernesto conta histórias sobre a visão de mundo dos incas, suas lendas, além de explicar palavras do quéchua e como estão construídas na paisagem. *Los ríos profundos* é um romance de formação e que se utiliza de uma linguagem extremamente poética para se aprofundar na crítica sobre as disparidades culturais da sociedade peruana. As evidências da grande civilização inca estão em todas as partes: nos muros de pedra, na língua, no modo de entender o mundo. No entanto, é uma cultura subjugada, razão pela qual os indígenas, herdeiros dos incas, são tratados como inferiores dentro do país.

> Eran más grandes y extrañas de cuanto había imaginado las piedras del muro incaico; bullían bajo el segundo piso encalado, que por el lado de la calle angosta, era ciego. Me acordé, entonces, de las canciones quechuas que repiten una frase patética constante: "yawar mayu", río de sangre; "yawar unu", agua sangrienta; "puk-tik' yawar k'ocha", lago de sangre que hierve; "yawar wek'e", lágrimas de sangre. ¿Acaso no podría decirse "yawar rumi", piedra de sangre, o "puk'tik yawar rumi", piedra de sangre hirviente? Era estático el muro, pero hervía por todas sus líneas y la superficie era cambiante, como la de los ríos en el verano, que tienen una cima así, hacia el centro del caudal, que es la zona temible, la más poderosa. Los indios llaman "yawar mayu" a esos ríos turbios, porque muestran con el sol un brillo en movimiento, semejante al de la sangre. También llaman "yawar mayu" al tiempo violento de las danzas guerreras, al momento en que los bailarines luchan.
>
> —Puk'tik, yawar rumi! —exclamé frente al muro, en voz alta.
>
> Y como la calle seguía en silencio, repetí la frase varias veces.[54]
> (Arguedas, 2006, p. 45-46)

Yo no sabía si amaba más al puente o al río. Pero ambos despejaban mi alma, la inundaban de fortaleza y de heroicos sueños. Se borraban de mi mente todas las imágenes plañideras, las dudas y los malos recuerdos.

Y así, renovado, vuelvo a mi ser, regresaba al pueblo; subía la temible cuesta con pasos firmes. Iba conversando mentalmente con mis viejos amigos lejanos: don Maywa, don Demetrio Pumaylly, don Pedro Kokchi... que me criaron, que hicieron mi corazón semejante al suyo.

Durante muchos días después me sentía solo, firmemente aislado. Debía ser como el gran río: cruzar la tierra, cortar las rocas; pasar, indetenible y tranquilo, entre los bosques y montañas; y entrar al mar, acompañado por un gran pueblo de aves que cantarían desde la altura.

Durante esos días los amigos pequeños no me eran necesarios. La decisión de marchar invenciblemente, me exaltaba.

— ¡Como tú, río Pachachaca! —decía a solas.

Y podía ir al patio oscuro, dar vueltas en su suelo polvoriento, aproximarme a los tabiques de madera, y volver más altivo y sereno a la luz del patio principal. La propia demente me causaba una gran lástima. Me apenaba recordarla sacudida, disputada con implacable brutalidad; su cabeza golpeada contra las divisiones de madera, contra la base de los excusados; y su huida por el callejón, en que corría como un oso perseguido. Y los pobres jóvenes que la acosaban; y que después se profanaban, hasta sentir el ansia de flagelarse, y llorar bajo el peso del arrepentimiento.

> ¡Sí! Había que ser como ese río imperturbable y cristalino, como sus aguas vencedoras. ¡Como tú, río Pachachaca! ¡Hermoso caballo de crin brillante, indetenible y permanente, que marcha por el más profundo camino terrestre![55] (Arguedas, 2006, p. 108-109)

Arguedas constrói um romance em que o idioma e a memória do povo inca estão profundamente integrados na narrativa. Além de apresentar muitas palavras em quéchua, o que impacta a leitura do romance é a criação de uma língua literária que representa o castelhano dos povos originários, repleto de influências lexicais e de estruturas linguísticas do idioma inca. No que concerne à memória, a oralidade é um mecanismo que conserva a história e conecta a comunidade, pois a cultura dos povos resiste por meio das histórias contadas de geração a geração. Nesse processo, a manutenção da língua quéchua é fundamental. O romance de Arguedas nos leva a esses lugares de resiliência em que veicula a língua ancestral dos incas: as cozinhas, os quartos escuros, apertados, insalubres, em porões ou nos fundos das casas principais. É nesses lugares que os indígenas conversam e contam histórias na sua língua.

5.2.2 *Pedro Páramo* (1955), de Juan Rulfo

Juan Rulfo (1917-1986) nasceu em Apulco, um pequeno povoado do interior do estado de Jalisco, no México. Ficou órfão quando ainda criança: seu pai foi assassinado em um conflito, e a mãe do escritor faleceu anos depois, quando ele tinha 10 anos de idade. Foi criado primeiro por um tio e depois pela avó, mas acabou ingressando em um orfanato em Guadalajara. Depois de concluir os estudos secundários, o jovem Rulfo não pôde matricular-se na Universidade de Guadalajara porque a instituição estava em greve, razão pela qual rumou para a Cidade do México. Na capital mexicana, conseguiu continuar os estudos, assistiu a conferências na faculdade de Letras, conheceu personagens ilustres e começou a colaborar para a revista *América*. Em 1945, publicou seu primeiro conto nessa revista: "Nos han dado la tierra". Rulfo também foi roteirista – escreveu o roteiro de *Paloma herida* (1963) – e fotógrafo, deixando registros de grande qualidade. Trabalhou por muitos anos para departamentos de migração e também foi editor no Instituto Nacional Indígena. O escritor mexicano ficou conhecido pelos dois livros que publicou nos anos 1950: o livro de contos *El llano en llamas* (1953) e o romance *Pedro Páramo* (1955). Escreveu outro romance em 1956, *El gallo de oro*, mas os manuscritos deste foram extraviados e o livro foi publicado somente em 1980.

> —Hay palabras que el diccionario llamaría arcaísmos; es que aún esos pueblos hablan el lenguaje del siglo XVI. Ahora, como usted dice, no se trata de un retrato de ese lenguaje; está transpuesto, inventado, más bien habría que decir: recuperado. [...]
>
> El mexicano es una mezcla de español y el indígena. Un español quizás de Extremadura, por ahí de Castilla que al alearse tomó costumbres españolas pero bajo un sincretismo que incluía el paganismo, su superstición, su forma de pensar e imaginar las cosas.[56]
>
> (Rulfo, 1979, p. 4-5)

O romance *Pedro Páramo* transcorre em Comala, um povoado fictício, mas que guarda profundas relações com o interior abandonado do México. Somos introduzidos a esse espaço desolado por Juan Preciado, filho de Pedro Páramo. Preciado não conhecia o lugarejo, sabendo deste apenas depois que sua mãe, no leito de morte, revelou quem era seu pai e como Pedro Páramo a usara para roubar os bens que pertenciam à família. O romance é um jogo de sensações, como a de estarmos lendo um relato de defuntos em um campo santo, pois a narrativa insinua que todos estão mortos, mas que os personagens somente são conscientes da morte do outro.

> Sentí el retrato de mi madre guardado en la bolsa de la camisa, calentándome el corazón, como si ella también sudara. Era un retrato viejo, carcomido en los bordes; pero fue el único que conocí de ella. Me lo había encontrado en el armario de la cocina, dentro de una cazuela llena de yerbas: hojas de toronjil, flores de castilla, ramas de ruda. Desde entonces lo guardé. Era el único. Mi madre siempre fue enemiga de retratarse. Decía que los retratos eran cosa de brujería. Y así parecía ser; porque el suyo estaba lleno de agujeros como de aguja, y en dirección del corazón tenía uno muy grande donde bien podía caber el dedo del corazón.
>
> Es el mismo que traigo aquí, pensando que podría dar buen resultado para que mi padre me reconociera.
>
> —Mire usted —me dice el arriero, deteniéndose—: ¿Ve aquella loma que parece vejiga de puerco? Pues detrasito de ella está la Media Luna. Ahora voltié para allá. ¿Ve la ceja de aquel cerro?

Véala. Y ahora voltié para este otro rumbo. ¿Ve la otra ceja que casi no se ve de lo lejos que está? Bueno, pues eso es la Media Luna de punta a cabo. Como quien dice, toda la tierra que se puede abarcar con la mirada. Y es de él todo ese terrenal. El caso es que nuestras madres nos malparieron en un petate aunque éramos hijos de Pedro Páramo. Y lo más chistoso es que él nos llevó a bautizar. Con usted debe haber pasado lo mismo, ¿no?

—No me acuerdo.

—¡Váyase mucho al carajo!

—¿Qué dice usted?

—Que ya estamos llegando, señor.

—Sí, ya lo veo. ¿Qué pasó por aquí?

—Un correcaminos, señor. Así les nombran a esos pájaros.

—No, yo preguntaba por el pueblo, que se ve tan solo, como si estuviera abandonado. Parece que no lo habitara nadie.

—No es que lo parezca. Así es. Aquí no vive nadie.

—¿Y Pedro Páramo?

—Pedro Páramo murió hace muchos años.[57] (Rulfo, 1999, p. 9-10)

O realismo mágico de Rulfo, tão impactante e fecundo, conjuga o realismo narrativo e o fantástico para causar um estranhamento no leitor. Nesse labor se destaca uma linguagem sintética, extremamente elaborada, que privilegia a oralidade e o modo de pensar dos habitantes dos confins do México. Construir histórias em que o extraordinário se faz presente tinha como objetivo ressaltar a violência e a injustiça da sociedade mexicana.

Outros recursos embaralham a narração: o fluxo de consciência, as mudanças de ponto de vista e o tempo não linear. Todos esses elementos inovadores foram cruciais para modificar a literatura que representa o rural na América Latina. São técnicas que modernizaram a literatura e fez de Rulfo um dos grandes influenciadores da geração posterior, pois seus livros deslumbraram jovens escritores, como Carlos Fuentes, Mario Vargas Llosa e Gabriel García Márquez.

cincopontotrês
O *boom*

Nos anos 1960, confluiu um número considerável de romances hispano-americanos que mereceram o qualificativo de *extraordinários*. Eram livros escritos por principiantes e também por escritores experientes, que já tinham publicado obras significativas, mas que, durante esse período, produziram romances de muita qualidade e que tiveram uma repercussão que até então não havia alcançado a literatura da região. A explosão de obras e escritores imprescindíveis da literatura do continente foi denominada com a onomatopeia da língua inglesa para um estouro, o *boom* hispano-americano.

Sobre esse florescimento de grandes romances, José Donoso (1984), em *Historia personal del boom*, registra em modo de testemunho que, em um período muito pequeno, de 1962 a 1968, havia lido *La muerte de Artemio Cruz* (1962), *La ciudad y los perros* (1962), *La Casa Verde* (1966) e *Cien años de soledad* (1967). Isso comprova que, tanto para o público quanto para a circulação da literatura produzida no continente, a quantidade e a excelente qualidade de romances impactaram profundamente a literatura hispano-americana, pois eram obras que já nasciam clássicas e, como aponta Donoso (1984, p. 12), chegaram para "povoar um espaço antes deserto". O vazio literário preenchido se relacionava tanto às inovações estéticas e formais que continham esses romances como à popularidade que eles tiveram. A literatura latino-americana nunca tinha sido tão internacional e provocado tanto interesse em leitores de outras latitudes como nesse período. Segundo Donoso (1984), antes do *boom*, era muito raro que pessoas não especializadas nomeassem *romance hispano-americano contemporâneo* – existiam romances uruguaios e equatorianos, mexicanos e venezuelanos.

Donoso (1984) afirma que houve três fases no *boom*: a primeira teve início com a publicação de *La región más transparente* (1958), de Carlos Fuentes; a segunda, com o romance de Mario Vargas Llosa, *La ciudad y los perros* (1962); e a terceira, com *Cien años de soledad* (1967), de Gabriel García Márquez. Vamos tratar desses três romances a seguir, bem como de *Rayuela* (1963), de Julio Cortázar, sobretudo pela importância capital dessa obra para toda uma geração.

5.3.1 *La región más transparente* (1958): o romance da Cidade do México

Carlos Fuentes (1928-2012) era filho de diplomata, razão pela qual, embora tenha nascido no Panamá, durante a sua infância morou em muitos países, principalmente nas capitais americanas: Montevidéu, Rio de Janeiro, Santiago do Chile, Washington, Quito. Estudou em colégios internacionais nos países em que morou, porém nunca deixou de voltar à Cidade do México nas férias escolares. O ambiente em que seu pai transitava propiciou que o jovem Carlos Fuentes mantivesse o convívio com grandes artistas e intelectuais latino-americanos. Consequentemente a todas essas vivências e à aguçada curiosidade pelo conhecimento histórico, artístico e filosófico, forjou-se precocemente o intelectual que assombrou o mundo literário latino-americano com a publicação, em 1958, de seu primeiro romance, *La región más transparente* (do qual trataremos com uma atenção especial por ser o marco do *boom* da literatura hispano-americana). Seu valor literário se concretizou em 1962, com a publicação de dois excelentes romances, *La muerte de Artemio Cruz* e *Aura* – livros que trouxeram mais inovações estéticas e formais à narrativa de Fuentes. Em 1967, publicou *Cambio de piel*, romance que dedicou a Julio Cortázar. Sua obra cresceu em volume e importância e, em 1975, publicou o monumental romance *Terra nostra* (1975), que recebeu o Prêmio Rómulo Gallegos. Sua verve literária era quase ilimitada: no decorrer de sua carreira, escreveu e publicou fervorosamente contos, romances, peças de teatro, roteiros para filmes e ensaios. Deixou uma obra vasta e muito rica, sendo um dos grandes autores da literatura hispano-americana do século XX.

La región más transparente (1958) é, para muitos críticos e pesquisadores, o pontapé inicial do chamado *boom*. Esse reconhecimento resulta de suas propriedades disruptivas no que se refere aos moldes tradicionais da narrativa hispano-americana, além de ser o romance de estreia de um jovem escritor que surpreendeu e motivou a toda uma geração de novos escritores pelos variados recursos técnicos empregados na narrativa. Os elementos que conferem modernidade à narrativa foram um dos traços distintivos do chamado *novo romance hispano-americano* dos anos 1960, quais sejam: a quebra da linearidade argumentativa; a alternância da narração onisciente com o monólogo interior; o diálogo sem modelos fixos e o fluxo lírico atemporal; a reprodução fidedigna das diferentes maneiras de falar, que entram em colisão da mesma maneira que as classes sociais representadas.

> Aquí vivimos, en las calles se cruzan nuestros olores, de sudor y páchuli, de ladrillo nuevo y gas subterráneo, nuestras carnes ociosas y tensas, jamás nuestras miradas. Jamás nos hemos hincado juntos, tú y yo, a recibir la misma bestia; desgarrados juntos, creados juntos, sólo morimos para nosotros, aislados. Aquí caímos. Qué le vamos a hacer. Aguantarnos, mano. A ver si algún día mis dedos tocan los tuyos. Ven, déjate caer conmigo en la cicatriz lunar de nuestra ciudad, ciudad puñado de alcantarillas, ciudad cristal de vahos y escarcha mineral, ciudad presencia de todos nuestros olvidos, ciudad de acantilados carnívoros, ciudad dolor inmóvil, ciudad de la brevedad inmensa, ciudad del sol detenido, ciudad de calcinaciones largas, ciudad a fuego lento, ciudad con el agua al cuello, ciudad del letargo pícaro, ciudad de los nervios negros, ciudad de los tres ombligos, ciudad de la risa gualda, ciudad del hedor torcido, ciudad rígida entre el aire y los gusanos, ciudad vieja en las luces, vieja ciudad en su cuna de aves agoreras, ciudad nueva junto al polvo esculpido, ciudad a la vela del cielo gigante, ciudad

de barnices oscuros y pedrería, ciudad bajo el lodo esplendente, ciudad de víscera y cuerdas, ciudad de la derrota violada (la que no pudimos amamantar a la luz, la derrota secreta), ciudad del tianguis sumiso, carne de tinaja, ciudad reflexión de la furia, ciudad del fracaso ansiado, ciudad en tempestad de cúpulas, ciudad abrevadero de las fauces rígidas del hermano empapado de sed y costras, ciudad tejida en la amnesia, resurrección de infancias, encarnación de pluma, ciudad perro, ciudad famélica, suntuosa villa, ciudad lepra y cólera, hundida ciudad. Tuna incandescente. Águila sin alas. Serpiente de estrellas. Aquí nos tocó. Qué le vamos a hacer. En la región más transparente del aire.[58] (Fuentes, 2018, p. 20-21)

O título do romance remete à epígrafe do livro *Visión de Anáhuac* (1519), de Alfonso Reyes: "Viajero: has llegado a la región más transpariente del aire"[59] (Reyes, 1953, p. 7). O livro de Reyes foi publicado em 1917 e recria, por meio de uma mistura de gêneros, o deslumbramento dos conquistadores europeus ao se depararem, pela primeira vez, com Tenochtitlán, a antiga capital do Império Asteca, onde hoje é a Cidade do México. Reyes, recontando o passado e as origens mexicanas de um olhar estrangeiro, vislumbrava recuperar o orgulho do povo mexicano.

Antes de Fuentes, muito se escreveu sobre a Cidade do México, mas ninguém tinha feito com que a cidade falasse, como fez o escritor mexicano. Mediante uma multiplicidade de vozes, pertencentes a estratos sociais variados, a Cidade do México é transformada em um personagem principal. O crítico literário Vicente Quirarte (2018, p. 52) escreve sobre como o romance busca interpretar a complexidade das experiências e dos experimentos sociais que se converteram na Cidade do México da metade do século XX: "Ser colectivo que se llama el México que fue, que sigue siendo, el México posible, el soñado, el utópico, el imposible, el que no es capaz de cerrar sus ciclos y vive con el rencor vivo y la herida abierta, con la deuda postergada, el desquite pendiente"[60].

Uma das feridas que estavam abertas no tempo em que foi publicado o romance era aquela referente à revolução. Ao analisarmos alguns personagens, encontramos apreciações e constatações sobre como a revolução impôs transformações às diferentes estratificações da sociedade mexicana. Um exemplo é a família De Ovando, latifundiários que perdem tudo, mas ainda conservam o espírito e os modos do antigo regime e rememoram saudosos os tempos de riqueza. No outro extremo estão os revolucionários que lucraram ao se unirem às fileiras, como é o caso de Federico Robles, que, mesmo não tendo convicção alguma na luta, com a revolução passou de peão de fazenda a influente banqueiro. O romance confere à história do México um papel crucial para determinar o destino dos personagens.

Nesse sentido, *La región más transparente* e *La muerte de Artemio Cruz* são considerados tanto a renovação quanto o encerramento dos chamados *romances da revolução*, visto que rompem com o realismo social da primeira metade do século XX, trazendo técnicas narrativas mais modernas e, também, cada romance à sua maneira, conseguindo realizar uma visão crítica e distanciada da revolução.

Fuentes optou por escrever um romance urbano e que repercutisse os fatos históricos do México nos habitantes da capital do país, pois tinha a convicção de que o romance rural havia sido esgotado pela maestria de Juan Rulfo alguns anos antes. Em virtude dessa escolha, *La región más transparente* é um romance do cânone da literatura hispano-americana que se difere totalmente dos outros clássicos anteriores do século XX, por não estar ambientado no meio campestre. Fuentes debuta com um romance poderoso, que inicia a construção de uma produção literária que tem um especial anseio em descortinar os segredos das idiossincrasias do povo mexicano.

5.3.2 *La ciudad y los perros* (1962), de Mario Vargas Llosa

O peruano Mario Vargas Llosa (1936-) é um dos escritores mais importantes da América Latina. Romancista, político, dramaturgo, poeta, ensaísta e professor universitário, formou-se com destaque em Letras pela Universidade de San Marcos, em 1956, com a tese *Base para uma interpretação de Rubén Darío*. Seu desempenho acadêmico lhe valeu uma bolsa de estudos para seguir com sua formação na Espanha. Depois de completar seus estudos na Espanha, mudou-se para a França, onde estudou filosofia e trabalhou como jornalista. Seu primeiro romance, *La ciudad y los perros* (1962), Prêmio Biblioteca Breve, repercutiu de uma maneira estrondosa e catapultou a recepção do *boom* hispano-americano para fora das fronteiras do continente. Em 1967, publicou seu segundo romance, *Casa Verde*, que recebeu o Prêmio Rómulo Gallegos. Com o destaque desses dois romances, a produção literária de Vargas Llosa seguiu com grande qualidade e projetou ainda mais o escritor peruano: *Conversación en la catedral* (1969),

Pantaleón y las visitadoras (1973), *La tía Julia y el escribidor* (1977) e *La guerra del fin del mundo* (1981). Em 1986, ganhou o Prêmio Príncipe de Asturias de Letras e, em 1990, o Prêmio Cervantes. Em 1987, escreveu o romance *El hablador* e, em 2000, *La fiesta del chivo*. Ganhou o Prêmio Nobel de Literatura em 2010.

La ciudad y los perros é um romance que destoa dos demais de sua época pelo realismo com que foi construído. Ao contrário dos mais destacados escritores do *boom* – que se embrenharam no realismo mágico por considerarem que essa era a fórmula narrativa que podia melhor descortinar o processo histórico e cultural da América Latina –, Vargas Llosa é profusamente realista. Sobre essa preferência estética, é importante mencionar a admiração de Llosa pela literatura de Gustave Flaubert, que lhe rendeu um famoso ensaio crítico publicado em 1975: *La orgía perpetua: Flaubert y Madame Bovary*. Nesse sentido, *La ciudad y los perros* é um romance em que o realismo aguça a crítica feroz que Vargas Llosa dispara contra o poder.

Jorge E. Lemus (2012) compara o romance de Vargas Llosa com *O Senhor das Moscas* (1954), do também Prêmio Nobel de Literatura William Golding. Segundo Lemus (2012), os dois romances tratam da forma como os jovens repercutem de maneira selvagem estruturas de poder da sociedade. No romance de Golding, são jovens náufragos sem a tutela dos adultos que buscam reconstruir os modelos de dominação e controle sociais para organizar o grupo e justificar a civilização. No caso do romance *La ciudad y los perros*, a estrutura copiada pelos jovens estudantes, que separa "cadetes" de "cachorros" e transforma garotos em homens, é a do Colégio Militar. O envolvimento dos adultos ainda é mais notório quando os professores descobrem que a morte de um dos personagens, Arana, não foi acidental e ocultam o assassinato do menino para proteger a instituição. O tema de *La ciudad y los perros* é o poder e como os subordinados são violentados pelos que o exercem. A crítica aponta que o romance é um microcosmo das condições de vida na América Latina, sobretudo a forma como o poder é exercido para corromper, viciando as condutas e tornando as sociedades mais violentas.

A história começa *in media res*, com o roubo das perguntas do exame de Química da escola, mas logo vamos sabendo o que aconteceu antes. O livro não é linear, pois os tempos em que as ações ocorrem se entrecruzam com *flashbacks* de momentos muito anteriores ao ocorrido. A animalização dos personagens – como no caso dos novos estudantes, que são denominados *perros* pelos cadetes veteranos – é uma característica que imprime uma carga dramática e simbólica da corrupção dos internos. Outros exemplos são Jaguar, um jovem extremamente violento que é líder da organização dos cadetes denominada o Círculo, e o cadete leal a Jaguar, chamado de Boa, interno do quinto ano que demonstra um comportamento lascivo com uma cadela. Ainda sobre os personagens, há o estudante Ricardo Arana, apelidado de Escravo por causa de seu comportamento submisso e não violento e que vai ser objeto de constantes zombarias e brincadeiras violentas por parte dos colegas do Colégio Militar. Arana é o centro da narrativa, mesmo aparecendo somente na primeira parte do romance, uma vez que é assassinado com um tiro em uma prática do Colégio Militar chamada "campaña". A morte de Arana é um acerto de contas do Círculo, que não o perdoa por delatar os envolvidos no roubo das perguntas do exame de Química. Outro fato que faz dele um personagem emblemático é a relação dele com o pai, que somente conheceu aos 10 anos de idade. Isso mudou sua vida, pois depois desse momento começou a ser espancado pelo próprio pai, que estava contrariado com a educação do filho. Por causa dessa insatisfação é que Arana foi colocado no Colégio Militar, para, segundo o pai, tornar-se um "homem".

— No podemos quedarnos así. Hay que hacer algo — dijo Arróspide. Su rostro blanco destacaba entre los muchachos cobrizos de angulosas facciones. Estaba colérico y su puño vibraba en el aire.

— Llamaremos a ése que le dicen el Jaguar — propuso Cava.

Era la primera vez que lo oían nombrar. "¿Quién?", preguntaron algunos; "¿es de la sección?"

— Sí — dijo Cava —. Se ha quedado en su cama. Es la primera, junto al baño.

—¿Por qué el Jaguar? — dijo Arróspide —. ¿No somos bastantes?

— No — dijo Cava — No es eso. Él es distinto. No lo han bautizado. Yo lo he visto. Ni les dio tiempo siquiera.

Lo llevaron al estadio conmigo, ahí detrás de las cuadras. Y se les reía en la cara, y les decía: "¿así que van a bautizarme?, vamos a ver, vamos a ver". Se les reía en la cara. Y eran como diez.

—¿Y? — dijo Arróspide.

— Ellos lo miraban medio asombrados — dijo Cava — Eran como diez, fíjense bien. Pero sólo cuando nos llevaban al estadio. Allá se acercaron más, como veinte, o más, un montón de cadetes de cuarto. Y él se les reía en la cara; "¿así que van a bautizarme?", les decía, qué bien, qué bien.

—¿Y? — dijo Alberto.

—¿Usted es un matón, perro?, le preguntaron. Y entonces, fíjense bien, se les echó encima. Y riéndose.

Les digo que había ahí no sé cuantos, diez o veinte o más tal vez. Y no podían agarrarlo. Algunos se sacaron las correas y lo azotaban de lejos, pero les juro que no se le acercaban. Y por la Virgen que todos tenían miedo, y juro que vi a no sé cuántos caer al suelo, cogiéndose los huevos, o con la cara rota, fíjense bien. Y él se les reía y les gritaba: ¿así que van a bautizarme?, qué bien, qué bien.

—¿Y por qué le dices Jaguar? — preguntó Arróspide.

– Yo no — dijo Cava — Él mismo. Lo tenían rodeado y se habían olvidado de mí. Lo amenazaban con sus correas y él comenzó a insultarlos, a ellos, a sus madres, a todo el mundo. Y entonces uno dijo: "a esta bestia hay que traerle a Gambarina". Y llamaron a un cadete grandazo, con cara de bruto, y dijeron que levantaba pesas.

—¿Para qué lo trajeron? — preguntó Alberto.

—¿Pero por qué le dicen el Jaguar? — insistió Arróspide.

— Para que pelearan — dijo Cava — Le dijeron: "oiga, perro, usted que es tan valiente, aquí tiene uno de su peso". Y él les contestó: "me llamo Jaguar. Cuidado con decirme perro."[61] (Vargas Llosa, 2019, p. 432)

Um componente notório, sobretudo na primeira etapa da produção literária de Vargas Llosa, são os elementos biográficos que apoiam a construção de suas narrativas. No presente caso, não poderíamos deixar de mencionar alguns detalhes da da própria vida do autor aproveitados para elaborar o romance. Os pais de Vargas Llosa se separaram antes de ele nascer. A mãe do escritor foi exclusivamente quem o criou até os 10 anos de idade, quando então ele conheceu o pai. O encontro com o pai mudou a vida do jovem Vargas Llosa, pois seu progenitor tinha uma conduta rígida e conservadora e não estava de acordo com os rumos da educação do filho. Entre outros comportamentos, o pai de Vargas Llosa não achava o hábito de escrever do filho algo adequado a um homem e o colocou no Colégio Militar Leoncio Prado. Como podemos perceber, a experiência no internato serviu de matéria-prima para que Vargas Llosa construísse seu premiado romance de estreia, que o transformou em um dos principais escritores do continente.

5.3.3 Julio Cortázar e o jogo de *Rayuela* (1963)

Julio Cortázar (1914-1984) nasceu na Bélgica, mas, com o advento da Primeira Guerra Mundial, sua família se mudou para a Suíça e depois para a Espanha. Quando estava com 4 anos de idade, sua família regressou à Argentina e se estabeleceu em Banfield. Cortázar formou-se em Letras em 1935 e lecionou em diversas instituições de ensino médio da Argentina. Em 1944, obteve o posto de professor da Universidade de Cuyo, onde deu cursos de Literatura Inglesa e Francesa. Colaborou com diversas revistas literárias da Argentina. Em 1948, por ocasião do falecimento do poeta, ator, escritor e dramaturgo francês Antonin Artaud, escreveu um artigo para a revista *El Sur*. Em 1951, publicou seu primeiro livro de contos, *Bestiário*, ano em que também recebeu uma bolsa do governo francês e se mudou para Paris. Na capital francesa, começou a trabalhar como tradutor para a Organização das Nações Unidas para a Educação, a Ciência e a Cultura (Unesco), trabalho que exerceu durante toda a sua vida. Em 1956, publicou o livro de contos *Final del juego* e também a famosa tradução para o espanhol da prosa completa de Edgar Allan Poe. Sua obra cresceu com o romance *Las armas secretas*, de 1959, e *Historias de cronopios y de famas*, de 1962. Em 1963, publicou *Rayuela*, o romance mais importante do autor e que marcou profundamente toda uma geração. Logo se seguiram: *Todos los fuegos el fuego* (1966), o livro de contos mais popular de Cortázar; *62/Modelo para armar* (1968), romance; *Último round* (1969), collage literário; *Octaedro* (1974), contos; *Alguien que anda por ahí* (1977), contos; *Queremos tanto a Glenda* (1980), contos; e *Los autonautas de la cosmopista* (1983), romance escrito com a colaboração de Carol Dunlop.

Rayuela é uma revolução na narrativa em língua espanhola. O escritor argentino transpôs limites da ordem tradicional de uma história e também transgrediu a linguagem ao contá-la. É um livro que transborda imaginação e humor, ao mesmo tempo que renova a instrumentação narrativa, propondo a quebra das convenções e dos gêneros. *Rayuela* traz todo o espírito de Cortázar, sua complexidade estética e também suas não menos complexas questões filosóficas. O romance era para se chamar *Mandala*, uma representação geométrica da relação entre o homem e o cosmos que está presente em muitas culturas; no entanto, Cortázar descartou esse título por considerá-lo extremamente pretensioso. Optou por *Rayuela* – em português, "jogo de amarelinha" –, brincadeira infantil cujo objetivo é chegar ao "céu". Nesse sentido, assemelha-se à busca do protagonista, Horacio Oliveira, de encontrar um sentido para a vida.

A estrondosa recepção do romance marcou profundamente o imaginário dos jovens latino-americanos, sobretudo da década de 1970, mas segue fascinando as novas gerações que têm contato com o livro. O sucesso do romance se relaciona com o estilo narrativo de Cortázar, como já mencionado, repleto de inovações, giros inesperados e situações inusitadas. Mas há outro aspecto que também é importante: o carisma dos personagens principais, Horacio Oliveira e Maga. As histórias giram em torno da relação desses dois personagens, que, juntos em Paris ou separados geograficamente, alimentam discussões existenciais sobre o amor, a morte e as artes. Horacio é uma pessoa cerebral, que esconde seus sentimentos e está imerso em um mundo intelectualizado, no qual nutre discussões sobre filosofia, literatura, *jazz* e um amplo espectro da cultura ocidental. Maga é franca, vivaz e desfruta intensamente o que a vida proporciona; não é tão culta, por isso tem dificuldades para seguir as discussões do Club de la Serpiente, grupo de artistas e intelectuais residentes em Paris. O romance de Cortázar traz um vasto referencial cultural, com citações a filósofos, escritores, poetas, músicos de *jazz* e diretores de cinema. Os encaixes de todos esses elementos na trama são envolventes, tornando a leitura extremamente estimulante.

La técnica consistía en citarse vagamente en un barrio a cierta hora. Les gustaba desafiar el peligro de no encontrarse, de pasar el día solos, enfurruñados en un café o en un banco de plaza, leyendo-un-libro-más. La teoría del libro-más era de Oliveira, y la Maga la había aceptado por pura ósmosis. En realidad para ella casi todos los libros eran libro-menos, hubiese querido llenarse de una inmensa sed y durante un tiempo infinito (calculable entre tres y cinco años) leer la ópera omnia de Goethe, Homero, Dylan Thomas, Mauriac, Faulkner, Baudelaire, Roberto Arlt, San Agustín y otros autores cuyos nombres la sobresaltaban en las conversaciones del Club. A eso Oliveira respondía con un desdeñoso encogerse de hombros, y hablaba de las deformaciones rioplatenses, de una raza de lectores a fulltime, de bibliotecas pululantes de marisabidillas infieles al sol y al amor, de casas donde el olor a la tinta de imprenta acaba con la alegría del ajo. [...]

[...] Los encuentros eran a veces tan increíbles que Oliveira se planteaba una vez más el problema de las probabilidades y le daba vuelta por todos lados, desconfiadamente. No podía ser que la Maga decidiera doblar en esa esquina de la rue de Vaugirard exactamente en el momento en que él, cinco cuadras más abajo, renunciaba a subir por la rue de Buci y se orientaba hacia la rue Monsieur le Prince sin razón alguna, dejándose llevar hasta distinguirla de golpe, parada delante de una vidriera, absorta en la contemplación de un mono embalsamado. Sentados en un café reconstruían minuciosamente los itinerarios, los bruscos cambios, procurando explicarlos telepáticamente, fracasando siempre, y sin embargo se habían encontrado en pleno laberinto de calles, casi siempre acababan por encontrarse y se reían como locos, seguros de un poder que los enriquecía. [...][62] (Cortázar, 2013, p. 93)

O jogo que propõem os protagonistas do romance traça um mapa de deslocamentos dentro de Paris, que fascinaram e fascinam muitos leitores. Essa sedução fez com que muitos admiradores da obra se dirigissem à capital francesa para vagar pela cidade seguindo os passos de Maga e Horacio.

O caráter lúdico de *Rayuela*, cujo mérito maior é transferir para o leitor a condução da história, é fundamental para o seu sucesso de público. A primeira página do livro intitula-se "Tablero de direcciones" e traz um esquema de como o livro pode ser lido: "A su manera este libro es muchos libros, pero sobre todo es dos libros. El lector queda invitado *a elegir* una de las dos posibilidades siguientes"[63] (Cortázar, 2013, p. 64, grifo do original). Essa flexibilidade foi determinante para que se criassem novas combinações de leituras, e o livro duplo ao qual Cortázar faz menção no prólogo de *Rayuela* logo se multiplicou, como já era esperado pelo escritor argentino. Em algumas entrevistas, ele mencionou que recebeu muitas cartas de leitores contando que tinham realizado outras sequências de leitura, diferentes das propostas no livro, e que haviam encontrado outros romances possíveis. Cortázar, com essas experimentações, buscou romper com as normas do romance, o que guarda proximidade com o espírito de ruptura das vanguardas do início do século XX. Uma das homenagens de Cortázar às vanguardas é o glíglico, a língua inventada pelos protagonistas do romance para se comunicarem:

Apenas él le amalaba el noema, a ella se le agolpaba el clémiso y caían en hidromurias, en salvajes ambonios, en sustalos exasperantes. Cada vez que él procuraba relamar las incopelusas, se enredaba en un grimado quejumbroso y tenía que envulsionarse de cara al nóvalo, sintiendo cómo poco a poco las arnillas se espejunaban, se iban apeltronando, reduplimiendo, hasta quedar tendido como el trimalciato de ergomanina al que se le han dejado caer unas fílulas de cariaconcia. [...][64] (Cortázar, 2013, p. 415)

A citação anterior é do Capítulo 68, uma amostra da descontrução linguística que convida o leitor a mais um jogo de sabor vanguardista. A cena inicialmente não tem uma linguagem nítida, mas, ao fazer uma observação mais atenta, o leitor acaba desfazendo as descontruções linguísticas, trazendo sentido para o que está escrito.

5.3.4 *Cien años de soledad* (1967), de Gabriel García Márquez

Gabriel García Márquez (1927-2014) nasceu em Aracataca, região caribenha da Colômbia, e foi criado pelos avós maternos, pois seus pais se mudaram para Cartagena das Índias quando ele era muito novo. O biógrafo de García Márquez, Dasso Saldívar, conta como Nicolas Márquez e Tranquilina Iguarán Cotes, avós de García Márquez, foram fundamentais para a construção do mundo ficcional do escritor colombiano. Nicolas foi coronel na Guerra dos Mil Dias (1899-1902) e costumava contar histórias para o neto, uma das quais era sobre o duelo, por motivos de honra, no qual matou um oficial do exército colombiano. Foi esse incidente que fez com que o avô mudasse com a família para Aracataca, cidade em que García Márquez morou até os 8 anos de idade, escutando as histórias que contavam o avô e a avó sobre guerras, lendas da região e realidades distantes. Gabo, como seus familiares o chamavam, trabalhou muito tempo como jornalista para veículos informativos colombianos e mexicanos. Ficou famoso por suas reportagens e crônicas e viajou por diversos países cobrindo eventos históricos. Morou durante um longo período no México, onde trabalhou como jornalista e publicou livros. A bibliografia de García Márquez é extensa, razão pela qual aqui listamos somente suas principais obras: *La hojarasca* (1955), seu primeiro romance; o romance *El coronel no tiene quien le escriba* (1961); o livro de contos *Los funerales de Mamá Grande* (1962); o aclamado romance *Cien años de soledad* (1967); o livro de contos *La increíble y triste historia de la cándida Eréndira y de su abuela desalmada* (1972); o romance *El otoño del patriarca* (1975); o romance *Crónica de una muerte anunciada* (1981); o romance *El amor en los tiempos del cólera* (1985); o romance histórico *El general en su laberinto* (1989); o livro de contos *Doce cuentos peregrinos* (1992); o romance *Del amor y otros demonios* (1994); e a autobiografia *Memoria de mis putas tristes* (2004).

 Cien años de soledad é considerado, por votação dos membros da Real Academia Española, o romance em língua castelhana mais importante depois de *El ingenioso hidalgo Don Quijote de la Mancha* (1605), de Miguel de Cervantes. A repercussão planetária desse livro ajudou a consolidar a fama do escritor e da geração do *boom* e também favoreceu que a academia sueca lhe concedesse o Nobel de Literatura em 1982. O livro parte de um esboço de romance iniciado em 1948, que se intulava, sugestivamente, *La casa*. O manuscrito chegou a ter mais de 500 páginas. Foi inspirado pelas histórias narradas por seus avós, misturadas com o folclore regional e outros contos que escutara na casa deles, que García Márquez escreveu *Cien años de soledad*. O mundo sobrenatural e fantástico daquela primeira infância em Aracataca seguiu nutrindo sua produção literária. "se puso a escribir *La hojarasca*, su primera novela, que es una derivación del tronco común en que se convirtió el proyecto de *La casa*. De ésta saldrían también más tarde *El coronel no tiene quien le escriba, La mala hora, Los funerales de la Mamá Grande y Cien años de soledad*"[65] (Saldívar, 2023).

    O romance se estrutura em vinte capítulos sem títulos. O tempo da narração é cíclico, pois os acontecimentos do povoado e da família Buendía, assim como os nomes dos personagens, repetem-se uma e outra vez, misturando fantasia com realidade. Nos três primeiros capítulos, narram-se o êxodo de um grupo de famílias e a fundação de Macondo; do Capítulo 4 ao 16, trata-se do desenvolvimento econômico, político e social do povoado, enquanto os últimos capítulos narram sua decadência. A saga da família Buendía, fundadores de Macondo, é o que movimenta a trama. Macondo é uma cidade fantástica em que tudo parece possível: nuvens de borboletas amarelas assediam um jovem apaixonado, pessoas podem nascer com rabo de porco, mulheres levitam etc. Nessa localidade perdida em terras remotas, parece que o progresso está muito próximo, mas cada vez fica mais longe. Os homens se agitam com uma ideia, a loucura se apodera e todos os benefícios e progressos parecem retroceder: uma alegoria da história da Colômbia, da América Latina e da humanidade. Talvez pelas ambiguidades interpretativas dos personagens, cujo carisma lhes veste de universalidade, o romance de García Márquez tenha conquistado o mundo, o que fez com que geografias tão distintas lessem o livro. O autor plasma em seus primeiros romances, sobretudo em *Cien años de soledad*, um estilo de fazer literatura que marcou a literatura latino-americana, sendo muito difícil para os escritores da região distanciar-se dessa forma. Com a grande popularidade dos romances de García Márquez e outros escritores do *boom*, o estilo narrativo conhecido como *realismo mágico* se tornou uma referência da literatura latino-americana para o público leitor e as editoras mundo afora.

> Muchos años después, frente al pelotón de fusilamiento, el coronel Aureliano Buendía había de recordar aquella tarde remota en que su padre lo llevó a conocer el hielo. Macondo era entonces una aldea de veinte casas de barro y cañabrava construidas a la orilla de un río de aguas diáfanas que se precipitaban por un lecho de piedras pulidas, blancas y enormes como huevos prehistóricos. El mundo era tan reciente, que muchas cosas carecían de nombre, y para mencionarlas había que señalarlas con el dedo. Todos los años, por el mes de marzo, una familia de gitanos desarrapados plantaba su carpa cerca de la aldea, y con un grande alboroto de pitos y timbales daba a conocer los nuevos inventos. Primero llevaron el imán. Un gitano corpulento, de barba montaraz y manos de gorrión, que se presentó con el nombre de Melquíades, hizo una truculenta demostración pública de lo que él mismo llamaba

la octava maravilla de los sabios alquimistas de Macedonia. Fue de casa en casa arrastrando dos lingotes metálicos, y todo el mundo se espantó al ver que los calderos, las pailas, las tenazas y los anafes se caían de su sitio, y las maderas crujían por la desesperación de los clavos y los tornillos tratando de desenclavarse, y aun los objetos perdidos desde hacía mucho tiempo aparecían por donde más se les había buscado, y se arrastraban en desbandada turbulenta detrás de los fierros mágicos de Melquíades. "Las cosas tienen vida propia —pregonaba el gitano con áspero acento—, todo es cuestión de despertarles el ánima." José Arcadio Buendía, cuya desaforada imaginación iba siempre más lejos que el ingenio de la naturaleza y aun más allá del milagro y la magia, pensó que era posible servirse de aquella invención inútil para desentrañar el oro de la tierra. Melquíades, que era un hombre honrado, le previno: "Para eso no sirve". Pero José Arcadio Buendía no creía en aquel tiempo en la honradez de los gitanos, así que cambió su mulo y una partida de chivos por los dos lingotes imantados. Úrsula Iguarán, su mujer, que contaba con aquellos animales para ensanchar el desmedrado patrimonio doméstico, no consiguió disuadirlo. "Muy pronto ha de sobrarnos oro para empedrar la casa", replicó su marido. Durante varios meses se empeñó en demostrar el acierto de sus conjeturas. Exploró palmo a palmo la región, inclusive el fondo del río, arrastrando los dos lingotes de hierro y recitando en voz alta el conjuro de Melquíades. Lo único que logró desenterrar fue una armadura del siglo XV con todas sus partes soldadas por un cascote de óxido, cuyo interior tenía la resonancia hueca de un enorme calabazo lleno de piedras. Cuando José Arcadio Buendía y los cuatro hombres de su expedición lograron desarticular la armadura, encontraron dentro un esqueleto calcificado que llevaba colgado en el cuello un relicario de cobre con un rizo de mujer.[66] (García Márquez, 2017, p. 9)

Cien años de soledad é García Márquez em estado puro, uma construção articulada com toda a parafernália técnica do escritor colombiano que, antes da publicação desse romance, já tornara famosa sua narrativa, sobretudo pela qualidade e pela originalidade do texto. Em entrevistas, ele mencionou que escrever o livro foi uma maneira de se libertar de histórias contadas quando ele ainda era criança: histórias fantásticas que não tinham pé nem cabeça, mas que povoavam sua imaginação. Também declarou que chegou a odiar o livro, sobretudo pelas análises que fizeram sobre o romance, as quais, segundo ele, não dizem respeito ao que ele realmente escreveu ou à sua leitura do texto. No entanto, sabemos que uma obra de arte, depois de finalizada, escapa ao domínio do autor.

5.3.5 Outros grandes do *boom*

A lista de autores que integram o *boom* hispano-americano é imensa e tema de muita discussão. Dessa forma, para selecionar os livros e os autores destacados anteriormente, baseamo-nos no alcance da repercussão dos autores e das narrativas, ou seja, na popularidade e permanência destes. Contudo, deixamos de fora grandes obras e autores, que citaremos a seguir.

Ernesto Sábato (1911-2011) foi um romancista, ensaísta, pintor e físico argentino. *Sobre héroes y tumbas* (1961), segundo livro da trilogia narrativa do escritor, é um dos romances mais importantes da literatura hispano-americana no século XX. O livro de Sábato tem influências surrealistas e existencialistas, um experimento literário classificado como "romance total", pois congrega múltiplos temas, narrativas e técnicas. Aliás, é possível ler um capítulo, como o famoso "El informe sobre ciegos", separado do todo sem que se perca o entendimento do livro. Entre outras histórias, o romance narra a decadência de uma família ao longo de vários anos, motivo pelo qual muitos leitores veem semelhanças com escritores como William Faulkner e Gabriel García Márquez. Sábato publicou *El túnel* (1948), o primeiro romance da trilogia, e *Abaddón el exterminador* (1974), o livro que a encerra.

Augusto Roa Bastos (1917-2005) foi um escritor, dramaturgo, roteirista e jornalista paraguaio. Publicou *Hijo de hombre* (1960), romance que abre a trilogia da história do Paraguai, além de um dos grandes livros da literatura hispano-americana: *Yo, el Supremo* (1974). Este último é um romance histórico que revolucionou o gênero no continente pelo tratamento multitextual empregado na elaboração dos fatos narrados no livro, o qual mescla textos históricos com ficção. O livro conta a história do governo do Doctor França, ou José Gaspar Rodríguez França (1766-1840), de várias perspectivas. As inovações técnicas na maneira lúdica de contar a história faz com que críticos apontem a influência dos escritores argentinos Jorge Luis Borges e Julio Cortázar em *Yo, el Supremo*. Outro aspecto desenvolvido pelo escritor paraguaio é a oralidade, muito presente no livro, pois permite apreciar toda a influência da língua guarani na linguagem elaborada por ele. O romance que encerra a trilogia da história paraguaia é *El fiscal* (1993).

José Lezama Lima (1910-1976) foi um poeta e romancista cubano. Sua obra é extensa e influente. *Paradiso* (1966) é um dos pontos altos da literatura latino-americana. Trata-se de um romance neobarroco, com dados biográficos do autor, chegando a ser proibido em Cuba no anos 1960 por tratar de relações homossexuais.

Guillermo Cabrera Infante (1924-2005) foi um roteirista e escritor cubano. Censurado e perseguido pelo governo de Fulgencio Batista, apoiou a revolução e teve suas obras proibidas na ilha, tendo de exilar-se com sua família por motivos políticos. Os dois romances mais famosos de Cabrera Infante são: *Tres tristes tigres* (1967). O genial romance do escritor cubano é resultado da reescrita, por motivos de censura, do romance *Vista del amanecer en el trópico* (1964), que ganhou o Prêmio Biblioteca Breve da Editora Seix Barral. O outro romance, publicado no exílio londrino, é *La Habana para un infante difunto* (1979). Em 1997, ganhou o Prêmio Miguel de Cervantes, o mais importante em língua castelhana.

José Donoso (1924-1996) foi um escritor chileno. Além de outros livros importantes, escreveu o que é considerado um dos melhores romances curtos da América Latina: *El lugar sin limites* (1966). Outro romance de destaque da obra do escritor chileno é *El obsceno pájaro de la noche* (1970).

Síntese

Neste capítulo, tratamos da renovação das narrativas que ocorreu no meio do século XX, em virtude do esgotamento do realismo social como estética para representar a cultura latino-americana. Com o advento das vanguardas, novas técnicas transformaram a literatura e influenciaram os escritores latino-americanos. As comunidades orais ganharam protagonismo na literatura como uma forma de resistência cultural.

Também abordamos o *boom* que ocorreu com toda a parafernália da renovação estética da narrativa hispano-americana. Foi um momento de grande conjunção de escritores e obras qualificadas como extraordinárias, além de um maior amadurecimento estético nos romances desse período e uma variada gama de temáticas.

Atividades de autoavaliação

1. O realismo mágico e o real maravilhoso são categorias literárias que ganharam força na América Latina a partir da segunda metade do século XX. Assinale V (verdadeiro) ou F (falso) nas afirmações a seguir sobre essas correntes.
    - ( ) Foram duas formas de entender e representar a realidade hispano-americana que se manifestaram na literatura da região a partir da renovação do regionalismo.
    - ( ) Os precursores dessas duas concepções na América Latina foram os escritores Miguel Ángel Asturias, Alejo Carpentier e Uslar Pietri.

( ) Foram concepções literárias europeias influenciadas por ideias do Iluminismo, como o avanço da sociedade por meio da razão, e que impunham uma visão única de civilização.

( ) A ideia principal dessas duas correntes era desenvolver uma literatura que expressasse a diversidade cultural da América Latina, introduzindo muitos elementos das culturas dos povos originários e de matriz africana.

Agora, marque a alternativa que indica a sequência correta:

a. V, V, F, V.
b. F, V, V, V.
c. V, F, F, V.
d. V, F, V, F.

2. A geração do *boom* literário hispano-americano é conhecida, sobretudo, pelos jovens escritores dos anos 1960, como o peruano Mario Vargas Llosa, o colombiano Gabriel García Márquez, o argentino Julio Cortázar e o mexicano Carlos Fuentes. Assinale V (verdadeiro) ou F (falso) nas afirmações a seguir sobre o *boom*.

( ) A confluência de escritores imprescindíveis e de um grande número de romances que já nasciam clássicos é o que define o uso da onomatopeia da língua inglesa para nomear o período.

( ) Segundo José Donoso (1984), o período do *boom* foi da publicação de *La región más transparente* (1958), de Fuentes, a *Cien años de soledad* (1967), de García Márquez.

( ) O *boom* da literatura hispano-americana internacionalizou a literatura da região, fazendo com que crescesse o interesse pela produção literária do continente em outros lugares do mundo.

( ) O *boom* foi um movimento literário com um estilo padronizador que rechaçava a experimentação literária em busca de uma forma mais pura e neutra de literatura.

Agora, marque a alternativa que indica a sequência correta:

a. V, F, V, V.
b. V, F, F, F.
c. F, V, F, F.
d. V, V, V, F.

3. *Cien años de soledad* (1967), de Gabriel García Márquez, foi um romance muito popular em vários países e contribuiu para que o escritor e a geração do *boom* ficassem conhecidos mundialmente. Sobre essa obra-prima de García Márquez, assinale V (verdadeiro) ou F (falso) nas afirmativas a seguir.

( ) *Cien años de soledad* foi escrito por García Márquez a partir do relato das memórias de um preso político.

( ) *Cien años de soledad* nasceu das memórias da infância do próprio autor em um povoado da Colômbia. Essas memórias também foram a base para mais livros do escritor colombiano, como *La hojarasca* (1955), *El coronel no tiene quien le escriba* (1961) e *Los funerales de la Mamá Grande* (1962).

( ) *Cien años de soledad* é considerado pela Real Academia Española (RAE) o romance mais importante em língua espanhola.

( ) *Cien años de soledad* é um grande exemplo do realismo hispano-americano pela veracidade dos fatos narrados e seu retrato fidedigno da realidade.

Agora, marque a alternativa que indica a sequência correta:

a. F, V, F, F.
b. F, V, V, V.
c. F, V, F, V.
d. V, F, V, V.

4. O romance *La ciudad y los perros* (1962), de Mario Vargas Llosa, é comumente analisado como uma alegoria do poder. Explique, com exemplos, como os personagens do romance simbolizam os conflitos para que a alegoria funcione.

5. No romance *Rayuela* (1963), de Julio Cortázar, o leitor é protagonista. Como essa afirmação pode ser sustentada? Busque exemplos e argumente sobre essa característica atribuída ao livro do escritor argentino.

Atividades de aprendizagem

Questões para reflexão

1. No famoso prólogo a *El reino de este mundo* (1949), Alejo Carpentier conceitua o que ele defende como o "real maravilloso", comparando-o com a literatura fantástica europeia. Explique as diferenças e os pontos em comum entre as duas estéticas e argumente sobre a utilidade do real maravilhoso para a literatura hispano-americana.

2. Leia o Capítulo 7 de *Cien años de soledad* (1967) e faça uma análise desse texto considerando os personagens e o tempo narrativo.

Atividade aplicada: prática

1. Faça um fichamento do último capítulo do livro *Escribir en el aire*, de Antonio Cornejo Polar, intitulado "Piedra de sangre hirviente: los múltiples retos de la modernización heterogénea".

    CORNEJO POLAR, A. Escribir en el aire: ensayo sobre la heterogeneidad sociocultural en las literaturas andinas. 2. ed. Lima, Peru: Celacp, 2003.

um O choque entre civilizações
dois Rumo à independência
três Modernismo, vanguardas e reumanização da arte
quatro A narrativa do início do século XX
cinco Da renovação ao *boom*
seis O pós-*boom* e as narrativas mais recentes

{

❰ NESTE CAPÍTULO, ABORDAREMOS as narrativas literárias das últimas décadas do século XX e as tendências do século XXI. Começaremos contextualizando o chamado *pós-boom*, identificando suas características e seus principais escritores.

Trataremos também de escritores que publicaram romances nos anos 1990. Mesmo que a crítica literária os considere como parte do pós-*boom*, os escritores selecionados, cujo nome mais famoso é o do chileno Roberto Bolaño, indicam uma direção para a literatura do século XXI.

Veremos, por fim, os últimos movimentos literários do século XX, a geração Crack e a geração McOndo, constituídos por escritores que começaram a escrever precocemente nos anos 1990 e que seguem construindo sua obra atualmente.

seispontoum
Os novíssimos ou a geração do pós-*boom*

Para iniciar, é importante definir novamente a geração do *boom* para então considerar a geração posterior. A renovação narrativa da segunda metade do século XX, que culminou no *boom* latino-americano, relaciona-se culturalmente com o chamado *modernismo tardio* da região. As características da literatura produzida nesse período no continente são: produções literárias influenciadas pela experimentação estética das vanguardas; narrativas que buscam de forma veemente definir a identidade latino-americana; a renúncia ao realismo discursivo em prol de múltiplas representações da realidade, como o realismo mágico e o real maravilhoso; o abandono da crítica do momento político da região em favor de um cosmopolitismo literário.

A geração do pós-*boom* ou dos novíssimos não foi uma cisão, mas uma busca pelo contraponto com a literatura produzida no continente até aquele momento e também por novos caminhos. Embora as décadas do pós-*boom* (1970 e 1980) tenham sido um momento em que se multiplicaram as tendências, quase todos os temas e aspectos formais dos anos anteriores continuaram vigentes. Contudo, como indica grande parte da crítica, uma característica marcante desse período foi a renúncia às complicadas estruturas narrativas para dar lugar a um romance de fácil acesso, menos exigente com o leitor. Também era evidente que o ciclo se tinha esgotado e que urgia que a literatura tratasse de temas turbulentos da sociedade. Alguns críticos literários, aliás, não distinguem entre o pós-modernismo hispano-americano e o pós-*boom*. O primeiro foi a reação direta às temáticas e ao estilo proposto no modernismo, portanto, em contraste com a prosa do *boom*. As narrativas do pós-*boom* abandonaram a obsessiva busca da identidade latino-americana e, em consonância com os direcionamentos da pós-modernidade, priorizaram a fragmentação da identidade e do padrão estético. Além disso, houve uma insistência com relação ao local, ao diferente, ao periférico. Assim, a temática das ditaduras e do exílio ganharam muita força nesse período.

Sobre a questão da nomenclatura – *pós-boom* –, trata-se de um termo genérico, que abarca escritores e produções literárias extremamente diversos e de um período longo. No entanto, os críticos preferem utilizá-lo pela falta de movimentos que aglutinem tendências estéticas nesse lapso, transformando o cânone hispano-americano em um antes e depois da explosão editorial do *boom*. Todavia, muitos autores, sobretudo dos anos 1970, preferem se autodefinir *novíssimos*. Essa distinção tem o objetivo de evitar termos anglo-saxões, mas também de se distanciar da geração anterior para reivindicar características, ideias e estilos díspares e, principalmente, criticar o caráter comercial do *boom*, que se tornou um marca editorial distintiva.

O que mais caracteriza o pós-*boom* é a grande variedade de estilos e o aparecimento de escritores que até então não tinham muito espaço. Para tentar separar essa grande quantidade de estilos e escritores, vamos primeiro apontar algumas tendências dessa época, como a consolidação da mulher escritora; as narrativas que abordavam questões de gênero e sexualidade de maneira explícita, as quais começaram a ganhar bastante espaço com escritores como Manuel Puig e Cristina Peri Rossi; a literatura política e histórica, que buscava entender a realidade opressora e violenta das políticas de Estado da região; e a literatura de exílio, com a debandada dos artistas e intelectuais durante as ditaduras, como foi o caso de Reinaldo Arenas.

6.1.1 Romances que se tornaram filmes

Um fato curioso sobre os romances do período do pós-*boom* é que vários foram adaptados para o cinema. Exemplos não faltam, porém aqui mencionaremos apenas alguns, talvez os mais conhecidos.

El beso de la mujer araña (1976), de Manuel Puig, foi levado ao cinema em 1985 pelo diretor Hector Babenco – um filme brasileiro com produção brasileira e estadunidense e que contou com grandes nomes do cinema, como William Hurt, Raul Julia e Sônia Braga. Hurt ganhou o Oscar de melhor ator e Sônia Braga foi indicada ao Globo de Ouro de melhor atriz coadjuvante.

La casa de los espíritus (1982), de Isabel Allende, foi outro romance que ganhou projeção internacional com o lançamento do filme com o mesmo título em 1993. O filme foi dirigido pelo dinamarquês Bille August, com o roteiro elaborado pela escritora chilena e um elenco de estrelas de Hollywood.

Como agua para chocolate (1989), de Laura Esquivel, tornou-se filme em 1992, dirigido pelo então marido da escritora, o cineasta mexicano Alfonso Arau. O filme foi um sucesso mundial e contribuiu para o conhecimento da produção literária de Esquivel.

El cartero de Neruda (1985), de Antonio Skármeta, foi adaptado para o cinema em 1994. Produção italiana, dirigida pelo realizador inglês Michael Radford, o filme teve o título de *Il postino* (*O carteiro e o poeta*, no Brasil).

Antes que anochezca (1992), de Reinaldo Arenas, foi levado aos cinemas no ano de 2000 pelo diretor estadunidense Julian Schnabel. Trata-se de um romance autobiográfico do poeta e escritor cubano. Conta desde sua infância rural até sua participação na Revolução Cubana e sua prisão por ser homossexual e escritor na Cuba pós-revolucionária.

6.1.2 O protagonismo da mulher narradora no pós-*boom*

O pioneirismo das escritoras da América Latina contribuiu com produções literárias que marcaram época, desenvolveram e renovaram estilos e temáticas. No entanto, nomes como o da mexicana Sor Juana (1648-1695) e da peruana Clorinda Matto de Turner (1853-1909) tiveram seu brilhantismo apagado durante muito tempo. A poeta chilena e Nobel de Literatura Gabriela Mistral (1889-1957) – mesmo com todas as dificuldades e por meio de muita luta – foi uma das primeiras escritoras reconhecidas em vida por sua obra. Foram muitas mulheres que se dedicaram à literatura na região em um tempo em que escrever era monopólio dos homens. A partir dos anos 1970, época do pós-*boom* da literatura hispano-americano, a narrativa produzida por mulheres teve um expansão importante, o que ajudou na consolidação do protagonismo das mulheres na literatura hispano-americana. Para ilustrarmos esse caminho de normalização do espaço literário como um lugar próprio da mulher, fizemos um pequeno apanhado de escritoras desse período. Trataremos da escritora uruguaia Cristina Peri Rossi mais à frente, razão pela qual não constará na lista a seguir.

+ **Rosario Castellanos (1925-1974)** – Poeta, dramaturga, contista e romancista mexicana. A escritora passou por várias etapas: iniciou na literatura rural, com o romance de estreia *Balún Canán* (1962), mas logo sua narrativa se tornou mais urbana e crítica em relação ao papel relegado à mulher na sociedade, como no livro de contos *Álbum de familia* (1971) e, sobretudo, na delirante e genial obra de teatro *El eterno femenino* (1975), da qual provém a fama de escritora feminista.

+ **Elena Poniatowska (1932-)** – Escritora francesa-mexicana. Desenvolveu a literatura testemunhal, de característica social, e uma visão crítica com relação ao lugar da mulher na história mexicana. O primeiro romance reconhecido da escritora é *Hasta no verte Jesús mío* (1969), cuja protagonista é Jesusa, uma mulher que mora na Cidade do México e trabalha como lavadeira. A história de Jesusa é muito intensa: lutou na linha de frente da Revolução Mexicana e viajou o país combatendo. O romance se fundamenta nas entrevistas concedidas por Josefina Bohórquez, cujos testemunhos foram ficcionalizados para funcionar como um romance. Poniatowska retoma o personagem de Jesusa no romance *Las soldaderas* (1999). Outro livro muito conhecido da escritora é *La noche de Tlatelolco* (1971), sobre o massacre de estudantes pela forças policiais na praça de Tlatelolco, em 1968. A obra de Poniatowska é muito extensa e, em 2013, foi laureada com o Prêmio de Literatura Miguel de Cervantes.

- **Isabel Allende** (1942-) – Escritora chilena. Com o golpe de Estado, em 1973, contra o seu tio de segundo grau, o presidente Salvador Allende, deixou o Chile e migrou para Caracas, onde trabalhou como jornalista e escreveu *La casa de los espíritus* (1982). O romance foi a estreia de Isabel Allende e também um grande sucesso nos países hispano-americanos, na Espanha e em outros países da Europa.
- **Gioconda Belli** (1948-) – Poeta e romancista nicaraguense. Participou ativamente da luta sandinista na Nicárágua depois do governo revolucionário. Em todas as etapas do processo revolucionário em que participou, não deixou de escrever, e seus primeiros livros, tanto em prosa quanto em poesia, retratam a perspectiva da mulher na vanguarda da luta. Seu romance mais emblemático é *La mujer habitada* (1988), no qual retrata, de maneira lírica e surpreendente, como uma mulher se empodera ao se conectar com a luta de seu povo contra a injustiça.
- **Laura Esquivel** (1950-) – Escritora e política mexicana. Ficou mundialmente conhecida pelo seu primeiro romance, *Como agua para chocolate* (1989), que iniciou a trilogia de Tita, a protagonista do romance. Os dois romances que dão sequência à trilogia são *El diario de Tita* (2016) e *Mi negro pasado* (2017). Outros romances da escritora são *Tan veloz como el deseo* (2001) e *Malinche* (2006).

6.1.3 Manuel Puig: sexualidade e pós-modernidade

Manuel Puig (1932-1990) nasceu em uma cidade pequena do interior da Argentina, General Villegas. Passou a infância visitando quase que diariamente a sala de projeção cinematográfica da cidade. A paixão pelo cinema e a admiração que nutria pelas grandes divas do cinema estadunidense foram muito marcantes nesse período de sua vida. Além de ler muitas revistas que tratavam de moda que comprava para sua mãe, também lia os clássicos da literatura universal. Esse entretenimento o salvou do marasmo da cidade pequena e também da vida marcadamente machista do interior. Puig, desde muito cedo, sabia que sua sexualidade não se encaixava nos moldes estipulados pela sociedade da época. Na adolescência, deixou General Villegas para estudar o segundo grau em Buenos Aires. Na capital Argentina, conheceu o cinema europeu: o expressionismo alemão e o realismo italiano foram as escolas de cinema que mais o seduziram. Começou a ler escritores como Aldous Huxley e Hermann Hesse. Iniciou o curso de Arquitetura na Universidade de Buenos Aires, mas largou a faculdade antes de terminar o primeiro semestre. Em 1951, recebeu uma bolsa para estudar Direção no Centro Sperimentale di Cinematografia de Roma. Não concluiu o curso, mas trabalhou como assistente de direção em diversas produções. Morou em Roma, Paris, Londres, Nova Iorque e Rio de Janeiro. Seu primeiro romance, *La traición de Rita Hayworth*, foi finalista do prêmio da Editora Seix Barral de 1965 e publicado em 1968. Escreveu roteiros para televisão e cinema e também seguiu produzindo literatura. Em 1969, publicou *Boquitas pintadas*.

El beso de la mujer araña (1976) tem um paralelo com uma história real da época da repressão política na Argentina, somente os papéis estão trocados. No romance, Valentín é um preso político com ideais de esquerda – como a luta de classes e o combate ao fascismo das ditaduras do Cone Sul – e compartilha a mesma cela com Molina, um homem homossexual que tem uma visão de mundo considerada fútil e deslumbrada. Molina adora cinema e boleros, e são esses produtos culturais a base da formação do personagem, que prefere ser tratado no feminino e brinca com um amigo, Gabriel, de se chamarem por *Divas de Hollywood*. Molina é o narrador dos filmes que viu, enquanto Valentín interpreta as histórias de uma perspectiva cerebral e marxista. Os momentos em que Molina narra os filmes estão descolados da narração principal e em itálico. Os filmes ganham protagonismo, pois eles são a maior referência cultural de Molina e também agem na trama do romance. Em um primeiro momento, as histórias de Molina são ridicularizadas e criticadas por Valentín, mas a habilidade de Molina em contar os filmes envolve o analítico, racional e duro Valentín. A atração pelas histórias chega a um ponto em que Valentín pede para que Molina siga com a narrativa. A construção narrativa de Puig eleva a ambiguidade dos textos e dos personagens: a sedução do cinema com suas divas molda o magnetismo que a figura de Molina exerce sobre Valentín.

A seguir, destacamos um trecho dos diálogos na prisão e a narração de um filme por Molina:

—¿No te cansás de leer?

—No. ¿Cómo te sentís?

—Me está viniendo una depresión bárbara.

—Vamos, vamos, no sea flojo compañero.

—¿No te cansás de leer con esta luz tan jodida?

—No, ya estoy acostumbrado. Pero de la barriga, ¿cómo te sentís?

—Un poco mejor. Contame qué estás leyendo.

—¿Cómo te voy a contar?, es filosofía, un libro sobre el poder político.

—Pero algo dirá, ¿no?

—Dice que el hombre honesto no puede abordar el poder político, porque su concepto de la responsabilidad se lo impide.

—Y tiene razón, porque todos los políticos son unos ladrones.

—Para mí es todo lo contrario, quien no actúa políticamente es porque tiene un falso concepto de la responsabilidad. Ante todo mi responsabilidad es que no siga muriendo gente de hambre, y por eso voy a luchar.

—Carne de cañón. Eso es lo que sos.

—Si no entendés nada callate la boca.

—No te gusta que te digan la verdad…

—¡Qué ignorante! si no sabes no hables.

—Por algo te da tanta rabia…

—¡Basta! Dejame leer.

[…]

—*explicación de la solterona, permiso para que la sirvienta se quede en la casa si no tiene donde ir aparar, la tristeza de la solterona y la tristeza de la sirvientita, suma de dos tristezas, mejor solas que reflejadas la una en la otra, si bien otras veces mejor juntas para compartir una lata de sopa que trae dos raciones. Invierno crudísimo, nieve por doquier, silencio profundo que trae la nieve, amortiguado por el manto blanco el ruido de un motor que se detiene allí frente a la casa, las ventanas empañadas por dentro y semicubiertas de nieve por fuera, el puño de la sirvienta frota un redondel en el vidrio, el muchacho de espaldas cerrando el coche, alegría de la sirvienta, ¿por qué? pasos rápidos hasta la puerta, ¡voy volando a abrirle la puerta a ese muchacho tan alegre y buen mozo y que se venga acá con la novia mala!.., "¡¡ajjj!!, ¡perdóneme!", vergüenza de la sirvienta porque no pudo contener un gesto de asco, mirada torva del pobre muchacho, su rostro de aviador sin miedo ahora cruzado por una cicatriz horrible. La conversación del muchacho con la solterona, el relato del accidente y de su actual colapso nervioso, la imposibilidad de volver al frente, la propuesta de alquilar la casa él solo, la pena de la solterona al verlo, la amargura del muchacho, las palabras secas a la sirvientita, las órdenes secas, "tráigame lo que le pido y déjeme solo, no haga ruido que estoy muy nervioso", la cara linda y alegre del muchacho en el recuerdo de la sirvientita y me digo yo: ¿qué es lo que la hace linda a una cara? ¿por qué dan tantas ganas de acariciarla a una cara linda? ¿por qué me dan ganas de siempre tenerla cerca a una cara linda, de acariciarla, y de darle besos, una cara linda tiene que tener una nariz chica, pero a veces las narices grandes también tienen gracia, y los ojos grandes, o que sean ojos chicos pero que sonríen, ojitos de bueno...*[67] (Puig, 2001, p. 73-74, grifo do original)

O pastiche é um recurso de reconstrução textual muito utilizado na pós-modernidade para recontar histórias e também um elemento usado para fazer referência a outras manifestações artísticas. Na literatura de Puig, o cinema tem uma presença muito forte desde os seus primeiros romances. Em *El beso de la mujer araña*, o autor emprega essa técnica para recriar vários filmes de época. Aqui, cabe comentar como reagem os personagens de Molina (o narrador ou narradora, pois prefere ser chamada no feminino) e Valentín. Depois de contar as histórias, os dois discutem o que é narrado, cada um com percepções que representam visões de mundo diferentes. Esse choque sai da cela dos dois personagens e pode ser interpretado como um embate entre dois pontos de vista presentes na sociedade da época: a militância de esquerda, reprimida pelas ditaduras dos anos 1970, tida como uma obrigação moral para combater as injustiças sociais da região; e os temas relacionados ao gênero e à sexualidade divergentes, o que também era e é reprimido pela sociedade.

Nesse sentido, o romance de Puig é um mecanismo muito bem elaborado no qual ressalta questões que pediam passagem na literatura, como a política da época, questões de diversidade de gênero e sexualidade, bem como elementos da cultura de massa na literatura. Antes de *El beso de la mujer araña*, a heterogeneidade discursiva já era uma marca de Puig, mas nesse romance essa multiplicidade de formas textuais e discursivas estranhas à literatura aparece de modo bem articulado. A literatura de Puig conferiu novas possibilidades para a confecção literária, pois as junções discursivas que ele utilizou para criar uma narrativa repleta de emoção, suspense e crítica social foram transgressoras para a maneira de fazer literatura na região.

6.1.4 A mulher e o exílio

Cristina Peri Rossi (1941-) é poeta, contista, romancista e tradutora. Nasceu no Uruguai, filha de imigrantes italianos. A mãe de Peri Rossi desde muito cedo percebeu a aptidão da filha com as palavras e a estimulou que escrevesse. Formou-se professora e, durante mais de dez anos, dedicou-se à docência em Montevidéu. Nesse período, começou sua produção literária. Em 1963, publicou *Viviendo*, contos realistas, críticos em relação à condição das mulheres e em que aparece, de maneira implícita, a temática homoafetiva. Em 1968, escreveu outro livro de contos, *Los museos abandonados*, obra que teve muita repercussão, ganhou prêmios e a admiração de Julio Cortázar. No Uruguai, Peri Rossi publicou o romance *El libro de mis primos* (1969), o livro de contos *Indicios pánicos* (1970) e o livro de poesia *Evohé: peomas eróticos* (1970).

Nessa época, Peri Rossi militava em organizações de esquerda, mas, com o agravamento da situação política do país, em 1972 deixou o Uruguai em um navio e partiu para o exílio. Seu primeiro destino foi a França, por intermédio do amigo Julio Cortázar, mas logo se instalou em Barcelona. A escritora uruguaia declarou sobre essa vivência: "El exilio fue una experiencia larga, dolorosa, totalizadora, que no cambiaría por ninguna otra"[68] (Peri Rossi, 2023, p. 9). O exílio marcou toda a produção posterior de Peri Rossi e de toda uma geração de escritores hispano-americanos que, igualmente, tiveram de deixar seus países para não padecerem os horrores das ditaduras da época. A escritora uruguaia tem uma vasta produção e, em 2021, ganhou o Prêmio Príncipe de Asturias pelo conjunto da obra. Suas obras de destaque são: *La tarde del dinosaurio* (1976), livro de contos; *La última noche de Dostoievski* (1992), romance cujo tema do exílio é muito presente; *Babel bárbara* (1990) e *Playstation* (2009), livros de poemas; e *La insumisa* (2020), romance autobiográfico.

La nave de los locos (1984) é considerado um dos grandes livros do pós-*boom*. Nele, as temáticas do exílio, da mulher, da inadaptabilidade, da sexualidade e da inconformidade são exploradas em uma narrativa original.

O personagem principal se chama Equis (o nome da letra X em castelhano). A simbologia e os usos da letra X são amplos, relacionando-se comumente com o desconhecido, o proibido, o indeterminado e o oculto. Equis é um viajante que passa por diversas cidades, não tem uma sexualidade definida e, dessa forma, suas experiências são contadas no livro para fomentar as ambiguidades do ser e do ser migrante ou exilado.

A viagem de Equis está emparelhada com a literatura, de modo que as vivências adquiridas pelo personagem são expressas com uma taxativa afirmação de que ele já havia lido anteriormente o que lhe sucede, ou também com a advertência narrativa "El viaje leído" (Peri Rossi, 2022, p. 14), ou ainda com o aviso de que o apito do barco ressoou "exactamente en el verso número dieciocho del canto VI de la *Ilíada*" (Peri Rossi, 2022, p. 12). Em outros textos colados na narração, como o diário de bordo, há a notícia da festa pela passagem pelo Estreito de Gibraltar, que, além de nos localizar sobre a possível origem do navio e seu destino (a fuga dos exilados sul-americanos para a Europa nos anos 1960 e 1970), também informa sobre o vencedor do prêmio "la flor natural de poesia". Quando o narrador retoma o relato, refere-se a um problema no último verso do poema vencedor do concurso realizado no navio.

> Subieron. La escalera era larga y algunos trozos de madera faltaban. Al apoyar uno de los pies, Equis, sufrió un vértigo, su corazón saltó, aterrado: tuvo la sensación de haber dado un paso en el vacío. Confusamente recordó relatos de exiliados: fusilamientos simulados, capuchas sobre el precipicio.[69] (Peri Rossi, 2022, p. 241)

A viagem do personagem Equis a cada vez entra em um estado que pode ser de iluminação ou de loucura. A viagem do exilado, a vida como uma viagem, a epígrafe de Fernando Pessoa que abre o livro: tudo no romance alça o exilado a uma categoria de eterno viajante, uma viagem sem volta. A opção por estar fora da sociedade, por mais que ele tenha sido empurrado para essa condição, transfere o personagem para uma situação marginal. A escolha de Equis por vagar pelas cidades do mundo elimina as fronteiras do binarismo social, contribuindo para uma liberdade só experimentada pelos loucos.

> Extranjero. Ex. Extrañamiento. Fuera de las entrañas de la tierra. Desentrañado: vuelto a parir. No angustiarás al extranjero. Pues. Vosotros. Vosotros. Vosotros. Los que no lo sois. Sabéis. Vosotros sabéis. Nosotros empezamos a saber. Cómo se halla. Cómo. El alma del extranjero. Del extraño. Del introducido. Del intruso. Del huido. Del vagabundo. Del errante. ¿Alguien lo sabía? ¿Alguien, acaso, sabía cómo se encontraba el alma del extranjero? ¿El alma

del extranjero estaba dolorida? ¿Estaba resentida? ¿Tenía alma el extranjero? *Ya que extranjeros fuisteis en la tierra de Egipto.*

La sirena del barco había comenzado a aullar exactamente en el verso número dieciocho del canto VI de la *Iliada*. "¡Magnánimo Tidida! ¿Por qué me preguntas sobre el abolengo?". Era Glauco a punto de enfrentarse con Diomedes. Sirenas: doncellas fabulosas que moraban en una isla, entre la de Circe y el escollo de Escila, y que con su dulce voz encantaban a los navegantes. Lo recordó porque era el quinto día de navegación y la segunda escala; la Bella Pasajera se acercó hasta él, ya con el ronroneo de la gata blanca cansada de mar, y por decir algo, le preguntó:

—¿Qué está leyendo?[70] (Peri Rossi, 2022, p. 12-13, grifo do original)

O livro é uma experiência fragmentária em que temáticas, narradores e textos se misturam. Dessa maneira, outros dois temas são tratados com protagonismo: as questões relativas às mulheres e a sexualidade. A sexualidade de Equis é ambígua, porém é com Lucía, uma mulher que trabalha no teatro e se veste de homem, que adentramos em um ambiente de fantasia no qual se afirmam as possibilidades do ser:

([…] un travestí, uno que había cambiado sus señas de identidad para asumir la de sus fantasías, alguien que se había decidido a ser quien quería ser y no quien estaba determinado a ser) […].

[…]

Vestida de varón, con la mirada azul muy brillante, acentuada por la línea oscura que dibujaba los ojos, las mejillas empolvadas y dos discretos pendientes en las orejas, era un hermoso efebo el que miraba a Equis y se sintió subyugado por la ambigüedad. Descubría y se desarrollaban para él, en todo su esplendor, dos mundos simultáneos, dos llamadas distintas, dos mensajes, dos indumentarias, dos percepciones, dos discursos, pero indisolublemente ligados dé modo que el predominio de uno hubiera provocado la extinción de los dos.[71] (Peri Rossi, 2022, p. 247, 252)

No livro há um corte na sequência dos capítulos quase no final do romance. "Eva" é o sugestivo nome da seção que trata da exclusão da mulher na sociedade e das muitas violências cometidas contra ela. Essa divisão do livro inicia com um fragmento de um texto inédito, do qual destacamos o seguinte trecho: "El castigo, para la iniciada que huye, es el desprecio, la soledad, la locura, o la muerte"[72] (Peri Rossi, 2022, p. 199). Outro texto dessa parte se assemelha a uma notícia de jornal, com o título "Necesitan dos para nacer, pero solo uno tiene la culpa" e o subtítulo "De los diarios"[73] (Peri Rossi, 2022, p. 201). Nele, informa-se sobre o caso de um juiz que declarou culpada uma mulher por não fazer uso de pílulas anticoncepcionais e ficar grávida; o pai, que foi denunciado pela jovem para que se responsablizasse pela filha, recebeu uma pena irrisória. O último dos textos dessa parte do livro é o resultado de uma atividade escolar: as composições de quarenta crianças, de 7 a 12 anos, que deveriam descrever Adão e Eva no Paraíso, mas que, pela sinceridade das opiniões, manifestam a construção negativa da mulher na sociedade.

6.1.5 Ricardo Piglia e a ficção política

Ricardo Emilio Piglia Renzi, conhecido como Ricardo Piglia (1941-2017), foi um escritor, crítico literário e roteirista argentino. Com o conturbado cenário político e o golpe de Estado que derrubou Juan Domingo Perón em 1955, os pais de Piglia decidiram deixar a cidade natal do escritor, Adrogué, e mudar-se para Mar del Plata. Foi na cidade costeira, ainda muito jovem, que Ricardo Piglia começou a escrever seu *Diario*, no qual misturava fatos da realidade da família com ficção. Estudou História na Universidade Nacional de La Plata e foi professor na mesma instituição. Trabalhou em diversas editoras argentinas e, no final dos anos 1960, editou uma conhecida série de romances policiais, chamada *Serie Negra*, na qual publicou Raymond Chandler, Dashiell Hammett e Horace McCoy. Partiu para o exílio em 1966, com a chegada ao poder, por meio de um golpe de Estado, do ditador Juan Carlos Onganía. O destino de Piglia foram os Estados Unidos, onde trabalhou em diversas universidades. Como crítico literário, publicou, entre outros, trabalhos sobre a obra de Macedonio Fernández e de Jorge Luis Borges, bem como sobre a literatura contemporânea. O primeiro livro de relatos de Piglia foi publicado em 1967, *La invasión*, ano em que também publicou, graças a uma menção da Casa das Américas, *Jaulario*. Seu nome ficou conhecido com a publicação do primeiro romance, *Respiración artificial* (1980). Outros romances do escritor argentino são *La ciudad ausente* (1992), *Plata quemada* (1997), *Blanco nocturno* (2010) e *El regreso de Ida* (2013). Ganhou o Prêmio

Rómulo Gallegos em 2011 por *Blanco nocturno*, além de muitos outros reconhecimentos e homenagens por sua obra.

Respiración artificial (1980) foi eleito, em uma pesquisa entre escritores, como um dos dez melhores romances argentinos do século XX. O romance de Piglia constitui uma complexa mistura de história, filosofia e literatura, o que motivou o debate da ficção política no país, e é uma produção fundamental da literatura argentina. Muitas de suas considerações seguem atuais, sobretudo por provocar o questionamento: Como narrar o horror dos fatos reais? Nesse sentido, a citação de T. S. Eliot na epígrafe da primeira parte do livro – "We had the experience but missed the meaning, an approach to the meaning restores the experience"[74] (Piglia, 2001, p. 7) – é uma direção para a interpretação do livro: uma aproximação ao significado do que vivenciamos.

O romance é dividido em duas partes: a primeira parte, "Si yo mismo fuera el invierno sombrio", constrói-se com cartas entre Emilio Renzi e seu tio Maggi; a segunda parte, intitulada "Descartes", em que há narração, apresenta reflexões literárias nos diálogos entre os personagens e muitas referências a autores como Kafka e Joyce.

Na primeira parte do romance, sabemos que Emilio Renzi escreve um livro sobre fatos da família. O livro, intitulado *La prolijidad de lo real*, acaba aproximando Renzi de seu tio Maggi, que lhe escreve uma carta para dizer que leu o livro e retificar algumas passagens da história familiar. Dessa forma, inicia-se uma relação epistolar entre os dois, que conforma grande parcela da primeira parte. Maggi é professor de História Argentina em Concórdia, província de Entre Rios, e está escrevendo a biografia de Enrique Ossorio. Ossorio,u m personagem fictício, foi banido da vida política argentina no século XIX por ser acusado de tentar matar o presidente Rosas. A vida desse Enrique Ossorio é confusa, e seguir os fatos que desencadearam seu suicídio é a obsessão de Maggi.

"Ahora bien", dijo después, "a Marcelo no me dejaron verlo cuando estuvo preso. Incluso, tengo la sospecha de que él mismo se negó a verme. Me mandó a decir que por el momento no veía razón para que lo tomaran por un mártir. Estudio y pienso y hago gimnasia, me mandó a decir", dijo el senador que le había dicho Marcelo. "Encontré a un piamontés, Cosme, anarquista de la primera hora, que me está enseñando a cocinar la *bagna cauda*. Por otro lado juego al tute con los muchachos del cuadro: organizamos un campeonato y no me va nada mal. No tengo motivos para tirármelas de mártir, me mandó a decir. Las mujeres escasean mucho, eso sí, pero en compensación hay mucho intercambio intelectual. Se metió de cabeza en la cárcel, se puede decir", dijo el senador. "Yo le dije", dijo, "hay que pasar la tormenta. Así como viene va para largo, le dije. Los conozco bien, le dije, a éstos los conozco bien: vinieron para quedarse. No creas una palabra de lo que dicen. Son cínicos: mienten. Son hijos y nietos y biznietos de asesinos. Están orgullosos de pertenecer a esa estirpe de criminales y el que les crea una sola palabra, le dije", dijo el senador, "el que les crea una sola palabra, está perdido. Pero él ¿qué hizo? Quiso ver las cosas de cerca y enseguida lo agarraron. ¿Qué mejor lugar que mi casa para esconderse?", dijo el senador. "Pero no. Salió a la calle y fue a la cárcel. Ahí se arruinó. Salió desencantado. ¿A usted no le parece que salió desencantado? Yo había llegado a la convicción, en esas noches, mientras el país se venía abajo, de que era preciso aprender a resistir". Dijo que él no tenía nada de optimista, se trataba, más bien, dijo, de una convicción: era preciso aprender a resistir. "¿Él ha resistido?", dijo el senador. "¿Usted cree que él ha resistido? Yo sí", dijo. "Yo he resistido. Aquí me tiene", dijo, "reducido, casi un cadáver, pero resistiendo. ¿No seré el último? De afuera me llegan noticias, mensajes, pero a veces pienso: ¿no me habré quedado totalmente solo? Aquí no pueden entrar. Primero porque yo apenas duermo y los oiría llegar. Segundo porque he inventado un sistema de vigilancia sobre el cual no puedo entrar en detalles". Recibía, dijo, mensajes, cartas, telegramas. "Recibo mensajes. Cartas cifradas. Algunas son interceptadas. Otras llegan: son amenazas, anónimos. Cartas escritas por Arocena para aterrorizarme. Él, Arocena, es el único que me escribe: para amenazarme, insultarme, reírse de mí; sus cartas cruzan, saltan mi sistema de vigilancia. Las otras, es más difícil. Algunas son interceptadas. Estoy al tanto", dijo. "A pesar de todo estoy al tanto". Cuando era senador, dijo, también las recibía. "¿Qué es un senador? Alguien que recibe e interpreta los mensajes del pueblo soberano". No estaba seguro, ahora, de recibirlas o de imaginarlas. "¿Las imagino, las sueño? ¿Esas cartas? No me están dirigidas. No estoy seguro, a veces, de no ser yo mismo quien las dicta. Sin embargo", dijo, "están ahí, sobre ese mueble ¿las ve? Ese manojo de cartas", ¿las veía yo? sobre ese mueble. "No las toque", me dijo. "Hay alguien que intercepta esos mensajes que vienen a mí. Un técnico", dijo, "un hombre llamado Arocena. Francisco José Arocena. Lee cartas. Igual que yo. Lee cartas que no le están dirigidas. Trata, como yo, de descifrarlas. Trata", dijo, "como yo de descifrar el mensaje secreto de la historia".[75] (Piglia, 2001, p. 30)

Respiración artificial, na tradição borgeana, é um livro dentro de outro livro, o que, no caso de Piglia, diz respeito à tentativa de escrever uma história e às forças que subjazem à construção do real. No livro de Emilio Renzi sobre fatos familiares, o material usado para construir a narração são relatos orais e notícias de jornal. No caso da reconstrução da vida de Ossorio, Maggi utiliza-se de um recurso que é escrever da perspectiva autobiográfica. Os dois autores estão tentando recriar a realidade e conjecturam sobre como eventos passados repercutiram na história de vida das pessoas que tentam escrever. Todas essas informações conformam uma visão comparativa com o tempo presente dos personagens: "En abril de 1976, cuando se publica mi primer libro, él me manda una carta"[76] (Piglia, 2001, p. 8). Esse foi o ano do golpe de Estado praticado pelos militares argentinos, evento que culminou em uma história de censura, perseguição, assassinatos, torturas e a perpetuação de um grupo econômico e ideológico no poder. O passado argentino da metade do século XIX, que é pesquisado por Maggi para escrever a biografia do poersonagem fictício Enrique Ossorio, e o presente se atravessam. O romance intercala as duas dimensões temporais. Personagens como a do censor Arocena, que intercepta e captura cartas buscando uma mensagem cifrada, localizam-se em um tempo deliberadamente instável, que condiz com o presente da narrativa, mas também pode ser perfeitamente do passado, o século XIX. O romance contém reflexões sobre o narrar histórico, próprias da ficção histórica, porém a perspectiva da história política argentina alcança uma enorme projeção – de como o país não consegue se libertar de velhos fantasmas que fazem que os mesmos fatos se repitam.

seispontodois
Narrativas dos estertores do século XX

Alguns escritores e produções literárias destacados dos anos 1990 são difíceis de classificar em um compartimento do cânone literário, mas, por motivos simplificadores, estão sob esse grande guarda-chuva que é o pós-*boom*. A maioria desses escritores já vinha construindo sua obra literária antes de publicarem os livros que lhes deram um reconhecimento mais amplo. Essa lista poderia ser muito maior, mas podemos exemplificar essa faceta da literatura hispano-americana com Fernando Vallejo, Pedro Juan Gutiérrez, Mario Bellatin e Roberto Bolaño. São escritores que apontam, juntamente com a literatura produzida pelas gerações Crack e McOndo, os caminhos da literatura na região para o século XXI.

+ Fernando Vallejo (1942-) – Escritor e cineasta colombiano. Escreveu entre 1985 e 1993 cinco livros que pertencem à sua autobiografia, intitulada *El río del tiempo*, nos quais narra sua infância na fazenda do pai, a adolescência em Medellín e Bogotá e a vida adulta em várias partes do mundo. Em 1995, publicou *La virgen de los sicarios*, romance de grande sucesso de público e crítica, que foi levado ao cinema pelo diretor iraniano-francês Barbet Schroeder, com roteiro escrito por Vallejo. Com *El desbarrancadero* (2001), um dos momentos mais impactantes da produção literária de Vallejo, ganhou o Prêmio Rómulo Gallegos. Segue publicando livros de grande repercussão.

- **Pedro Juan Gutiérrez** (1950-) – Escritor, poeta, pintor e jornalista cubano. O estilo de sua narrativa, um hiper-realismo obsceno ou realismo sujo, rendeu-lhe a alcunha de "Bukowski caribeño", pelo comparativo com o escritor e poeta estadunidense Charles Bukowski. O livro *Trilogía sucia de La Habana* (1998) e o romance *El rey de La habana* (1999) tiveram grande êxito de público e crítica. O autor segue publicando e é um dos grandes nomes da narrativa hispano-americana na atualidade.
- **Mario Bellatin** (1960-) – Escritor peruano-mexicano. A narrativa de Bellatin é experimental e fantástica, com muitos elementos de autoficção. Seu livro *Salón de belleza* (1994) foi considerado por outros escritores um dos grandes livros das últimas décadas. Construiu uma vasta produção literária e prefere as editoras independentes e "cartoneras" para publicar seus livros.

6.2.1 A bolañomania

Roberto Bolaño (1953-2003) nasceu no Chile em 1953 e migrou para o México, onde morou durante a sua primeira juventude, e depois para a Espanha, país no qual se estabeleceu até a sua morte. Desde muito jovem decidiu ser escritor e, na maior parte de sua vida, buscou um espaço no mundo literário. Crítico no que se refere ao favoritismo das editoras e revistas literárias – publicou primeiro em editoras artesanais, alternativas e independentes –, construiu uma estratégia de participar de concursos literários de cidades pequenas da Espanha, o que lhe proporcionava, além de publicações, prêmios em dinheiro que o ajudavam a sobreviver. A produção literária de Bolaño começou a receber atenção da crítica com o romance *La literatura nazi en América* (1996). No mesmo ano publicou *Estrella distante*, obra que teve uma recepção ainda melhor por parte da crítica; no entanto, ainda era totalmente desconhecido do grande público. O sucesso começou com *Los detectives salvajes* (1998), e a consagração veio com o romance *2666* (2004), publicado postumamente. Depois de sua morte, em 2003, começou o primeiro grande fenômeno editorial de um escritor latino-americano no século XXI; nenhum outro escritor depois do *boom* teve tanta popularidade internacional como Bolaño.

Los detectives salvajes (1998) é o primeiro romance premiado de Bolaño e considerado pela crítica o *big bang* da cosmogonia do escritor chileno, pois nesse livro estão personagens, temas e paisagens geográficas revisitados e explorados em outros livros do autor. O livro é um *roman-fleuve* (romance-rio), esforço criativo que conecta um grande número de histórias e personagens a uma história principal, que é a história de Arturo Belano y Ulises Lima ("los detectives salvajes"), dois jovens escritores que perseguem as pegadas deixadas pela poetisa fictícia Cesárea Tinajero, desaparecida há décadas, para depois seguir vagando até desaparecerem e se perderem também.

Arturo Belano e Ulises Lima são *alter egos* de Roberto Bolaño e Mario Santiago Papasquiaro, os principais representantes do movimento infrarrealista mexicano, um movimento contracultural dos anos 1970 que queria ser continuador do espírito contestatório e utópico das vanguardas, reivindicando a literatura dos escritores incompreendidos por seus contemporâneos e que não tiveram êxito em vida, os malditos da literatura, e combatendo os escritores oficialistas da época, principalmente Octavio Paz. No romance, a busca pela poetisa vanguardista Cesárea Tinajero é um engajamento dos protagonistas a um projeto artístico alternativo para o continente. Esse posicionamento repercutiu na trama, na busca pelos protagonistas perdidos, em suas vidas que caminham em direção ao abismo.

O romance está dividido em três partes. A primeira parte se intitula "Mexicanos perdidos en México (1975)" e foi escrito em formato de diário. Começa com o convite feito ao jovem Juan García Madero para ingressar no realismo visceral, *no* dia 2 de novembro de 1975. Narra encontros, reuniões, festas e aventuras do grupo que iniciava uma corrente estética na cidade do México na metade dos anos 1970. É feita uma peregrinação por ruas, cafés, restaurantes baratos, casas, sótãos e apartamentos da Cidade do México. Uma dessas aventuras leva García Madero, Lupe (perseguida por um cafetão), Ulises Lima e Arturo Belano a empreender uma fuga da Cidade do México no dia 31 de dezembro. É justamente nesse momento que acaba a primeira parte do romance, com o desaparecimento dos quatro personagens, sobretudo dos dois criadores do movimento realismo visceral: Ulises Lima e Arturo Belano.

Jacinto Requena, café Quito, calle Bucareli, México DF, septiembre de 1985.

Dos años después de desaparecer en Managua, Ulises Lima volvió a México. A partir de entonces pocas personas lo vieron y quienes lo vieron casi siempre fue por casualidad. Para la mayoría, había muerto como persona y como poeta.

Yo lo vi en un par de ocasiones. La primera vez me lo encontré en Madero y la segunda vez fui a verlo a su casa. Vivía en una vecindad de la colonia Guerrero, adonde sólo iba a dormir, y se ganaba la vida vendiendo marihuana. No tenía mucho dinero y el poco que tenía se lo daba a una mujer que vivía con él, una chava que se llamaba Lola y que tenía un hijo. La tal Lola parecía una tipa de armas tomar, era del sur, de Chiapas, o tal vez guatemalteca, le gustaban los bailes, se vestía como punk y siempre estaba de mal humor. Pero su niño era simpático y al parecer Ulises se encariñó con él.

Un día le pregunté en dónde había estado. Me dijo que recorrió un río que une a México con Centroamérica. Que yo sepa, ese río no existe. Me dijo, sin embargo, que había recorrido ese río y que ahora podía decir que conocía todos sus meandros y afluentes. Un río de árboles o un río de arena o un río de árboles que a trechos se convertía en un río de arena. Un flujo constante de gente sin trabajo, de pobres y muertos de hambre, de droga y de dolor. Un río de nubes en el que había navegado durante doce meses y en cuyo curso encontró innumerables islas y poblaciones, aunque no todas las islas estaban pobladas, y en donde a veces creyó que se quedaría a vivir para siempre o se moriría.[77] (Bolaño, 2011, p. 386)

A segunda parte, "Los detectives salvajes (1976-1996)", é uma grande coleção de testemunhos ou depoimentos em formato de arquivo, cada relato iniciando com um cabeçalho com nome, data e localização espacial. São mais de 50 narradores diferentes que contam episódios da vida dos protagonistas desaparecidos na noite de 31 de dezembro de 1975, Arturo Belano e Ulises Lima. Esses testemunhos estão recortados e embaralhados ao longo da segunda parte do livro, que é dividida em 26 capítulos. A terceira parte, "Los desiertos de Sonora (1976)", é a continuação do diário da primeira parte: o fim da busca pela poetisa Cesárea Tinajero.

Em *Los detectives salvajes* Bolaño utiliza uma mistura de gêneros: romance policial, romance de viagem, romance de formação e romance memorialista. O livro está repleto de dados biográficos ficcionalizados, com crítica literária e política. É um tributo aos derrotados e desaparecidos, uma homenagem à geração de jovens latino-americanos dos anos 1970 que sofreram na pele a violência política dessa época, mas também àqueles que pensaram a literatura e a vida de uma maneira alternativa.

seispontotrês
Gerações Crack e McOndo

Os grupos de escritores que conformaram a geração Crack e a geração McOndo se assemelham na rejeição aos imitadores do realismo mágico. Era um repúdio às desbotadas cópias desprovidas de energia das narrativas que deram fama ao *boom*. A reivindicação desses jovens escritores era que as editoras dessem espaço para outras formas de fazer literatura. Desse modo, eles demandavam uma literatura urbana, que não fosse deliberadamente descomplicada a fim de facilitar para o leitor. Eles pediam que as editoras considerassem textos mais intelectualizados e que exigissem do leitor um trabalho mais árduo para decifrá-los.

McOndo é o nome da coletânea de jovens escritores publicada em 1996: o argentino Rodrigo Fresán, com *Jardines de Kensington* (2003); o boliviano Edmundo Paz Soldán, com *Río fugitivo* (1993); o colombiano Jorge Franco, com *Rosario Tijeras* (1999); o peruano Jaime Bayly, com *No se lo digas a nadie* (1994); o colombiano Santiago Gamboa, com *El síndrome de Ulises* (2005); e o equatoriano Leonardo Valencia, com *El desterrado* (2000). A queixa desses escritores era que, para poderem escrever e publicar, eles deveriam seguir escrevendo como os escritores dos anos 1960, pois eram essas as expectativas dos leitores estadunidenses e europeus com relação à literatura da região. Nesse sentido, o manifesto da geração MacOndo coloca em evidência as diferenças existentes na América Latina e o fato de que um estilo literário não pode abarcar todas as complexidades inerentes ao continente.

Sobre el título de este volumen de cuentos no valen dobles interpretaciones. Puede ser considerado una ironía irreverente al arcángel San Gabriel, como también un merecido tributo. Más bien, la idea del título tiene algo de llamado de atención a la mirada que se tiene de lo latinoamericano. No desconocemos lo exótico y variopinta de la cultura y costumbres de nuestros países, pero no es posible aceptar los esencialismos reduccionistas, y creer que aquí todo el mundo anda con sombrero y vive en árboles. Lo anterior vale para lo que se escribe hoy en el gran país McOndo, con temas y estilos variados, y muchos más cercano al concepto de aldea global o mega red.

El nombre (¿marca-registrada?) McOndo es, claro, un chiste, una sátira, una talla. Nuestro McOndo es tan latinoamericano y mágico (exótico) como el Macondo real (que, a todo ésto, no es real sino virtual). Nuestro país McOndo es más grande, sobrepoblado y lleno de contaminación, con autopistas, metro, tv-cable y barriadas. En McOndo hay McDonald's, computadores Mac y condominios, amén de hoteles cinco estrellas construidos con dinero lavado y *malls* gigantescos.

En nuestro McOndo, tal como en Macondo, todo puede pasar, claro que en el nuestdro cuando la gente vuela es porque anda en avión o están muy drogados. Latinoamérica, y de alguna manera Hispanoamérica (España y todo el USA latino) nos parece tan realista mágico (surrealista, loco, contradictorio, alucinante) como el país imaginario donde la gente se eleva o predice el futuro y los hombres viven eternamente. Acá los dictadores mueren y los desaparecidos no retornan. El clima cambia, los ríos se salen, la

tierra tiembla y Don Francisco coloniza nuestros inconscientes.[78]
(Fuguet; Gómez, 1996, p. 14-15)

O outro texto que dialoga com esses anseios e críticas é o *Manifiesto Crack* (1996). Ele está dividido em cinco partes, uma para cada um dos escritores que conformaram o movimento: Ricardo Chávez, com *El libro del silencio* (2005); Ignacio Padilla, com *Si volviesen sus majestades* (1996); Pedro Ángel Palou, com *Como quien se desangra* (1991); Eloy Urroz, com *Las rémoras* (1996); e Jorge Volpi, com *El temperamiento melancólico* (1996). Na seção escrita por Ignacio Padilla, o autor menciona o cansaço em relação a temas e técnicas para narrar o continente:

> Por eso aquí también está de más buscar definiciones contundentes, teorías. Acaso sólo aparecerán algunos "ismos" extraños que tienen más de juego que de manifiesto. Ahí hay más bien una mera reacción contra el agotamiento; cansancio de que la gran literatura latinoamericana y el dudoso realismo mágico se hayan convertido, para nuestras letras, en magiquismo trágico; cansancio de los discursos patrioteros que por tanto tiempo nos han hecho creer que Rivapalacio escribía mejor que su contemporáneo Poe, como si proximidad y calidad fuesen una y la misma cosa; cansancio de escribir mal para que se lea más, que no mejor; cansancio de lo *engagé*; cansancio de las letras que vuelan en círculos como moscas sobre sus propios cadáveres.[79] (Volpi et al., 2000, p. 5)

Outro ponto que une essas gerações é uma forte presença de espaços e temas que fazem parte de outros territórios que, muitas vezes, não estão na América Latina. O crítico Fernando Aínsa (2010) estudou essa característica e encontrou essa tendência em muitos escritores do continente, que, pelas múltiplas vivências, deixaram de morar em seus países de origem. O êxodo latino-americano, que teve início na década de 1990, encontra eco em vários escritores dos últimos anos. A visão do migrante, que já não é exilado, mas mora em outro país por opção, é a tônica das gerações Crack e McOndo. Esses escritores foram responsáveis por diversificar os rumos da literatura da região, pois buscavam abrir mais o pensamento sobre a literatura produzida no continente, a qual, com o sucesso do realismo mágico, ficou estereotipada como uma literatura extravagante, de paisagens e realidades rurais.

6.3.1 *Si volviesen sus majestades* (1996), de Ignacio Padilla

Ignacio Padilla (1968-2016) foi um contista, romancista, dramaturgo e ensaísta mexicano – para muitos, o maior de sua geração, pelo domínio linguístico e pela ampla capacidade de fabulação. Além da carreira de escritor, foi diplomata, professor universitário e também diretor da Biblioteca Vasconcelos da Cidade do México. Faleceu precocemente em um acidente de trânsito, deixando uma vasta produção literária, embora tenha tido poucos anos para construí-la. Os romances de Padilla foram quase todos premiados em seu país, México. *La catedral de los ahogados* (1995) ganhou o Prêmio Juan Rulfo de primeiro romance. Logo se seguiram *Si volviesen sus majestades* (1996), *Amphitryon* (2000), *Espiral de artillería* (2003), *La gruta del toscano* (2006) e *El daño no es de ayer* (2011). Também publicou contos e literatura infantil, gênero que gostava muito de escrever.

Si volviesen sus majestades causou um verdadeiro estranhamento por parte de leitores e críticos. É um romance com uma estrutura caótica e elementos do surrealismo e da poética do absurdo, porém também pode ser lido como um romance pós-apocalíptico ou da destruição do autor e da obra. A linguagem do romance recria, em uma língua literária, expressões do espanhol de Camões e Quevedo. O espaço ficcional não é declarado, mas o anacronismo da linguagem, conjuntamente com outras referências, permite imaginar um lugar da Europa entre os séculos XIII e XVI. No entanto, na narração se observa um mundo em que cabem todos os séculos e suas sociedades. Na realidade do livro não somente residem a televisão, o *baseball*, as ligações de telefone promocionais de *hot lines* e as leituras de Camus com bufões, castelos e reis, mas também suas interações criam metáforas que constroem uma realidade autossuficiente. Outro elemento do livro é a abundante intertextualidade, incluindo a obra de teatro *Esperando a Godot* (1952), de Samuel Beckett, os contos de Jorge Luis Borges e, ainda, Miguel de Cervantes e Francisco de Quevedo. A empresa de Padilla em criar um mundo narrativo em que coincidem referências de vários tempos aponta para o leitor, pois recai neste o trabalho de ressignificar a parafernália caótica.

O livro começa com um escrito do personagem principal, um Senescal, que é o encarregado de um reino e está esperando que seus senhorios regressem. Nesse texto, intitulado "Pestilentia in *regnum invadit*", relata-se como há trezentos anos as majestades do título partiram do reino, as revoltas e os massacres que se seguiram, como ficou inconsciente, seu despertar e o início até o presente da narração. O reino também é habitado por um Bufão, e a narração se desenvolve com a relação entre esses dois únicos sobreviventes e os livros que vão sendo escritos pelo Senescal e destruídos pelo Bufão. Depois de tentar escrever o que viveu, o Senescal começa a etapa dos sonhos. O Bufão lhe prepara uma festa virtual na qual compareçam os hologramas de todos os habitantes do reino. O Senescal está feliz, até que aparece o terceiro personagem físico, uma espécie de gigante, que o Senescal acredita ser o inimigo que roubou "El Esquerlón de Panolina", o detonante de sua maldição. O Senescal ordena que o Bufão torture o gigante. A narração acelera nesse momento e os personagens se matam, restando somente o Senescal. O Bufão mata o Gigante e depois o Senescal mata o Bufão. Antes de morrer, o Bufão revela que o gigante era o Autor, que lhe confessou, antes de desfalecer por causa da tortura, que o nome do Senescal seria, para toda a eternidade, Caos.

> Por cuatro cosas, señor mío, es lícito en algo un cualquiera escrito: la una, por empezar con el cuento *comme il faut*, sin reparar en lo que dicen unos, que se hacen llamar modernos, sobre el vano ornato de contar fuera del tiempo y sin concierto; la segunda, que debiera ser primera, por no tener la historia cosa alguna contra la fe ni las buenas costumbres; la tercera, por hablar de cosas cuya verosimilitud arguye el lector, porque, como bien ha dicho Silvos Trocastos, donde falta la fe, falta el afecto o el gusto de los que

se lee; y la cuarta, por tratar con discreción de asuntos gratos y de mucho entretenimiento. [...] Y más si a estas cuatro cosas se les añade aquí un estilo mesurado, allá algún artificio amoroso y acullá algo de suspenso, cabe entonces esperar que el libro dicho sea tan bueno como el sol de mayo. Tal os digo, señor mío, causa de no haber hallado en vuestro pliego alguna de estas cualidades, pero por no encontrar en él una sola que se le asemeje. Antes me parece que el cuento de su merced no tiene pies ni cabeza, es triste y asqueroso como una plañidera de pueblo, desabrido como una partida de bolos, lento como el cine de Kolkowsky y denso como él mismo, porque no hallo con quién compararlo. [...]

El virus, en fin, auguraba echar todas las memorias y todos los programas a un error irreparable del sistema donde todo volvería a escribirse con tan mal tino que el ordenador vendría a desordenarse, por así decirlo, y el programa anfitrión pasaría a ser una suerte de memoria nueva donde todo sería caos y confusión. [...]

[...] el virus era ya tan poderoso cuando el cansado Autor se programó a sí mismo, que el propio programa anfitrión, malaconsejado y confundido por el virus, lo destruyó al escucharle o recibirle, de tal suerte que al poco tiempo el programa anfitrión terminó de vaciarse por entero de sus últimas razones, liberó el virus, y convirtióse al fin en la memoria universal del caos y de un mundo sin Autor, que es este y no otro.[80] (Padilla, 2006, p. 43-44, 138-140)

O romance traz todos os ingredientes augurados pelos escritores da geração do Crack: conceder ao leitor um papel ativo para desentranhar da narrativa os sentidos da construção literária.

Para isso, apresenta uma construção repleta de intertextualidade, cujo texto proporciona diálogos com um vasto repertório literário e cultural; circula por temas e paisagens diversos, que estão fora do continente; promove a literatura do apocalipse, ou melhor, de um pós-apocalipse, reflexo da interpretação dos escritores do Crack com respeito à realidade do fim do século XX.

6.3.2 *El síndrome de Ulises* (2005), de Santiago Gamboa

Santiago Gamboa (1965-) é um escritor e jornalista colombiano. Estudou literatura em Bogotá e ainda muito jovem deixou seu país para trabalhar e seguir os estudos em Madri. Mudou-se para Paris, onde escreveu para jornais colombianos e conseguiu se dedicar à literatura. Em 1995, publicou o romance *Páginas de vuelta*. Participou com o conto "La vida está llena de cosas así" da antologia de jovens escritores *McOndo* (1996), editada por Alberto Fuguet e Sérgio Gomez. O romance *Perder es una cuestión de método* (1997) teve ótima repercussão e foi levado ao cinema pelo dirtetor Sergio Cabrera em 2005. Publicou o romance *Vida feliz de un joven llamado Esteban* (2000), no qual seu *alter ego*, Esteban, conta suas experiências de vida, elemento que vai explorar novamente em outros livros. A literatura de Gamboa é profundamente urbana, pois é nesse espaço que se situam os conflitos mais urgentes de sua época – matéria-prima para construir sua narrativa. Desde os primeiros contos até as recentes produções literárias do escritor, ele encontra no ambiente citadino seu espaço literário, que vai se ampliando a cada romance e conto que escreve, pois seus livros viajam por várias metrópoles do mundo. *Necrópolis* (2009) são histórias que ocorrem em vários lugares do mundo, mas que têm como centro narrativo a cidade de Jerusalém. *Plegarias nocturnas* (2011) ocorre em três cidades, Bogotá, Bancoque e Nova Deli. Em 2014, publicou o ensaio *La guerra y la paz*, sobre o processo de paz entre o Estado colombiano e a guerrilha, as negociações que aconteceram em Cuba. *Será larga la noche* (2019) e *Colombian Psycho* (2021) são os dois úlitmos romances do escritor colombiano, nos quais ele mergulha de cabeça na violência de seu país.

El síndrome de Ulises (2005) faz alusão à patologia mental que acomete as pessoas que migram de seu país de origem e sofrem para se estabelecerem no país onde estão. O livro teve uma recepção muito boa por parte da crítica, chegando a ser finalista do Prêmio Rómulo Gallegos. É um romance urbano em que a cidade de Paris é retratada longe de suas paisagens glamorosas. O espaço narrativo do livro são os subúrbios parisienses repletos de migrantes, exilados, apátridas e de pessoas tentando sobreviver nessa grande cidade.

> Las clases en la rue Gay-Lussac continuaban sin gracia. El nombre de la Sorbona parecía demasiado para aquello que se nos daba, un caldo sin mucha sustancia. Un hueso sin carne. Pero continuaba yendo y luego salía con Salim a hablar de nuestros países o a charlar de libros. Me daba vergüenza no conocer la literatura de Marruecos, o de la región árabe, pues él sí conocía la mía y de qué modo. Era realmente extraño lo que le ocurría con el libro de Leopoldo Marechal, pero jamás me atreví a decirle lo que yo opinaba. Lo había leído hacía años en la universidad, o, más bien,

había leído algunas páginas, sólo algunas, y tenía un recuerdo bastante pobre, la seguridad de que cierto tipo de libros están condenados a vivir dentro de sus fronteras, pues no es probable que alguien de afuera, como no sea un estudioso, un etnólogo o ese tipo de personas, le pueda interesar leerlos. Eso creía hasta conocer a Salim, y lo creía no sólo de Marechal sino de muchos otros libros, el *Huazipungo* de Jorge Icaza o las *Tradiciones peruanas* de Ricardo Palma, ¿cuántos lectores aficionados de Portugal, Lituania o México habrán leído *María*, de Jorge Isaacs, o *Cecilia Valdés*, de Cirilo Villaverde? Sospecho que muy pocos, e incluso diría que ninguno. Quienes estudien historia de la literatura pueden conocerlos, pero eso es distinto. La Literatura con mayúscula no está ahí y si alguna vez estuvo pasó de modo fugaz, ya que a Balzac o a Dostoievski o a Martí, la gran literatura, los leen todos, estudiosos o aficionados, basta con querer los libros, pero de nuevo Salim era la negación de mi teoría, un marroquí que había encontrado tanto en esa novela, *Adán Buenosayres*, que su vida estaba, de algún modo, regida por ella, era muy raro, y así caminábamos bajo la llovizna parisina buscando algún bar barato, conversando de esto y de lo otro, sin saber cuál de los dos hablaba peor el francés, hasta encontrar un lugar en el que yo pudiera beber un café con leche o una cerveza y él esperar el fin del ayuno, contándome, desesperado, que tampoco podía fumar ni ver televisión o divertirse, mucho menos tener relaciones sexuales, a lo que dije, fíjate, yo tampoco puedo tenerlas, no por estar haciendo el Ramadán sino porque no conocía a ninguna mujer, y él se rió con vergüenza, como se ríe uno de un chiste que lo pone nervioso, pues él parecía un niño atrapado en el cuerpo de un adulto, así era Salim, y entonces, dándose cuenta de lo poco que yo sabía de su país y de su cultura, decidió darme algunas claves, si es que no me molestaba, y así me empezó a hablar del más conocido escritor marroquí en Francia, Tahar Ben Jellun, un autor que a pesar de haber nacido en Marruecos escribía en francés, o tal vez por eso mismo, pues era hijo del período colonial, de los residuos de ese sistema en el norte de África.[81] (Gamboa, 2005, p. 29-30)

O personagem principal e narrador é Esteban – Gamboa retoma esse personagem, que é uma espécie de *alter ego* do escritor, desde o romance *La vida feliz de un joven llamado Esteban* (2000) –, um jovem colombiano que está estudando em Paris nos anos 1990 e narra seu cotidiano de penúria na Cidade Luz. A narrativa fluida do escritor colombiano conta como é a vida de Esteban na capital francesa, a falta de dinheiro, o estranhamento ao novo país e, sobretudo, desnuda a metrópole, mostrando seu lado amargo e nada glamoroso para os migrantes e exilados. Esteban se relaciona mais com colombianos e migrantes de origem latino-americana que tiveram de fugir do continente no período dos conflitos armados e outros que estavam em busca de uma condição melhor de vida. Um elemento muito presente na obra é a metaliteratura. Um dos gatilhos para tratar de literatura é o amigo marroquino de Esteban, Salim, que é fascinado por um romance do escritor argentino Leopoldo Machado, *Adán Buenosayres* (1948). Em virtude dessa admiração, decidiu migrar para Paris com o intuito de estudar a literatura latino-americana. Todo o contexto desse encontro faz com que Esteban faça comentários sobre a literatura latino-americana, a universalidade de algumas obras e o regionalismo de outras.

Síntese

Neste capítulo, abordamos as narrativas literárias do chamado pós-*boom*. O que se convencionou chamar de *literatura do pós-boom* são produções literárias vastíssimas, nas quais as influências da estética e das temáticas pós-modernas são patentes. Destacamos algumas características atribuídas às narrativas desse período: multiplicidade de estilos; introdução de uma abordagem da sexualidade não normativa; consolidação das mulheres escritoras, com uma crítica das desigualdades de gênero na sociedade; grande predomínio de temáticas políticas do presente das narrativas, razão pela qual o exílio e a história são elementos recorrentes; emprego frequente da linguagem coloquial; e produções de fácil acesso ao leitor.

Também tratamos das gerações Crack e McOndo. Essas gerações eram constituídas de jovens escritores hispano-americanos do final do século XX com concepções literárias diferentes do que era o pensamento editorial em relação aos romances da região: as narrativas do Crack e de McOndo são urbanas, muitas vezes em espaços que estão fora do continente, e as produções são mais complexas, exigindo um trabalho maior do leitor.

Atividades de autoavaliação

1. O pós-*boom* é um rótulo que serve para os escritores a partir dos anos 1970, como Antonio Skármeta, Cristina Peri Rossi, Manuel Puig e Ricardo Piglia. Assinale V (verdadeiro) ou F (falso) para as afirmações sobre essa geração de escritores.

   ( ) O pós-*boom* continuou com os postulados do modernismo tardio no continente, incorporando elementos da estética vanguardista do início do século XX para renovar a literatura da região.

   ( ) O pós-*boom* é fruto do esgotamento do modernismo tardio na região, em uma fase em que os pressupostos da pós-modernidade são evidentes.

   ( ) A desigualdade de gênero, a sexualidade não normativa, o exílio, a política e a história foram alguns dos temas articulados pelas produções literárias do pós-*boom*.

   ( ) Muitos escritores do pós-*boom* tiveram de se exilar pelo recrudescimento da situação política na região, em especial nos países do Cone Sul.

   Agora, marque a alternativa que indica a sequência correta:

   a. F, V, V, F.
   b. F, V, V, V.
   c. F, V, F, V.
   d. V, V, V, F.

2. As gerações Crack e McOndo foram os últimos movimentos literários hispano-americanos do século XX. Assinale V (verdadeiro) ou F (falso) nas afirmativas sobre essas gerações de escritores.

( ) Seguiram e desenvolveram o realismo mágico, transformando essa literatura em uma marca editorial da narrativa hispano-americana.

( ) O *Manifiesto Crack* e o prólogo da coletânea de contos *McOndo* criticavam as editoras pelo fato de abrirem espaço apenas para escritores hispano-americanos que replicassem o realismo mágico.

( ) Os romances dessas gerações apresentam problemáticas urbanas, com um número grande de países e temas relacionados ao rural hispano-americano.

( ) A busca de uma identidade latino-americana foi uma preocupação desses escritores.

Agora, marque a alternativa que indica a sequência correta:

a. F, F, V, V.
b. V, V, V, F.
c. F, F, V, F.
d. F, V, V, F.

3. Assinale V (verdadeiro) ou F (falso) nas informações a seguir sobre o escritor chileno Roberto Bolaño e sua produção literária.

( ) Roberto Bolaño explora em seus romances exclusivamente temas relacionados com o seu país, o Chile.

( ) *Estrella distante* foi o seu primeiro grande êxito editorial e de crítica, com o qual ganhou o Prêmio Rómulo Gallegos.

( ) Os romances de Roberto Bolaño foram traduzidos para vários idiomas, e seus livros tiveram grande sucesso na primeira década do século XXI nos Estados Unidos.

( ) O romance *Los detectives salvajes*, de Roberto Bolaño, por meio de múltiplos narradores, busca as pistas deixadas por dois poetas desaparecidos: Arturo Belano e Ulises Lima.

Agora, marque a alternativa que indica a sequência correta:

a. V, F, V, V.
b. F, F, V, V.
c. F, V, F, V.
d. F, F, V, F.

4. *El beso de la mujer araña* (1976), de Manuel Puig, é construído com uma multiplicidade de textos, entre eles a paródia do cinema. Como essas inserções de narrativas de filmes operam no romance?

5. O personagem principal do romance *El síndrome de Ulises* (2005), de Santiago Gamboa, é construído com elementos autobiográficos, algo que já havia sido explorado pelo autor no romance *Vida feliz de un joven Esteban* (2000). Em *El síndrome de Ulises* a experiência no estrangeiro é um dos temas principais do romance, inclusive pelo título do livro. Na geração anterior, alguns escritores também exploraram a vida no estrangeiro para confeccionar suas narrativas, como no caso do personagem Equis em *La nave de los locos*, da escritora uruguaia Cristina Peri Rossi. Quais são as diferenças entre as abordagens desses dois romances com relação à vivência no exterior e ao tratamento dos elementos autobiográficos?

Atividades de aprendizagem

Questões para reflexão

1. O romance *Los detectives salvajes*, de Roberto Bolaño, é dividido em três partes, das quais a segunda parte apresenta vários narradores que relatam histórias relacionadas com os protagonistas desaparecidos, mas também contam muito sobre eles mesmos. Leia a narrativa da personagem-narradora Auxilio Lacouture (p. 190-199) e identifique todas as referências feitas no relato a mulheres artistas e exiladas. Depois, pesquise sobre essas mulheres e explique suas histórias utilizando os exemplos extraídos do texto.

2. A segunda parte do romance *Respiración artificial*, de Ricardo Piglia, intitulada "Descartes", é uma conversa entre o personagem Emilio Renzi e o filósofo Vladimir Tardewski. Vários críticos interpretam essa parte da obra como um ensaio sobre a literatura argentina e universal. No trecho a seguir, retirado do livro, pode-se apreciar o que os analistas observaram. Escreva um texto explicando quem são os escritores e as obras citados nesse trecho e comente qual é a relação existente entre eles.

> Pero la verdad de Borges hay que buscarla en otro lado: en sus textos de ficción. Y "Pierre Menard, autor del Quijote" no es, entre otras cosas, otra cosa que una parodia sangrienta de Paul Groussac. No sé si conoce usted, me dice Renzi, un libro de Groussac sobre el Quijote apócrifo. Ese libro escrito en Buenos Aires y en francés por este erudito pedante y fraudulento tiene

un doble objetivo: primero, avisar que ha liquidado sin consideración todos los argumentos que los especialistas pueden haber escrito sobre el tema antes que él; segundo, anunciar al mundo que ha logrado descubrir la identidad del verdadero autor del Quijote apócrifo. El libro de Groussac se llama (con un título que podría aplicarse sin sobresaltos al Pierre Menard de Borges) *Un énigme littéraire* y es una de las gaffes más increíbles de nuestra historia intelectual. Luego de laberínticas y trabajosas demostraciones, donde no se ahorra la utilización de pruebas diversas, entre ellas un argumento anagramático extraído de un soneto de Cervantes, Groussac llega a la inflexible conclusión de que el verdadero autor del falso Quijote es un tal José Martí (homónimo ajeno y del todo involuntario del héroe cubano). Los argumentos y la conclusión de Groussac tienen, como es su estilo, un aire a la vez definitivo y compadre. Es cierto que entre las conjeturas sobre el autor del Quijote apócrifo las hay de todas clases, dijo Renzi, pero ninguna, como la de Groussac, tiene el mérito de ser físicamente imposible. El candidato propiciado en *Un énigme littéraire* había muerto en diciembre de 1604, de lo cual resulta que el supuesto continuador plagiario de Cervantes no pudo ni siquiera leer impresa la primera parte del Quijote verdadero. ¿Cómo no ver en esa chambonada del erudito galo, me dice Renzi, el germen, el fundamento, la trama invisible sobre la cual Borges tejió la paradoja de "Pierre Menard", autor del Quijote? Ese francés que escribe en español una especie de Quijote apócrifo que es, sin embargo, el verdadero; ese patético y a la vez sagaz Pierre Menard, no es otra cosa que una transfiguración borgeana de la figura de este Paul Groussac, autor de un libro donde demuestra, con una lógica mortífera, que el autor del Quijote apócrifo es un hombre que ha muerto antes de la publicación del Quijote verdadero. Si el escritor descubierto por Groussac había podido redactar un Quijote apócrifo antes de leer el libro del cual el suyo era una mera continuación, ¿por qué no podía Menard realizar la hazaña de escribir un Quijote que fuera a la vez el mismo y otro que el original? Ha sido Groussac, entonces, con su descubrimiento póstumo del autor posterior del Quijote falso quien, por primera vez, empleó esa técnica de lectura que Menard no ha hecho más que reproducir. Ha sido Groussac en realidad quien, para decirlo con las palabras que le corresponden, dijo Renzi, enriqueció, acaso sin quererlo, mediante una técnica nueva el arte detenido rudimentario de la lectura: la técnica del anacronismo deliberado y de las atribuciones erróneas.[82] (Piglia, 2001, p. 86)

Atividade aplicada: prática

1. Faça um resumo crítico do capítulo "La situación cultural de la modernidad tardía en América Latina", do livro *El Sur y los Trópicos*, de Ana Pizarro.

{

considerações finais

❰ COMO MENCIONADO NA apresentação, o propósito que moveu a elaboração desta obra foi o de fornecer uma perspectiva panorâmica da literatura hispano-americana. Abrimos o livro com o que foi estabelecido pelo cânone, como o início da produção literária da região e os conflitos que marcaram a chegada dos europeus ao Novo Mundo, e avançamos pela história da literatura do continente. Esse recorte foi feito, sobretudo, por meio de um trabalho de pesquisa da historiografia literária do continente. Portanto, em virtude da brevidade do livro, os textos escolhidos estão consolidados como representantes de um momento histórico específico. Nesse trabalho de seleção, também buscamos incluir textos que fossem antagonistas entre si e que permitissem uma visão crítica da literatura produzida na região – um exemplo é a literatura da conquista e a visão dos conquistados. O critério era apresentar os tradicionalmente excluídos da literatura, como as mulheres escritoras. No capítulo em que abordamos o pós-*boom*, dedicamos um tópico à literatura feita por mulheres, que, nesse período, vivia seu auge editorial na América Latina. Seguramente, em razão de limitações do livro e da intenção de viabilizar uma compreensão global da literatura do continente, deixamos de fora muitas(os) escritoras(es) que foram ocultadas(os) ou esquecidas(os) pelo cânone, por serem mulheres, negras(os), indígenas, e que hoje recebem uma atenção merecida.

Sobre a literatura indígena, embora, em grande parte dos casos, não tenha sido produzida por indígenas, foi uma das correntes mais prolíficas da literatura feita no continente e, curiosamente, tem como precursora uma mulher peruana, Clorinda Matto de Turner, com o romance *Aves sin nido* (1889). No século XX, o indigenismo se desenvolveu como uma vertente do regionalismo hispano-americano, movimento que ansiava encontrar a essência do continente e, para isso, desenvolvia-se em ambientes rurais, contrastando com o ambiente citadino do romantismo. A aspiração do regionalismo mobilizou escritores durante quase todo o século XX e deixou clássicos que vão de *Doña Bárbara* (1929), de Rómulo Gallegos, até *Cien años de soledad* (1967), de Gabriel García Márquez. Outra vertente importante foram as narrativas e poéticas experimentais, oriundas dos ideais que impulsionaram as vanguardas europeias. Essas produções tinham um aspecto mais urbano. A partir do final da década de 1960, a paisagem e os conflitos das cidades latino-americanas, sobretudo relacionados a ditaduras e questões de gênero, eram cada vez mais frequentes nos romances. Gradativamente, a literatura latino-americana se pós-modernizou.

O livro avançou até o início do século XXI, com as produções literárias dos dois últimos movimentos literários dos anos 1990: as gerações Crack e McOndo. Também incluímos alguns escritores entresséculos extremamente significativos da literatura hispano-americana, como Roberto Bolaño, Fernando Vallejo e Pedro Juan Gutiérrez. Todas essas produções repercutem o espaço urbano, uma tendência do final do século XX e início do século XXI. A literatura mais recente, não captada neste livro, dissemina-se em múltiplas tendências, inclusive com a volta do espaço rural. *Distancia de rescate* (2015), de Samanta Schweblin, e *El diablo de las provincias* (2017), de Juan Cárdenas, são exemplos de romances que visitam o campo, mas de uma forma completamente diferente. Trata-se de um novo mundo rural, com questões que vão da violência que assola o continente à problemática de gêneros e da sexualidade não normativa. Concluímos que os dois espaços, o rural e o da cidade, voltam a cada momento à literatura hispano-americana, de maneira pendular, e essa é uma das características mais notórias da literatura do continente vista de uma perspectiva panorâmica.

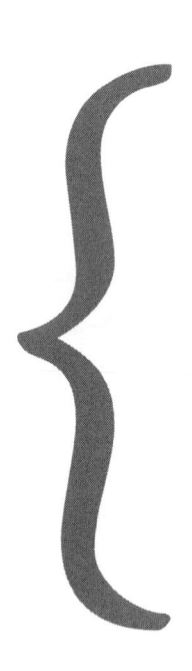

{

referências

ABATE, S. Tradición y originalidad en "Hombres de maíz": del modernismo al realismo mágico. Rilce – Revista de Filología Latinoamericana de la Universidad de Navarra, v. 16, n. 1, p. 1-12, marzo 2000.

AINSA, F. Palabras nómadas: los nuevos centros de la periferia. Alpha – Revista de Artes, Letras y Filosofía de la Universidad de Los Lagos, n. 30, p. 55-78, jul. 2010.

ALEGRÍA, C. El mundo es ancho y ajeno. Madrid: Alianza Editorial, 2000.

ALVARADO RUIZ, R. Escribir América en el siglo XXI: el Crack y McOndo, una generación continental. Revista Iberoamericana, Madrid, v. 16, n. 63, p. 67-90, nov. 2016.

ARGUEDAS, J. M. Los ríos profundos. Edición de Ricardo González Vigil. Madrid: Cátedra, 2006.

ARIOSTO, L. Orlando Furioso. Milano: Garzanti, 1964.

ASTURIAS, M. Á. El señor presidente. Edición de Alejando Lanoël-d'Aussenac. Madrid: Cátedra, 2000.

ASTURIAS, M. Á. Hombres de maíz. Edición Crítica. Lima: Allca XX, 1996.

AUB, M. Manual de historia de la literatura española. México, D.F.: Pormaca, 1966. 2 v.

AZUELA, M. Los de abajo. México, D.F.: Fondo de Cultura Económica, 2014.

BELLINI, G. Entre mito y realidad *Hombres de maíz*. In: BELLINI, G. Mundo mágico y mundo real: la narrativa de Miguel Ángel Asturias. Roma: Bulzoni, 1999. Disponível em: <https://www.cervantesvirtual.com/obra-visor/mundo-mgico-y-mundo-real-la-narrativa-de-miguel-ngel-asturias-0/html/01e5e59a-82b2-11df-acc7-002185ce6064_64.html>. Acesso em: 20 out. 2023.

BELLINI, G. Nueva historia de la literatura hispanoamericana. 3. ed. Madrid: Castalia, 1997.

BOLAÑO, R. Los detectives salvajes. Barcelona: Anagrama, 2011.

BORGES, J. L. Ficciones. Barcelona: Lumen, 2018.

CARPENTIER, A. El reino de este mundo. México, D.F.: Compañia General de Ediciones, 1973.

CENTRO VIRTUAL CERVANTES. Pablo Neruda. Disponível em: <https://cvc.cervantes.es/literatura/escritores/neruda/default.htm>. Acesso em: 20 out. 2023.

CID HIDALGO, J. D. Exilio y migración en *La nave de los locos* de Cristina Peri Rossi: un viaje por los espacios otros. Revista Co-herencia, Medellín, v. 9, n. 17, p. 51-70, jul./dic. 2012.

COLÓN, C. Cartas que escribió sobre el descubrimiento de América y testamento que hizo a su muerte. 1880. Biblioteca Virtual Miguel de Cervantes. Disponível em: <https://www.cervantesvirtual.com/obra-visor/cristobal-colon-cartas-que-escribio-sobre-el-descubrimiento-de-america-y-testamento-que-hizo-a-su-muerte 0/html/>. Acesso em: 3 dez. 2023.

COLÓN, C. Diario de a bordo. México: Penguin Random House, 2017.

CORNEJO POLAR, A. Escribir en el aire: ensayo sobre la heterogeneidad sociocultural en las literaturas andinas. 2. ed. Lima, Peru: Celacp, 2003.

CORTÁZAR, J. Rayuela. Edición conmemorativa del quincuagésimo aniversario de la publicación de *Rayuela*. Barcelona: Alfaguara, 2013.

CRUZ, J. I. de la. Primero sueño y otros escritos. México, D.F.: Fondo de Cultura Económica, 2013.

CRUZ, J. I. de la. Sonetos. Biblioteca Virtual Miguel de Cervantes. Disponível em: <https://www.cervantesvirtual.com/obra-visor/sonetos2/html/61493946-8375-479f-b217-2becd410b790_2.html>. Acesso em: 3 dez. 2023.

CUNEO, A. M. Rasgos fundamentales de la poesía de Gabriela Mistral. In: CUNEO, A. M. Para leer a Gabriela Mistral. Santiago: Universidad Nacional Andrés Bello; Cuarto Propio, 1998. Disponível em: <http://www.gabrielamistral.uchile.cl/estudios/acuneocap1.html>. Acesso em: 12 out. 2023.

DARÍO, R. Azul. México: Unam; CCH, 2021.

DARÍO, R. De Catulle Mendès: Parnasianos y decadentes (1888). In: SILVA CASTRO, R. Obras desconocidas de Rubén Darío: escritas en Chile y no recopiladas en ninguno de sus libros. Santiago: Prensas de la Universidad de Chile, 1934. Disponível em: <https://www.cervantesvirtual.com/obra-visor/el-modernismo-y-otros-textos-crticos-0/html/fee0d3b4-82b1-11df-acc7-002185ce6064_2.html#I_2_>. Acesso em: 12 out. 2023.

DARÍO, R. Prosas profanas y otros poemas. París: Imprenta de la Vda. de C. Bouret, 1915.

DE LA CARBONERA, M. C. Blanca Sol, novela social. Biblioteca Digital Universal, 2003. Disponível em: <https://biblioteca.org.ar/libros/1925.pdf>. Acesso em: 3 dez. 2023.

DE LAS CASAS, B. Brevísima relación de la destrucción de las Indias. Madrid: Sarpe, 1985.

DEL BARRIO, J. C. S. Nicolás Guillén: poeta nacional de Cuba y su maravillosa poesía en ritmo de son. Diálogos del Sur, Página Siete, La Paz, 27 ago. 2020. Disponível em: <https://dialogosdelsur.operamundi.uol.com.br/cultura/66396/nicolas-guillen-poeta-nacional-de-cuba-y-su-maravillosa-poesia-en-ritmo-de-son>. Acesso em: 20 out. 2023.

DESSAU, A. La novela latinoamericana como conciencia histórica. Alicante: Biblioteca Virtual Miguel de Cervantes, 2016. Disponível em: <https://www.cervantesvirtual.com/obra/la-novela-latinoamericana-como-conciencia-historica/>. Acesso em: 20 out. 2023.

DESSAU, A. Realidad social, dimensión histórica y método artístico en *Doña Bárbara*, de Rómulo Gallegos. In: XIX CONGRESO INTERNACIONAL DE LITERATURA IBEROAMERICANA. **Relectura de Rómulo Gallegos**: homenaje a Rómulo Gallegos en el cincuentenario de la publicación de Doña Bárbara, 1929-1979. Caracas: Ediciones del Centro de Estudios Latinoamericanos Rómulo Gallegos, 1980. p. 57-65. v. I.

DÍAZ DEL CASTILLO, B. **Historia verdadera de la conquista de la Nueva España**. Biblioteca Digital Universal, 2003. Disponível em: <https://biblioteca.org.ar/libros/11374.pdf>. Acesso em: 3 dez. 2023.

DONOSO, J. **Historia personal del "boom"**. Buenos Aires: Sudamericana-Planeta, 1984.

ECHEVERRÍA, E. *El matadero*. Biblioteca Virtual Universal, 2003.

EL LIBRO de los libros de Chilam Balam. Traducción de sus textos paralelos por Alfredo Barrera Vásquez y Silvia Rendón. México: Fondo de Cultura Económica, 1969.

ERCILLA, A. de. La Araucana. Madrid: Real Academia Española, 2019.

FUENTES, C. La palabra enemiga. In: FUENTES, C. **La nueva novela hispanoamericana**. México: Editorial Joaquín Mortiz, 1969. p. 85-98.

FUENTES, C. **La región más transparente**. Edición conmemorativa. Barcelona: Alfaguara, 2018.

FUGUET, A.; GÓMEZ, S. Presentación del país McOndo. In: FUGUET, A.; GÓMEZ, S. (Ed.). **McOndo**. Barcelona: Mondadori, 1996. p. 9-18.

FUNDACIÓN HORACIO QUIROGA. Vida y obra de Horacio Quiroga. Disponível em: <https://horacioquiroga.org/biografia/vida-y-obra/#:~:text=En%20Am%C3%A9rica%2C%20los%20puertos%20son,su%20destino%20americano%20m%C3%A1s%20hondo>. Acesso em: 20 out. 2023.

GALEANO, E. Las venas abiertas de América Latina. Madrid: Siglo XXI, 2003.

GALLEGOS, R. Doña Bárbara. Caracas: Biblioteca Ayacucho, 1977.

GAMBOA, S. El síndrome de Ulises. Barcelona: Seix-Barral, 2005.

GARCÍA MÁRQUEZ, G. Cien años de soledad. Edición conmemorativa del quincuagésimo aniversario de la publicación de Cien años de soledad. Barcelona: Alfaguara, 2017.

GARCILASO DE LA VEGA, Inca. Comentarios reales. Edición de Enrique Pupo-Walker. Madrid: Cátedra, 2008.

GARCILASO DE LA VEGA, Inca. Los comentarios reales de los incas. 2. ed. Lima: Librería e Imprenta Gil S.A., 1941.

GONZÁLEZ, E. La novela como caos: el arte de la ficción en Si volviesen sus majestades de Ignacio Padilla. Seminario de Estudios sobre Narrativa Latinoamericana Contemporanea. México, 2017. Disponível em: <https://www.senalc.com/2017/08/01/la-novela-como-caos/>. Acesso em: 20 out. 2023.

GONZÁLEZ PRADA, M. Bajo el oprobio. París: Tipografía de Louis Bellenand et Fils, 1933.

GUILLÉN, N. Motivos de son. Biblioteca Virtual Miguel de Cervantes, 1930. Disponível em: <https://www.cervantesvirtual.com/obra-visor/motivos-de-son-1930 0/html/ff47e2c0-82b1-11df-acc7-002185ce6064_2.html#I_3_>. Acesso em: 3 dez. 2023.

GUILLÉN, N. Sóngoro cosongo. Biblioteca Virtual Miguel de Cervantes, 1931. Disponível em: <https://www.cervantesvirtual.com/obra-visor/songoro-cosongo-1931 0/html/ff47ec48-82b1-11df-acc7-002185ce6064_2.html#I_1_>. Acesso em: 3 dez. 2023.

GÜIRALDES, R. Don Segundo Sombra: prosas y poemas. Caracas: Biblioteca Ayacucho, 1983.

HERNÁNDEZ, J. Martín Fierro. Edición digital El Aleph, 1999. Disponível em: <https://ees7lanus.files.wordpress.com/2012/10/matc3adn-fierro.pdf>. Acesso em: 3 dez. 2023.

HUIDOBRO, V. Altazor o el viaje en paracaídas. Caracas: Monte Ávila Editores Latinoamericana S.A., 2018.

HUIDOBRO, V. **Manifestes**. Paris: Editions de la Revue Mondiale, 1925.

HUIDOBRO, V. **Non serviam**. 1914. Disponível em: <https://edisciplinas.usp.br/pluginfile.php/4349103/mod_resource/content/1/Non%20serviam.pdf>. Acesso em: 12 out. 2023.

IRIBE, N. G. **Ser o no ser salvajes:** "El matadero" y Facundo. In: FEATHERSTON, C. A.; IRIBE, N. G.; MAINERO, M. G. **Civilización vs. barbarie**: un tópico para tres siglos. Buenos Aires: Edulp, 2014. p. 9-73.

JIMENO-GRENDI, O. Vicente Huidobro o la poética del fénix de París: el Creacionismo. In: PALMA, M. (Coord.). **Escritores de América Latina en París**. París: Indigo & Côté-Femmes, 2006. p. 61-70.

JIMÉNEZ, R. L. **Don Segundo**: Razón y signo de una formación narrativa. Alicante: Biblioteca Virtual Miguel de Cervantes, 2010. Disponível em: <https://www.cervantesvirtual.com/obra/don-segundo-razon-y-signo-de-una-formacion/>. Acesso em: 20 out. 2023.

JITRIK, N. **José Hernández:** "La vuelta de Martín Fierro". Alicante: Biblioteca Virtual Miguel de Cervantes, 2010. Disponível em: <https://www.cervantesvirtual.com/obra-visor/jose-hernandez-la-vuelta-de-martin-fierro/html/337afa4e-a0f8-11e1-b1fb-00163ebf5e63_2.html#I_0>. Acesso em: 20 dez. 2023.

JITRIK, N. **Los grados de la escritura**. Buenos Aires: Manantial, 2000.

JOZEF, B. Lectura de *Doña Bárbara*: una nueva dimensión de lo regional. **Biblioteca Virtual Miguel de Cervantes**. Disponível em: <https://www.cervantesvirtual.com/obra-visor/dona-barbara-ante-la-critica 0/html/ff600710-82b1-11df-acc7-002185ce6064_11.html#I_12_>. Acesso em: 20 out. 2023.

JOZEF, B. Realismo-Naturalismo. In: JOZEF, B. **História da literatura hispano-americana**. Rio de Janeiro: Ed. da UFRJ; Francisco Alves, 2005. p. 77-83.

LEMUS, J. E. La Ciudad y los Perros de Mario Vargas Llosa. Edición Conmemorativa del Cincuentenario. **Revista Científica**, v. 1, n. 1, p. 129-134, 2012. Disponível em: <https://rd.udb.edu.sv/server/api/core/bitstreams/d870ed05-3ef1-4acb-afb7-7bef264ee4de/content>. Acesso em: 20 dez. 2023.

LEÓN-PORTILLA, M. (Ed.). Cantares mexicanos: estudios. México: Unam, 2011a. v. I.

LEÓN-PORTILLA, M. (Ed.). Cantares mexicanos. México: Unam, 2011b. v. II. Tomo I.

LEÓN-PORTILLA, M. Coloquio de los doce. In: LEÓN-PORTILLA, M. Culturas en peligro. México: Alianza Editorial Mexicana, 1976. p. 77-78.

LEÓN-PORTILLA, M. Los franciscanos vistos por el hombre náhuatl. Testimonios indígenas del siglo XVI. México: Unam, 1985.

LIBRO de Chilam Balam de Chumayel. 2. ed. Ciudad del México: Universidad Nacional Autónoma de México, 1952.

LIENHARD, M. Antes y después de *Hombres de maíz*: la literatura ladina y el mundo indígena en el área maya (1992). In: ASTURIAS, M. Á. Hombres de maíz (1949). Edición crítica. Coordenação de Gerald Martin. Madrid: Allca XX. p. 571-592.

LISCANO, J. Tema mítico de *Doña Bárbara*. In: GALLEGOS, R. Doña Bárbara. Venezuela: Biblioteca Ayacucho, 1977. p. IX-XXIX.

LÓPEZ LEMUS, V. Dos exponentes de la postmodernidad: Manuel Puig y Severo Sarduy, transgresión, pastiche y esquizofrenia. Espejo de Paciencia: Revista de Literatura y Arte de la Universidad de Las Palmas de Gran Canaria, n. 0, p. 58-62, 1995.

MARTÍ, J. Ismaelillo. Biblioteca Digital Universal, 2003. Disponível em: <https://biblioteca.org.ar/libros/656323.pdf>. Acesso em: 3 dez. 2023.

MARTÍ, J. Ismaelillo. Versos Libres. Versos sencillos. Madrid: Uned, 2014.

MARTÍ, J. Nuestra América. México: Unam, 1978. (Cuadernos de Cultura, 7).

MARINETTI, F T. Manifiestos y textos futuristas. Barcelona: Ediciones del Cotal, 1978.

MARTÍNEZ, I. Proa: Segunda Época. AHIRA – Archivo Histórico de Revistas Argentinas. Disponível em: <https://ahira.com.ar/revistas/proa/>. Acesso em: 15 out. 2023.

MENDIOLA, P. Rubén Darío y su obra. Universidad de Alicante. Disponível em: <http://www.cervantesvirtual.com/portales/ruben_dario/ruben_dario_y_su_obra/>. Acesso em: 20 out. 2023.

MISTRAL, G. **Desolación**. Biblioteca Virtual Universal, 2003. Disponível em: <https://biblioteca.org.ar/libros/89959.pdf>. Acesso em: 3 dez. 2023.

MONCADA, G. Cuentos de amor de locura y de muerte, de Horacio Quiroga. **Otro Ángulo**, 19 feb. 2023. Disponível em: <https://www.otroangulo.info/libros/cuentos-de-amor-de-locura-y-de-muerte-de-horacio-quiroga/>. Acesso em: 12 out. 2023.

MORAÑA, M. *Viaje al silencio*: exploraciones del discurso barroco. México: Unam; Facultad de Filosofía y Letras, 1998. Disponível em: <https://www.cervantesvirtual.com/obra-visor/viaje-al-silencio-exploraciones-del-discurso-barroco0/html/e5b96feb-bf21-4bd2-be1c-9389af0cb0ba_53.html#I_5_>. Acesso em: 20 out. 2023.

NERUDA, P. **Confieso que he vivido**. Barcelona: Seix Barral, 2017.

NERUDA, P. **Residencia en la Tierra**. Chile: Editorial Universitaria, 1996.

PACHECO, C. **La comarca oral**: la ficcionalización de la oralidad cultural en la narrativa latinoamericana contemporánea. Caracas: La Casa de Bello, 1992.

PADILLA, I. **Si volviesen sus majestades**. Madrid: Planeta, 2006.

PAZ SOLDÁN, E.; FAVERÓN PATRIAU, G. **Bolaño Salvaje**. Barcelona: Candaya, 2008.

PERI ROSSI, C. **La nave de los locos**. Palencia, Espanha: Menoscuarto, 2022.

PERI ROSSI, C. **Nocturno urbano**: relatos y poemas. Buenos Aires: Fondo de Cultura Económica, 2023.

PICÓN-SALAS, M. **De la Conquista a la Independencia**: tres siglos de historia cultural hispanoamericana. México: F.C.E, 1944.

PIGLIA, R. **Respiración artificial**. Barcelona: Anagrama, 2001.

PUIG, M. **El beso de la mujer araña**. Barcelona: Bibliotex, 2001.

QUIRARTE, V. El nacimiento de Carlos Fuentes. In: FUENTES, C. **La región más transparente**. Edición conmemorativa: Real Academia Española y Asociación de Academias de la Lengua Española. Barcelona: Alfaguara, 2018. p. 39-59.

QUIROGA, H. Cuentos. Selección y prólogo de Emir Rodríguez Monegal. 3. ed. Caracas: Biblioteca Ayacucho, 2004.

QUIROGA, H. Manual del perfecto cuentista. 1927. Disponível em: <https://www.ingenieria.unam.mx/dcsyhfi/material_didactico/Literatura_Hispanoamericana_Contemporanea/Autores_Q/QUIROGA/Manual.pdf>. Acesso em: 3 dez. 2023.

RAMA, Á. La ciudad letrada. Montevideo: Arca, 1998.

RAMA, Á. Transculturalización narrrativa en América Latina. Buenos Aires: Ediciones El Andariego, 2008.

REYES, A. Visión de Anáhuac (1519). México: El Colegio de México, 1953

RINCÓN, C. Nociones surrealistas, concepción del lenguaje y función idelógico-literaria del realismo mágico en Miguel Ángel Asturias. In: ASTURIAS, M. A. Hombres de Maíz. Lima: Allca XX; Fondo de Cultura Económica, 1996. p. 695-722.

RIVERA, J. E. La vorágine. Prólogo y cronología de Juan Loveluck. Caracas: Biblioteca Ayacucho, 1976.

RODRIGUES, C. R. da S. As tramas na narrativa *Blanca sol* de Mercedes Cabello de Carbonera. Hispanista, v. 19, n. 72, 2018. Disponível em: <http://www.hispanista.com.br/artigos%20autores%20e%20pdfs/578.pdf>. Acesso em: 20 out. 2023.

RODRÍGUEZ-MONEGAL, E. La nueva novela latinoamericana. In: MAGIS, C. H. Actas del Tercer Congreso de la Asociación Internacional de Hispanistas. México: Asociación Internacional de Hispanistas, 1970. p. 47-63. Disponível em: <https://www.cervantesvirtual.com/obra/la-nueva-novela-latinoamericana/>. Acesso em: 20 out. 2023.

ROJAS, W. La Araucana de Alonso de Ercilla y la fundación legendaria de Chile. Alicante: Biblioteca Virtual Miguel de Cervantes, 1997. Disponível em: <http://www.cervantesvirtual.com/obra-visor/la-araucana-de-alonso-ercilla-y-la-fundacin-legendaria-de-chile-del-araucano-ideal-al-mapuche-terreno-0/html/01ab876a-82b2-11df-acc7-002185ce6064_4.html>. Acesso em: 20 out. 2023.

RULFO, J. Juan Rulfo: La literatura es una mentira que dice la verdad – una conversación con Ernesto González Bermejo. **Revista de La Universidad de México**, v. 34, n. 1, p. 4-8, sept. 1979. Entrevista. Disponível em: <https://www.revistadelauniversidad.mx/articles/e5a4b696-bb29-4ae9-bc0c-f74f6067e050/juan-rulfo-la-literatura-es-una-mentira-que-dice-la-verdad-una-conversacion-con-ernesto-gonzalez-bermejo>. Acesso em: 3 dez. 2023.

RULFO, J. **Pedro Paramo y El llano en llamas**. Ciudad de México: Planeta, 1999.

SAHAGÚN, B. de. **Historia general de las cosas de Nueva España**. Ciudad de México: Imprenta del Ciudadano Alejandro Valdés, 1829a. Tomo I.

SAHAGÚN, B. de. **Historia general de las cosas de Nueva España**. Ciudad de México: Imprenta del Ciudadano Alejandro Valdés, 1829b. Tomo II.

SAHAGÚN, B. de. **Historia general de las cosas de Nueva España**. Ciudad de México: Imprenta del Ciudadano Alejandro Valdés, 1829c. Tomo III.

SAHAGÚN, B. de. **Historia general de las cosas de Nueva España**. Ciudad de México: Imprenta del Ciudadano Alejandro Valdés, 1829d. Tomo IV.

SALDÍVAR, D. De *Las mil y una noches* a *Cien años de soledad*. **Centro Virtual Cervantes**. Disponível em: <https://cvc.cervantes.es/actcult/garcia_marquez/imagen/mil_y_una.htm>. Acesso em: 20 out. 2023.

SERNA ARNAIZ, M.; CASTANY PRADO, B. **Antología crítica de poesía modernista hispanoamericana**. Madrid: Alianza, 2008.

SERNA, M. (Ed.). **Crónicas de Indias: antología**. Madrid: Cátedra, 2000.

SERNA, M. La tradición humanística en el Inca Garcilaso de la Vega. In: HARO, P. A. de. (Ed.). **Teoría del humanismo**. Madrid: Verbum, 2010. p. 333-356. Tomo 7. Disponível em: <http://www.cervantesvirtual.com/obra-visor/la-tradicin-humanstica-en-el-inca-garcilaso-de-la-vega-0/html/021f5546-82b2-11df-acc7-002185ce6064_5.html#I_0_>. Acesso em: 20 out. 2023.

SERNA, M. Modernismo y vanguardia: de Herrera y Reissig a Nicanor Parra. Lima: Amaru, 2002.

STEINER, G. Extraterritorial: ensayos sobre literatura y la revolución lingüística. Traducción de Edgardo Russo. Buenos Aires: Ediciones Siruela, 2000.

VALLEJO, C. Obra poética completa. Bogotá: La Oveja Negra, 1989.

VALLEJO, C. Poemas humanos. Lima: Peru Nuevo, 1959.

VARGAS LLOSA, C. La ciudad y los perros. Edición conmemorativa de la RAE y la ASALE. Barcelona: Alfaguara, 2019.

VEGA, L. de. Laurel de Apolo, con otras rimas. Madrid: Juan Gonçalez, 1630.

VILLANES, C.; CÓRDOVA, I. Literaturas de la América Precolombina. Madrid: Istmo, 1990.

VOLPI, J. et al. Manifiesto Crack. Lateral – Revista de Cultura, Barcelona, n. 70, oct. 2000. Disponível em: <https://web.archive.org/web/20081203043210/http://www.lai.at/wissenschaft/lehrgang/semester/ss2005/fs/files/crack.pdf>. Acesso em: 10 nov. 2023.

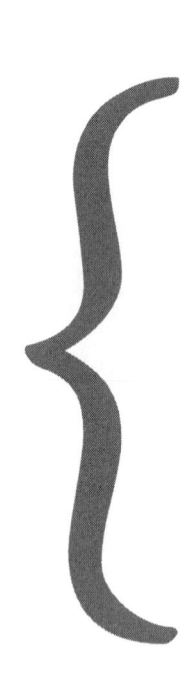

{

bibliografia comentada

AÍNSA, F. **Palabras nómadas**: nueva cartografía de la pertenencia. Madrid; Frankfurt: Iberoamericana Vervuert, 2012.

Nesse livro, o crítico literário uruguaio pesquisa a narrativa latino-americana de 1982 a 2012, ou seja, autores que não participaram do boom. É um texto necessário para os pesquisadores da literatura latino-americana, pois atualiza a crítica literária, apontando as características e as novas tendências da produção literária na região.

BAY, C. A.; VARÓN, B. A. **América en el imaginario europeo**: estudios sobre la idea de América a lo largo de cinco siglos. Alicante: Universidad de Alicante, 2009.

A chegada de Colombo inaugurou o processo de "invenção" da América, que abarca os âmbitos geográfico, jurídico, literário e filosófico. Esse livro se compõe de sete trabalhos que analisam alguns momentos centrais na criação da imagem da América, desde o início da dominação espanhola até o século XX, quando a literatura latino-americana reivindicou um espaço próprio.

BELLINI, G. **Nueva historia de la literatura hispanoamericana**. 3. ed. Madrid: Castalia, 1997.

Trata-se de uma história bem informada, clara e crítica, que revela as relações entre as distintas literaturas hispano-americanas e as circunstâncias históricas nas quais elas surgiram, desde as culturas pré-colombianas até o final dos anos 1990. É uma obra de referência em seu campo.

CANCLINI, N. G. **Culturas híbridas**: estratégias para entrar e sair da modernidade. Tradução de Ana Regina Lessa e Heloísa Pezza Cintrão. São Paulo: Edusp, 1997.

Culturas híbridas é um texto indispensável para entender as problemáticas culturais da atualidade na América Latina. Néstor García Canclini reflete sobre as características da área cultural na América Latina e constata que a convivência entre o tradicional e o moderno, que não terminou de se instalar, é o motor para as distintas misturas interculturais. Dessa forma, determina a formatação da região como constituída por culturas híbridas. O livro serve de sustentação teórica para as análises culturais e também para o entendimento da formação histórica de nosso continente.

CORNEJO POLAR, A. **Escribir en el aire**: ensayo sobre la heterogeneidad sociocultural en las literaturas andinas. 2. ed. Lima, Peru: Celacp, 2003.

Esse livro de Antonio Cornejo Polar é considerado um dos textos críticos mais influentes sobre a literatura e a cultura andina que surgiu nos últimos tempos.

O autor segue um itinerário que vai desde o "Diálogo" de Cajamarca até o indigenismo moderno, passando por autores como Inca Garcilaso de la Vega, Ricardo Palma e César Vallejo. O livro tem característica de manifesto pela linguagem poética e pelo tom reivindicativo da literatura andina. Também traz importantes aportes a temas que ocupam o latino-americanismo.

DARÍO, R. Azul... Cantos de vida y esperanza. Edición de José María Martínez. Madrid: Catedra, 2006.

Azul... é, antes de mais nada, uma "colagem", em que cada texto é uma pincelada solta que só no final encontra seu lugar no conjunto. O resultado é um livro pensado como obra de arte total de concepção predominantemente musical. Cantos contém todo o panorama intelectual e afetivo do poeta em sua idade madura, uma das grandes poéticas do modernismo, que exemplifica a virtuosidade de Rubén Darío.

DONOSO, J. Historia personal del "boom". Barcelona: Anagrama, 1972.

O livro do escritor chileno apresenta, de uma perspectiva pessoal, as histórias do boom da literatura hispano-americana. Os relatos de José Donoso se centram em sua própria biografia, a impressão que causou nele a leitura dos romances clássicos de Mario Vargas Llosa, Carlos Fuentes, Julio Cortázar e Gabriel García Márquez e também o sentimento de que era um momento único da literatura da região até então. Trata-se de um livro que transmite o espírito daquela época e a relação que existia entre os escritores mais afamados do boom.

ECO, U. Seis passeios pelos bosques da ficção. Tradução de Hildegard Feist. São Paulo: Companhia das Letras, 1994.

O ensaio de Umberto Eco é dividido em seis partes, como indica o título, nas quais o escritor e crítico literário, com uma linguagem descomplicada e bem-humorada, discute várias questões próprias da arte narrativa: O que é o texto de ficção? Em que medida ele difere da verdade histórica? O livro reúne uma série de conferências que o autor realizou na Universidade de Harvard. A pesquisa de Eco sobre vários aspectos da leitura está retratada nessas conferências, nas quais amplia nossa percepção da ficção e também da realidade.

ERCILLA, A. de. La Araucana. Edição de Isaías Lerner. Madrid: Cátedra, 2005.

A descoberta de um outro continente resultou na Espanha em um grande número de poemas no Século de Ouro. Alonso de Ercilla inspirou-se na conquista do Chile, da qual participou, para compor essa obra. Nasceu como obra histórica, mas sua poesia mistura a épica renascentista e os princípios da poesia greco-latina.

FUENTES, C. La gran novela latinoamericana. México: Alfaguara, 2011.

Trata-se do último grande estudo teórico publicado pelo escritor mexicano. Nele, Carlos Fuentes propõe um percurso pela evolução do romance na América Latina, desde o descobrimento do continente até a primeira década dos anos 2000. É um itinerário recheado com temas persistentes na narrativa latino-americana, como a natureza selvagem, os conflitos sociais, o ditador e a barbárie, a épica do desencanto, o mundo mágico de mito e linguagem. O ensaio também é uma oportunidade de ver a reverência de Carlos Fuentes ao cânone da literatura produzida na região. É uma obra de referência e matéria de estudo para todos os pesquisadores da literatura latino-americana.

GALEANO, E. **Las venas abiertas de América Latina**. Madrid: Siglo XXI, 2003.

Esse livro foi traduzido para dezoito línguas desde que foi publicado, em 1971. Segundo os críticos, trata-se de uma obra mural que recolhe os fatos da história da América Latina, tem profundidade teórica e é muito prazerosa de ler.

GARCILASO DE LA VEGA, Inca. **Comentarios reales**. Edición de Enrique Pupo-Walker. Madrid: Cátedra, 2008.

Essa obra consegue transmitir o importante legado cultural acumulado pelo império do Tahuantinsuyu. Relata também a conquista, a colonização e as guerras que aconteceram no incipiente vice-reinado peruano. Essa edição oferece uma seleção de textos da primeira parte dos Comentarios reales *e da segunda, conhecida hoje como* Historia general de Perú.

GÓMEZ MENÉNDEZ, C. L. (Coord.). Las vanguardias en Hispanoamérica. Cuadernos Hispanoamericanos, Madrid, n. 800, 2017. Disponível em: <https://cuadernoshispanoamericanos.com/las-vanguardias-en-hispano america/>. Acesso em: 1º set. 2023.

Esse número dos Cuadernos Hispanoamericanos, *coordenado por Llanos Gómez Menéndez, é um excelente estudo de aproximação dos movimentos de vanguarda hispano-americana na primeira metade do século XX, bem como de seus principais autores. Os artigos que compõem o dossier são: "Pensamiento peruano de vanguardia: José Mario Mariátegui y Alberto Hidalgo", de Pedro Larrea Rubio; "Ultraísmo en Argentina:*

raíces y conexiones con la vanguardia europea", de Llanos Gómez Méndez; *"Huidobro y el futurismo en Chile: entre lo uno y lo diverso"*, de Daniele Corsi; *"El estridentismo mexicano: semblanza histórico-estética"*, de Javier García-Luengo Manchado; e *"El discurso lingüístico de la imagen en la poesía uruguaya"*, de Alessandro Ghignoli.

GONZÁLEZ ECHEVARRÍA, R.; PUPO-WALKER, E. (Ed.). Historia de la literatura hispanoamericana. Madrid: Gredos, 2006. v. 2.

Essa história da literatura traduz, atualizada, a obra The Cambridge History of Latin American Literature *(1996), que apresenta de forma muito completa a literatura hispano-americana de uma perspectiva histórica e cultural. Quando os editores convidaram os especialistas para participar do projeto, pediram aos colaboradores que fossem, antes de mais nada, inovadores.*

GUAMAN POMA DE AYALA, F. Primer nueva corónica y buen gobierno. Madrid: Siglo XXI, 2006.

Essa obra representa um documento único entre as crônicas, de incomparável valor para conhecer a ideia que o antigo homem andino tinha de si mesmo e de seu mundo. A reprodução de mais de 400 desenhos feitos pelo próprio Felipe Guaman Poma de Ayala aumenta ainda mais o valor dessa edição crítica, que é acompanhada de materiais complementares.

GUILLÉN, N. Summa poética. Edición de Luis Inigo Madrigal. Madrid: Cátedra, 2005.

A obra de Nicolás Guillén, poeta nacional de Cuba, é um canto de rebeldia e esperança, de combate e saudações por parte de quem sempre conservou uma poética comprometida e adequada ao seu momento e às circunstâncias políticas deste.

HERNÁNDEZ, J. Martín Fierro. Edición de Luis Sáinz de Medrano. Madrid: Cátedra, 2005.

Trata-se de um poema narrativo em octossílabos, ponto culminante da literatura gauchesca, um clássico em todo o âmbito cultural hispânico. Exalta a figura do gaucho, rebelde e proscrito, verdadeiro centro de um tipo de literatura popular que reclamava sua independência dos modelos por meio do aprofundamento no folclore autóctone dos Pampas argentinos.

HUIDOBRO, V. Altazor; Temblor del cielo. Edición de René de Costa. Madrid: Cátedra, 2005.

Altazor e Temblor de cielo (1931), poemas em verso e em prosa, respectivamente, são as obras-chave de Vicente Huidobro. Com o passar do tempo, cada vez mais se reconhece a qualidade de sua obra. Sobretudo, Altazor, culminação do criacionismo, é hoje, para muitos, uma intensa obra metafísica, além de um engenhoso jogo de palavras.

JUANA INÉS DE LA CRUZ, Sor. Poesía lírica. Edición de José Carlos González Boixo. Madrid: Cátedra, 2003.

Sor Juana ocupa um lugar de destaque no campo da lírica do período final do barroco hispânico. Dedicou sua vida ao estudo, direito que reivindicou como mulher ante as perseguições em que se viu envolvida pelo fato de ser mulher: sua verdadeira vocação não era religiosa, mas intelectual. Herdeira de uma cultura que atingiu seu apogeu, soube transmitir o melhor das correntes poéticas de seu tempo: o brilho cultural de seus versos "gongorinos" aliado ao engenho conceptual de Quevedo e Calderón.

LUDMER, J. **Aquí América Latina:** una especulación. Buenos Aires: Eterna Cadencia, 2010.

Josefina Ludmer, professora, ensaísta e crítica literária, revoluciona todas as categorias da crítica literária. Desorganizando as noções de autor, obra, ficção e realidade, a autora constrói nesse livro um sistema de leitura da literatura latino-americana que coloca em relevo os modos de fabricação da realidade ao nível da imaginação pública – a qual se produz coletiva e anonimamente neste século. A internet, o tempo zero, a simultaneidade, as novas diferenças geradas pelo acesso à instantaneidade, o íntimo, o público, o "intimo-público" são novas ferramentas para pensar nosso mundo a partir da literatura.

MARTÍ, J. Ismaelillo. Versos libres. Versos sencillos. Edición de Iván A. Schulman. Madrid: Cátedra, 2005.

Voz moderna e "futura", José Martí foi um poeta em verso e prosa, um revolucionário na arte e na política. Sua visão do mundo lhe permitiu explorar espaços poéticos inexplorados e assumir uma experiência ao mesmo tempo pessoal e coletiva.

MIGNOLO, W. Geopolítica de la sensibilidad y del conocimiento. Sobre (de)colonialidad, pensamiento fronterizo y desobediencia epistémica. **Revista de Filosofía**, v. 30, n. 74, p. 7-23, 2013. Disponível em: <https://dialnet.unirioja.es/servlet/articulo?codigo=4520938>. Acesso em: 1º set. 2023.

Nessas reflexões, argumenta-se a necessidade de analisar a geopolítica do sentir, do pensar e do conhecer. O conhecimento construído pela modernidade (desde o Renascimento) virou universal com o apoio econômico do capitalismo e seu projeto político expansionista de Estado-nação. Hoje estamos presenciando o fim desse ciclo de 500 anos de eurocentrismo. A decolonialidade não é um projeto de Estado, mas um conjunto de projetos da sociedade política global emergente.

MIGNOLO, W. D. **La idea de América Latina**: la herida colonial y la opción decolonial. Barcelona: Gedisa, 2007.

Nesse livro, o grande intelectual argentino segue com o processo de pesquisa sobre decolonização. Nele, Walter Mignolo discute questões fundamentais: como, com que intenção, de quais perspectivas políticas, colocando em jogo quais interesses se construiu a noção ou ideia de América Latina no Ocidente.

MISTRAL, G. **Desolación**. Santiago: Andrés Bello, 2000.

Os poemas dessa obra foram disseminados em revistas e jornais e coletados em 1922. Neles aparecem representadas a paixão, a dor e a ruptura que acompanharam Gabriela Mistral durante um longo período de tempo. Essa edição está organizada em duas seções: poesia e prosa. O mais transcendente da obra da autora pode ser encontrado nessas páginas, assim como sua ternura e um de seus grandes temas: a maternidade.

MOLINA, H. B.; VARELA, F. I. (Dir.). **Regionalismo literario**: historia y crítica de un concepto problemático. Mendoza: Universidad Nacional de Cuyo; Secretaría de Ciencia, Técnica y Posgrado, 2018. Disponível em: <https://bdigital.uncu.edu.ar/objetos_digitales/11489/regionalismo-literario-molina-et-al.pdf>. Acesso em: 1º set. 2023.

O livro trata da evolução do regionalismo da perspectiva da literatura argentina, com uma atenção especial à tarefa de repassar a origem dos conceitos e suas problemáticas de estudo. É uma atualização crítica da literatura regional e uma aproximação das questões próprias dessa literatura.

NERUDA, P. **Canto general**. Edición de Enrico Mario Santí. Madrid: Cátedra, 2008.

Esse livro é um clássico da literatura hispano-americana e da poesia universal do século XX, considerado pelo próprio Pablo Neruda seu livro mais importante. Obra de caráter enciclopédico que reúne múltiplos temas, gêneros e técnicas sob um denominador comum: a América.

OVIEDO, J. M. **Antología crítica del cuento hispanoamericano** del siglo XIX: del Romanticismo al Criollismo. Madrid: Alianza, 2001.

Trata-se de uma antologia não dos grandes contistas hispano-americanos do século, e sim dos contos que melhor mostram a diversidade do gênero nesse período. Precedidos por uma excelente introdução, cada um dos relatos é acompanhado de uma apresentação do autor e de uma bibliografia atualizada.

PACHECO, C. **La comarca oral**: la ficcionalización de la oralidad cultural en la narrativa latinoamericana contemporánea. Caracas: La Casa de Bello, 1992.

É um estudo profundo sobre a oralidade na literatura e como essa característica é fundamental na América Latina. No livro, Carlos Pacheco defende e analisa profundamente a produção literária de Juan Rulfo, Augusto Roa Bastos e Guimarães Rosa para elaborar uma tese de que a oralidade desses escritores se circunscreve a uma região muito delimitada. Com base nessas análises, elabora o termo hiper-regionalistas *para definir a narrativa desses escritores.*

PALMA, R. Tradiciones peruanas. Edición de Carlos Villanes Cairo. Madrid: Cátedra, 2006.

Ricardo Palma é um narrador nato, o cronista clássico da Lima velha, aquela que, com seus conflitos e contradições, marcou e centralizou a vida do Peru do século XIX.

PIGLIA, R. Formas breves. Barcelona: Anagrama, 2000.

Trata-se de uma coletânea de diversos textos que Ricardo Piglia define como "páginas perdidas no diário de um escritor". O autor reflete sobre literatura, desde a ficção até o pensamento crítico; desde um diálogo com os autores que se transformaram na direção de sua obra e imaginário – Arlt, Macedonio, Borges, Gombrowicz, Kafka, Chéjov, Joyce y Hemingway, entre outros – até os temas mais abstratos, como a natureza do relato curto ou o ponto de inflexão entre realidade e ficção. É uma homenagem à literatura; um lugar em que coloca em jogo suas duas lâminas: uma ficção que se lê como uma verdade apócrifa e um realismo que parece um artifício verdadeiro.

PIZARRO, A. El Sur y los Trópicos: ensayos de cultura latinoamericana. Alicante: Universidad de Alicante, 2004. (Cuadernos de América sin Nombre, n. 10). Disponível em: <http://rua.ua.es/dspace/handle/10045/6283>. Acesso em: 30 jun. 2023.

O livro de Ana Pizarro analisa em diversos artigos os temas em que se entrelaçam história, cultura e literatura latino-americana: desde a situação cultural da modernidade tardia na região, questões conceituais sobre mestiçagem e hibridismo até outros muitos temas de grande relevância para entender a complexidade do continente. Uma das contribuições mais difundidas da autora é a divisão da América Latina em áreas culturais na modernidade tardia. Sem dúvida, é um livro de referência para se aprofundar no entendimento do continente.

QUIROGA, H. **Cuentos**. Edición de Leonor Fleming. Madrid: Cátedra, 2005.

Horacio Quiroga descobriu no rigor da selva e em sua intempérie o meio mais adequado para criar o clima de desproteção que ele considerava necessário como matéria-prima de sua arte. Essa seleção inclui dezoito contos, respeitando a ordem cronológica em que foram publicados originalmente nos livros do autor.

RAMA, Á. **La ciudad letrada**. Montevideo: Arca, 1998.

Trata-se de um texto fundamental de um dos críticos mais importantes da literatura hispano-americana. O livro de Ángel Rama cria o termo ou conceito que dá nome ao livro, cidade letrada, que hoje é amplamente difundido para estudar a história cultural e a evolução da literatura no continente.

RECINOS, A. (Ed.). **Popol Vuh**: las antiguas historias del Quiché. Buenos Aires: Fondo de Cultura Económica, 2017.

Com o encanto e a sabedoria das grandes fábulas clássicas, o Popol Vuh é o mais prezado legado da Antiguidade americana. A primeira parte relata a origem do mundo e a criação do homem; a segunda, os gestos dos heróis míticos Hunahpu e Ixbalanque. Ambas as partes dão testemunho do grau de avanço e a qualidade espiritual da cultura maia-quiché.

SERNA, M. (Ed.). **Crónicas de Indias: antología.** Madrid: Cátedra, 2000.

Trata-se de uma seleção de crônicas das Índias sobre os aspectos mais diversos, tanto históricos quanto literários, escritas por Cristóbal Colón, Hernán Cortés, Bernal Díaz del Castillo, Bartolomé de las Casas, Álvar Núñez Cabeza de Vaca, Inca Garcilaso de la Vega, Pedro Cieza de León, Agustín de Zárate, Jesús de Acosta, Gonzalo Fernández de Oviedo e Francisco López de Gómara.

TODOROV, T. **La conquista de América:** el problema del otro. Madrid: Siglo XXI, 2010.

Como diz o autor da obra: "Para a pergunta sobre como se comportar diante do outro não acho outra resposta possível que contar uma história exemplar: a do descobrimento e conquista da América. Ao mesmo tempo, esta pesquisa ética é uma reflexão sobre os signos, a interpretação e a comunicação humana" (p. 3, tradução nossa).

VALLEJO, C. **Poemas en prosa; Poemas humanos; España, aparta de mí este cáliz.** Edición de Julio Vélez. Madrid: Cátedra, 2002.

A escrita de César Vallejo obedece a um sistema no qual cada verso representa uma soma de esforços e tensões em que se articulam, ao mesmo tempo, linguagem e percepções mentais. "España, aparta de mí este cáliz", especialmente, é a herança de angústia e dor que recebeu da Espanha.

VALLEJO, C. **Trilce**. Edición de Julio Ortega. Madrid: Cátedra, 2003.

Trata-se de um dos livros mais radicais escritos em língua castelhana (1922). Duas características o definem: "difícil", pela sua escrita hermética e pela tendência do poema de apagar seus referentes; e "demandante", porque exige dizer tudo novo, como se nunca tivesse sido dito antes. Nessa edição, cada um dos poemas é acompanhado de história crítica e comentário.

VOLPI, J. **El insomnio de Bolívar**: cuatro consideraciones intempestivas sobre América Latina en el siglo XXI. Barcelona: Debate; Random House Mondadori, 2009.

O ensaio de Jorge Volpi ganhou o Prêmio Iberoamericano Debate Casa de América. É um texto que escapa do tom acadêmico e encara com humor, ironia e grande destreza literária sua compreensão do continente. O texto é dividido em quatro análises, nas quais o autor examina o presente da região, estabelece suas raízes e observa a evolução da América Latina em diversas áreas: política, sociedade e literatura. É uma leitura que atualiza o debate sobre o nosso continente, pois proporciona a visão de um escritor que abriu espaço contestando os estereótipos do escritor latino-americano.

anexos

[1] "A Espanhola é maravilhosa; […] as terras tão belas e nutridas para plantar e semear, para criar gado de todos os tipos, para construir vilas e lugares. Nos portos do mar não haveria crença sem vista, e dos muitos e grandes rios, o que mais trazem é ouro.

[…] Das coisas que possuem eles, pedindo-lhes, nunca dizem não; antes, convidam a pessoa a estar com eles e demonstram tanto amor que dariam os corações, e depois, por qualquer coisa que lhes deem, saem felizes." (Colón, 1880, p. 8-9, tradução nossa).

[2] "Ficamos maravilhados e dissemos que pareciam as coisas encantadoras que contam no livro de Amadis" (Díaz del Castillo, 2003, p. 58, tradução nossa).

[3] "Somos pessoas vulgares, somos perecíveis, somos mortais, morramos de uma vez, pereçamos agora, pois nossos deuses já morreram" (León-Portilla, 1985, p. 31, tradução nossa).

[4] "Naquela época tudo era bom
e então [os deuses] foram abatidos.
Havia sabedoria neles.
Então não havia pecado
[...]
Então não havia doença,
não havia dor nos ossos,
não havia febre para eles, não havia varíola...
[...]
Não foi dessa maneira que os *dzules* fizeram quando chegaram aqui
Ensinaram o medo,
E vieram a murchar as flores." (Libro..., 1952, p. 25, tradução nossa)

[5] "A donzela, o cavaleiro, a arma, o amor" (Ariosto, 1964, p. 1, tradução nossa).

[6] "Vênus e amor aqui não têm parte; somente domina o furioso Marte" (Ercilla, 2019, p. 5, tradução nossa).

[7] "Dom Alonso de Ercilla, tão ricas as Índias em seu engenho tem, que do Chile vem enriquecer a Musa de Castela" (Vega, 1630, p. 64, tradução nossa).

[8] "Não valorizo tesouros ou riquezas e, portanto, sempre me deixa mais feliz colocar riquezas em meus entendimentos, em vez de colocar meus entendimentos em riquezas" (Cruz, 2023, soneto XXVI, tradução nossa).

[9] "Piramidal, funesta, da terra
sombra nascida, indo para o céu
de vãos obeliscos com pontas altivas,
escalar pretendendo as Estrelas;
embora suas lindas luzes
—sempre isentas, sempre brilhantes—
a guerra sombria
que com vapores negros a insinuava
a terrível sombra fugitiva
zombavam tão distantes,
que seu bronzeado cenho
ao superior convexo eu ainda não alcançava
do orbe da Deusa
que três vezes formosa
com três formosos rostos para ser ostenta,
permanecendo somente ou dono
do ar que embaçava
com o alento denso que exalava;
[…]" (Cruz, 2013, p. 39, tradução nossa)

[10] "Embora a minha seja história, não a começarei com a arca de Noé e a genealogia de seus ancestrais, como faziam os antigos historiadores espanhóis da América, que devem ser nossos protótipos. […]

Direi apenas que os acontecimentos da minha narração ocorreram durante os anos de Cristo em 183... Estávamos, aliás, na Quaresma, época em que a carne é escassa em Buenos Aires, porque a igreja, adotando o preceito do Epiteto, sustine abstine (sofrer, abster-se) ordena vigília e abstinência aos estômagos dos fiéis, porque a carne é pecaminosa, e, como diz o provérbio, busque a carne. [...]

Os fornecedores, por outro lado, bons federalistas, e portanto bons católicos, sabendo que o povo de Buenos Aires tem uma docilidade singular para se submeter a todo tipo de mandamento, só trazem os touros necessários ao matadouro nos dias de Quaresma para o sustento das crianças e dos enfermos isentos da abstinência pela Bula..., e não com a intenção de encher alguns hereges, que não faltam [...]" (Echeverría, 2003, tradução nossa).

[11] "imaginação cheia de imagens e colorido, com todos os arranques de sua altivez", "desmedidos ao ponto do crime", "filhos de uma natureza que a educação não poliu e suavizou" (Hernández, 1999, p. 10, tradução nossa).

[12] "cada gaúcho que você vê é um tear de desgraças. Mas coloque sua esperança no Deus que o formou; e aqui me despeço, que me referi assim, à minha maneira ruim que todos conhecem, mas que ninguém contou" (Hernández, 1999, p. 82-83, tradução nossa).

[13] "Eles a educaram como a maioria das meninas são educadas em Lima: mimada, teimosa, indolente, sem conhecer nenhuma autoridade além da sua, nem nenhum limite para seus desejos que não seja sua vontade caprichosa.

[...] Tenha certeza – dissera a mãe à filha, quando ela fazia o cocar para o primeiro baile a que iria comparecer vestida de mocinha – tenha certeza de que ninguém se iguale a você, muito menos lhe supere, em elegância e beleza, para que os homens a admirem e as mulheres a invejem, esse é o segredo da minha elevada posição social." (De La Carbonera, 2003, p. 5, tradução nossa).

[14] "I. Acredite em um mestre – Poe, Maupassant, Kipling, Chekhov – como no próprio Deus.

[...]

III. Resista à imitação tanto quanto puder, mas imite se a influência for muito forte. Mais do que qualquer outra coisa, o desenvolvimento da personalidade exige uma longa paciência.

[...]

VIII. Pegue seus personagens pela mão e conduza-os com firmeza até o fim, sem ver nada além do caminho que você traçou para eles. Não se distraia vendo o que eles podem ou não querem ver. Não abuse do leitor. Um conto é um romance depurado de cascalhos. Considere isso uma verdade absoluta, mesmo que não seja.

[...]

IX. Não escreva sob o império da emoção. Deixe-a morrer e evoque-a mais tarde. Se você for capaz de revivê-la como era, você chegou a meio caminho da arte." (Quiroga, 1927, p. 6-7, tradução nossa).

[15] "A capital é o ponto onde residem todas as tradições, todos os talentos, todo o prestígio, todo o desenvolvimento moral e intelectual de um país; a capital não é apenas a sede dos poderes públicos, a

base de seus tribunais e de seu Legislativo: a capital é também os clubes políticos, os círculos literários, a Universidade, todos os elementos de cultura que uma sociedade tem; é para a capital que o estrangeiro vem medir os graus de avanço e civilização de uma sociedade; a capital atrai e assimila tudo o que o país inteiro produz de grande e nobre." (Hernández, citado por Jitrik, 2010, tradução nossa).

[16] "inundação que afoga os vermes e deposita o lodo fertilizante no solo empobrecido. Será também o amanhecer do grande dia. Não faltará sangue. As auroras têm tons vermelhos" (González Prada, 1933, p. 156, tradução nossa).

[17] "Filho sou do meu filho! / Ele me refaz!" (Martí, 2003, p. 14, tradução nossa).

[18] "Filho:

Com medo de tudo, me refugio em você. Tenho fé no aperfeiçoamento humano, na vida futura, na utilidade da virtude e em você.

Se alguém lhe disser que estas páginas se parecem com outras páginas, diga que eu o amo demais para profanar você dessa maneira. Assim como eu o pinto aqui, meus olhos o viram. Com esses adornos de gala você apareceu para mim. Quando parei de ver você dessa maneira, parei de pintar você. Essas correntes passaram pelo meu coração.

Venha para o seu!" (Martí, 2003, p. 2, tradução nossa).

[19] "Busco uma forma que não encontra meu estilo,
botão de pensamento que busca ser a rosa;
É anunciado com um beijo que em meus lábios pousa
o abraço impossível da Vênus de Milo.

[...]

e sob a janela da minha Bela Adormecida,
o soluço contínuo do jorro da fonte
e o pescoço do grande cisne branco que me questiona." (Darío, 1915, p. 157-158, tradução nossa)

[20] "a missa rosa de sua juventude" (Darío, 1915, p. 48, tradução nossa).

[21] "a concepção do poema como um ato purificador que deixa o falante em situação de cantar outros tipos de palavras" (Cuneo, 1998, tradução nossa).

[22] "Por causa da criança adormecida que carrego, meu passo tornou-se furtivo. E todo o meu coração é religioso, depois que carrega o mistério.

Minha voz é suave, como se estivesse abafada de amor, é que tenho medo de acordá-lo." (Mistral, 2003, p. 102, tradução nossa).

[23] "A noite vem dos olhos de outras pessoas" (Huidobro, 1925, p. 41, tradução nossa).

[24] "Nasci aos trinta e três anos, no dia da morte de Cristo; nasci no Equinócio, sob as hortênsias e as aeronaves do calor.

Eu tinha um profundo olhar de pombo, de túnel e de automóvel sentimental. Eu atirava suspiros como um acrobata.

Meu pai era cego e suas mãos eram mais admiráveis que a noite.

Amo a noite, chapéu de todos os dias." (Huidobro, 2018, p. 1, tradução nossa)

[25] "Isso me dilacera cedo.

Essa maneira de andar pelos trapézios.
Esses bravos brutos como postiços.
Essa borracha que gruda o mercúrio dentro.
Essas nádegas sentadas para cima.
Isso não pode ser, sido.
Absurdo.
Demência.
Mas vim de Trujillo para Lima.
Mas ganho um salário de cinco soles." (Vallejo, 1989, p. 108, tradução nossa)

[26] "SE você somente tocasse meu coração,

se você somente colocasse sua boca no meu coração,
sua boca fina, seus dentes,
se colocasse sua língua como uma flecha vermelha
lá onde meu coração empoeirado bate,
se soprasse no meu coração, perto do mar, chorando,
tocava com um ruído sombrio, com o som de rodas de trem sonolentas, como águas hesitantes,

como o outono nas folhas,
[...]" (Neruda, 2017, p. 112, tradução nossa)

[27] "as incidências históricas, as condições geográficas, a vida e as lutas de nossos povos" (Neruda, 2017, p. 146, tradução nossa).

[28] "A penetração africana nesta terra é tão profunda, e se cruzam e se entrelaçam em nossa bem regada hidrografia social tantas correntes capilares, que seria tarefa de miniaturista desenredar o hieróglifo" (Guillén, 1931, p. 115, tradução nossa).

[29] "Ai, preta,
se você soubesse!
À noite vi você passar
e eu não quis que você me visse.
E aí você lhe fará como a mim,
[...]" (Guillén, 1930, p. 106, tradução nossa)

[30] "A relação de sua aventura que continuou a detalhar em tom declamatório causou grande hilaridade a Pancrácio e Manteca.

— Tentei fazer-me entender, convencer-lhes de que sou um verdadeiro correligionário...

— Corre... o quê? – Demétrio perguntou, prestando atenção.

— Correligionário, meu chefe..., ou seja, persigo os mesmos ideais e defendo a mesma causa que você defende.

Demétrio sorriu:

— Por que causa defendemos?...

Luís Cervantes, perplexo, não encontrou o que responder." (Azuela, 2014, p. 41, tradução nossa).

[31] "— Eu pensei num prado florido no final de uma estrada... E encontrei um pântano. Meu amigo: há fatos e há homens que não passam de puro fel... E esse fel cai gota a gota na alma, e torna tudo amargo, tudo envenenado. Entusiasmo, esperanças, ideais, alegrias..., nada! Aí você não tem escolha: ou você se torna um bandido como eles, ou desaparece de cena, escondendo-se atrás dos muros de um egoísmo impenetrável e feroz.

— Como eu disse — continuou Luís Cervantes —, a revolução acabou e tudo acabou. Pena de tanta vida interrompida, de tantas viúvas e órfãos, de tanto sangue derramado! Tudo, para quê? Para que alguns canalhas fiquem ricos e tudo fique igual ou pior do que antes. [...] Será justo abandonar o país nestes momentos solenes em que necessitará de toda a abnegação de seus humildes filhos para salvá-lo, para que não o deixem cair novamente nas mãos de seus eternos detentores e algozes, os caciques?... Não devemos esquecer o que há de mais sagrado no mundo para o homem: a família e a pátria!" (Azuela, 2014, p. 53, tradução nossa).

[32] "Momentos depois, a árvore e eu perpetuamos nossas feridas na Kodak, que derramou diferentes sucos: leite da seringueira e sangue.

A partir de então, a lente fotográfica passou a funcionar entre os trabalhadores, reproduzindo fases da tortura, sem trégua ou dissimulação, constrangendo os capatazes, embora minhas advertências não deixassem de pregar ao naturalista o grave perigo de meus mestres descobrirem. O sábio permaneceu destemido, fotografando mutilações e cicatrizes. "Estes crimes, que envergonham a espécie humana – dizia-me ele –, devem ser conhecidos em todo o mundo para que os governos se apressem em remediá-los". Ele enviou notas a Londres, Paris e Lima, acompanhando as opiniões de suas reclamações, e o tempo passou sem que nenhuma solução fosse notada. Então decidiu reclamar com os empresários, apresentou documentos e me enviou com cartas para La Chorrera." (Rivera, 1976, p. 123, tradução nossa).

[33] "Dom Clemente: Lamentamos não o esperar no quartel de Manuel Cardoso, porque os flagelados estão desembarcando. Aqui, estendido no catre, deixo-lhe este livro, para que possam conhecer o nosso percurso por meio do esboço imaginado que desenhei. Cuide bem desses manuscritos e coloque-os nas mãos do Cônsul. Eles são a nossa história, a história desolada dos seringueiros. Quantas páginas em branco, quantas coisas não foram ditas!" (Rivera, 1976, p. 201, tradução nossa).

[34] "Na noite anterior, entre a miséria, a escuridão e o desamparo, nasceu o pequerrucho de sete meses. Sua primeira queixa, seu primeiro grito, seu primeiro choro foram para as selvas desumanas. Viverá! Vou levá-lo de canoa por estes rios, em busca de minha terra, longe da dor e da escravidão, como o seringueiro do Putumayo, como Julio Sánchez!" (Rivera, 1976, p. 200, tradução nossa).

[35] "Nada de rouxinóis apaixonados, nem jardim de Versalhes, nem de panoramas sentimentais! Aqui estão as respostas dos sapos

hidrópicos, das ervas daninhas das colinas misantrópicas, dos transbordamentos dos canais podres. Aqui, o parasita afrodisíaco que enche o chão de abelhas mortas; a diversidade de flores imundas que se contraem com palpitações sexuais e seu cheiro pegajoso intoxica como uma droga; o cipó maligno cuja pelúcia cega os animais [...].

Aqui, à noite, vozes desconhecidas, luzes fantasmagóricas, silêncios fúnebres. É a morte, que passa dando a vida. Escuta-se o golpe do fruto, que ao cair faz a promessa de sua semente; a queda da folha, que enche a montanha de um vago suspiro, oferecendo-se como adubo para as raízes da árvore paterna; o estalar da mandíbula, que devora com medo de ser devorado; o silvo de alerta, as angústias agonizantes, o estrondo do redemoinho. E quando o amanhecer derrama sua trágica glória sobre as montanhas, começa o clamor dos sobreviventes; o zumbido do jacu gritando, os estrondos do porco selvagem, a risada do macaco ridículo. Tudo pela breve alegria de viver mais algumas horas!" (Rivera, 1976, p. 142-143, tradução nossa).

[36] "Cinco anos se passaram sem que nos separássemos um só dia, durante a nossa dolorosa vida de boiadeiros. Cinco anos desses fazem de um menino um gaúcho, quando ele teve a sorte de vivê-los ao lado de um homem como aquele que chamei de padrinho. Foi ele quem me guiou pacientemente em direção a todo o conhecimento de um homem dos pampas. Ele me ensinou os conhecimentos do boiadeiro, os truques do domador, o uso do laço e das boleadeiras, a difícil ciência de adestrar um bom cavalo para as separações do gado e as pechadas, montar uma tropa e fazê-la parar manualmente

no campo, podendo inclusive pegar os animais onde e como quisesse. [...]

Também com ele aprendi sobre a vida, a resistência e a coragem na luta, o fatalismo em aceitar o que aconteceu sem reclamar, a força moral diante das aventuras sentimentais, a desconfiança para com as mulheres e a bebida, a prudência entre estranhos, a fé nos amigos.

E até para me divertir eu tive nele um professor, porque não foi de nenhum outro lugar que vieram meus floreios no violão e minhas mudanças no sapateado. De sua memória tirei estilos, versos e danças a dois e, imitando-o, passei a poder roçar um gato ou um triunfo e dançar uma *huella* ou um *prado*. Havia versos e histórias suficientes para fazer uma centena de *chinas* corarem de prazer ou modéstia.

Mas tudo isso não passou de um vislumbre de seu conhecimento e minha admiração teve espaço para se renovar diariamente.

Quão longe aquele homem caminhou!

Em todas as localidades ele tinha amigos, que o amavam e respeitavam, embora raramente parasse em algum momento. Sua influência sobre os compatriotas era tal que uma palavra sua poderia resolver a questão mais complicada. Sua popularidade, porém, longe de servi-lo, pareceu cansá-lo depois de um tempo.

[...]

Mas acima de tudo e contra tudo, Don Segundo queria sua liberdade. Era um espírito anárquico e solitário, a quem a contínua convivência dos homens acabava por infligir um cansaço invariável."
(Güiraldes, 1983, p. 197-198, tradução nossa).

[37] "Vasta planície! Admirável imensidão! Desertas campinas sem limites, rios profundos, muitos e solitários. Quão inútil ressoaria o pedido de ajuda, ao tombamento por uma rabada de jacaré, na solidão daqueles lugares!" (Gallegos, 1977, p. 9, tradução nossa).

[38] "Entretanto, Luzardo ficou pensando na necessidade de implementar o costume da cerca. A civilização da planície começaria por meio dela; a cerca seria o direito contra a ação onipotente da força, a limitação necessária do homem perante os princípios.

Ele já tinha, portanto, um verdadeiro trabalho de civilizador: introduzir nas leis comuns a obrigação de cercar.

Enquanto isso, eu também estava tendo pensamentos que eram como montar um cavalo selvagem na vertiginosa corrida do adestramento, fazendo girar as miragens da planície. O arame das cercas, a linha reta do homem dentro da linha curva da natureza, demarcaria na terra os inúmeros caminhos, ao longo dos quais há muito se perderam as esperanças errantes, vagando, uma só e reta em direção ao futuro.

Ele formulou todas essas intenções em voz alta, falando sozinho, com entusiasmo. Na verdade, aquela visão do futuro civilizado e próspero do *llano* que se estendia diante de sua imaginação era muito bonita.

Foi uma tarde de sol e vento forte. As ervas ondulavam no anel trêmulo das águas ilusórias da miragem e pelas dunas distantes, e pelo rastro do horizonte corriam, como plumas de fumaça, as trombas, os redemoinhos de poeira arrastados pelo vendaval.

De repente o sonhador, verdadeiramente excitado num esquecimento momentâneo da realidade circundante, ou brincando com a fantasia, exclamou:

— O caminho de ferro! Aí vem a ferrovia.

Então ele sorriu tristemente, como alguém sorri diante do engano quando acaba de acalentar esperanças talvez irrealizáveis; mas depois de observar um pouco o alegre jogo do vento nas dunas, murmurou com otimismo:

— Algum dia será verdade. O progresso penetrará na planície e a barbárie recuará derrotada. Talvez não consigamos ver; mas nosso sangue pulsará na emoção de quem o vê." (Gallegos, 1977, p. 54, tradução nossa).

[39] "senhor de Umay, dono de vidas e fazendas a vinte léguas de distância" (Alegría, 2000, p. 199, tradução nossa).

[40] "O índio Rosendo Maqui estava agachado como um velho ídolo. Seu corpo era retorcido e pálido como o *lloque* — uma vara contorcida e muito dura — porque ele era um pequeno vegetal, um homenzinho, uma pequena pedra. O nariz quebrado apontava para uma boca de lábios grossos dobrados num gesto de serenidade e firmeza. Por trás das colinas duras das maçãs do rosto, os olhos brilhavam, lagos escuros e imóveis. As sobrancelhas eram cumes. Pode-se afirmar que o Adão americano foi moldado de acordo com sua geografia; que as forças da terra, tão enérgicas, emergiram num homem com feições montanhosas. Nevava em suas têmporas como

nas de Urpillau. Ele também foi um venerável patriarca. Durante muitos anos, tantos que já não conseguia contá-los com precisão, os comunitários o mantiveram no cargo de prefeito ou chefe da comunidade, aconselhados por quatro vereadores que também não mudaram. Acontece que o povo de Rumi disse a si mesmo: "Quem acertou hoje, terá razão amanhã", e ele deixou o melhor em suas posições. Rosendo Maqui governou, mostrando-se alerta, calmo, justo e prudente." (Alegría, 2000, p. 11, tradução nossa).

[41] "A colheita foi distribuída entre os membros da comunidade, de acordo com suas necessidades, e o excedente era destinado à venda.

E como havia um pouco de trigo que alguém derramou, espalhado pela praça, Rosendo Maqui começou a gritar:

— Recolham, recolham logo esse trigo... É preferível ver a prata na terra e não os grãos de Deus, a comida, o alimento abençoado do homem...

Assim, o milho e o trigo foram mais uma vez colhidos da terra. Eles eram a vida dos membros da comunidade. Eram a história de Rumi... Algumas páginas atrás vimos Rosendo Maqui considerar diversos acontecimentos como a história de seu povo. Isso é comum e no caso dele se explica, pois para ele a terra é a própria vida e não memórias. Essa história parecia muito rica. Espalhando tais acontecimentos ao longo de cinquenta, cem, duzentos ou mais anos — lembremos que ele sabia muitas coisas apenas de ouvir —, a vida comunitária adquire um evidente caráter de paz e uniformidade e seu verdadeiro significado se evidencia no trabalho da terra. O plantio, o cultivo e a colheita são o verdadeiro eixo de sua existência. O trigo e o milho — "alimento bendito" — tornam-se símbolos. Assim como outros homens constroem seus projetos sobre empregos, títulos, artes ou finanças, na terra e em seus frutos os *comuneros* levantavam sua esperança... E para eles a terra e seus frutos começavam a ser um credo de fraternidade." (Alegría, 2000, p. 210, tradução nossa).

[42] "Embora, até onde eu saiba, Borges só escrevesse poemas e contos em espanhol, ele é um dos novos "esperantistas". Seu conhecimento de francês, alemão e principalmente inglês é profundo. Muitas vezes, um texto em inglês – de Blake, Stevenson, Coleridge, De Quincey – está subjacente à sua frase em espanhol. A outra linguagem "transparece", conferindo aos versos de Borges e às suas *Ficciones* uma qualidade luminosa e universal. Borges usa a linguagem vernácula da Argentina e sua mitologia para conferir peso ao que de outra forma seria uma imaginação deveras abstrata e arbitrária." (Steiner, 2000, p. 19-20, tradução nossa).

[43] "Ele [Pierre Menard, o autor de Quijote] não queria compor outro Quixote – que é fácil – mas "o" *Quixote*. Escusado será dizer que ele nunca tentou uma transcrição mecânica do original; não pretendia copiá-lo. Sua admirável ambição era produzir páginas que correspondessem – palavra por palavra e linha por linha – às de Miguel de Cervantes.

[...]

O método inicial que ele imaginou era relativamente simples. Conhecer bem o espanhol, recuperar a fé católica, fazer guerra aos mouros ou aos turcos, esquecer a história da Europa entre os anos de 1602 e 1918, ser Miguel de Cervantes. Pierre Menard estudou esse procedimento (sei que ele alcançou um domínio bastante fiel do espanhol do século XVII), mas o descartou como algo fácil. Mais parecido com impossível!, dirá o leitor. Concordo, mas o empreendimento era impossível de antemão e de todos os meios impossíveis de realizá-lo, este era o menos interessante. Ser um romancista popular do século XVII no século XX parecia uma diminuição para ele. Ser, de alguma forma, Cervantes e chegar a Dom Quixote parecia-lhe menos árduo – portanto, menos interessante – do que continuar a ser Pierre Menard e chegar a *Dom Quixote*, através das experiências de Pierre Menard. (Essa convicção, aliás, o fez excluir o prólogo autobiográfico da segunda parte de *Dom Quixote*. Incluir esse prólogo teria sido criar outro personagem – Cervantes – mas também significaria apresentar *Dom Quixote* em termos desse personagem e não de Menard. Ele, naturalmente, recusou essa facilidade). "Minha empresa não é difícil, essencialmente – li em outra parte da carta –. Seria suficiente para mim ser imortal para realizá-lo." Devo confessar que costumo imaginar que ele terminou e que li *Dom Quixote* – *Dom Quixote* inteiro – como se Menard tivesse pensado nisso? Ontem à noite, ao folhear o capítulo XXVI – nunca ensaiado por ele – reconheci o estilo e a voz de nosso amigo nesta frase excepcional: "*as ninfas dos rios, a dolorosa e úmida Eco*". Aquela conjunção eficaz de um adjetivo moral e outro físico trouxe à memória um verso de Shakespeare, que discutimos uma tarde [...]." (Borges, 2018, p. 22, tradução nossa, grifo do original).

[44] "Essa obra, talvez a mais significativa de nosso tempo, é constituída pelos capítulos nono e trigésimo oitavo da primeira parte de *Dom Quixote* e por um fragmento do capítulo vigésimo segundo" (Borges, 2018, p. 20, tradução nossa).

[45] "Num relance, percebemos três copos sobre uma mesa; Funes, todas as hastes e cachos e frutos que compõem uma videira. Ele conhecia as formas das nuvens do sul na madrugada de 30 de abril de 1882 e podia compará-las em sua memória com os sulcos de um livro de capa espanhola que ele só havia olhado uma vez e com as linhas da espuma que um remo levantou no Rio Negro às vésperas da ação do Quebracho. Essas memórias não eram simples; cada imagem visual estava ligada a sensações musculares, térmicas etc. Ele podia reconstruir todos os sonhos, todos os entressonhos.

Duas ou três vezes ele reconstruiu um dia inteiro; ele nunca hesitou, mas cada reconstrução exigiu um dia inteiro. Ele me disse: "Só eu tenho mais lembranças do que todos os homens tiveram desde o início do mundo". E também: "Meus sonhos são como a sua vigília". E também, ao amanhecer: "Minha memória, senhor, é como um depósito de lixo". Um círculo no quadro negro, um triângulo retângulo, um losango são formas que podemos intuir plenamente; o mesmo aconteceu com Irineu com a crina emaranhada de um potro, com uma ponta de carne na lâmina, com o fogo mutável e com as cinzas incontáveis, com os muitos rostos de um morto em um longo velório. Não sei quantas estrelas via no céu." (Borges, 2018, p. 53, tradução nossa).

[46] "Faltam quatro minutos para as oito, jovem Bernardo Juan Francisco" (Borges, 2018, p. 51, tradução nossa).

[47] "*De viris illustribus* de Lhomond, o *Thesaurus* de Quicherat, os Comentários de Júlio César e um volume ímpar de *Naturalis historia* de Plínio" (Borges, 2018, p. 52, tradução nossa).

[48] "A verdade é que, pela virgindade da paisagem, pela formação, pela ontologia, pela presença fáustica do índio e do negro, pela revelação que constituiu sua recente descoberta, pelas fecundas mestiçagens que fomentou, a América está muito longe de ter esgotado sua riqueza de mitologias." (Carpentier, 1973, p. 7, tradução nossa).

[49] "A cada passo eu encontrava o real maravilhoso. Mas também pensei que essa presença e validade do real maravilhoso não era privilégio exclusivo do Haiti, mas patrimônio de toda a América, onde ainda não se terminou de estabelecer, por exemplo, uma contagem de cosmogonias. O real maravilhoso se encontra a cada passo nas vidas de homens que inscreveram datas na história do Continente e deixaram sobrenomes ainda empregados: desde os buscadores da Fonte da Eterna Juventude, da cidade dourada de Manoa, até certos rebeldes da primeira hora ou certos heróis modernos de nossas guerras de independência de tamanho caráter mitológico como o coronel Juana de Azurduy." (Carpentier, 1973, p. 6, tradução nossa).

[50] "Todos sabiam que a iguana verde, a borboleta noturna, o cão desconhecido e o alcatraz inverossímil não passavam de simples

disfarces. Dotado do poder de se transformar em animal com cascos, pássaro, peixe ou inseto, Mackandal visitava continuamente as fazendas da Planície para monitorar seus fiéis e saber se ainda confiavam em seu retorno. De metamorfose em metamorfose, o homem de um braço estava por toda parte, tendo recuperado sua integridade corporal vestindo fantasias de animais. Com asas um dia, com guelras no outro, galopando ou rastejando, tomara conta do curso dos rios subterrâneos, das cavernas da costa, das copas das árvores, e já reinava sobre toda a ilha. Agora, seus poderes eram ilimitados. Poderia cobrir uma égua tão bem quanto descansar no frescor de uma cisterna, empoleirar-se nos galhos leves de uma árvore aromática ou esgueirar-se pelo buraco da fechadura. Os cães não latiam para ele; ele mudava sua sombra conforme lhe convinha. Por meio de seu trabalho, uma mulher negra deu à luz uma criança com cara de javali. À noite ele aparecia nas estradas sob os pelos de uma cabra preta com brasas nos chifres. Um dia daria o sinal do grande levante, e os Senhores de Lá, liderados por Damballah, pelo Mestre das Estradas e por Ogum dos Ferros, trariam relâmpagos e trovões, para desencadear o ciclone que completaria a obra dos homens. Nessa grande hora — dizia Ti Noel — o sangue dos brancos correria para os riachos, onde os Loas, embriagados de alegria, o beberiam de bruços, até encherem os pulmões." (Carpentier, 1973, p. 24, tradução nossa).

[51] "Mas, naquele momento, a noite estava repleta de tambores. Chamando uns aos outros, respondendo de montanha em montanha, subindo das praias, saindo das cavernas, correndo por baixo das árvores, descendo pelas quebradas e canais, trovejavam os

tambores radás, os tambores congos, os tambores Bouckman, os tambores dos Grandes Pactos, os tambores todos do Vodu. Era uma vasta percussão em círculo, que dançava em Sans-Souci, apertando o cerco. Um horizonte de trovões que se estreitava. Uma tempestade, cujo vórtice era, naquele momento, o trono sem arautos nem bedéis. O rei voltou para seu quarto e para sua janela. A queima de suas fazendas, de suas chácaras, de seus canaviais já havia começado. Agora, diante dos tambores o fogo corria, saltando de casa em casa, de campo em campo. Uma labareda se havia levantado no armazém de grãos, jogando tábuas vermelhas e pretas no galpão de forragem. O vento do norte movia a palha acesa dos campos de milho, aproximando-a cada vez mais. Cinzas ardentes caíram nos terraços do palácio." (Carpentier, 1973, p. 71, tradução nossa).

[52] "Meu realismo é mágico – diz Asturias – porque depende um pouco do sonho tal como os surrealistas o conceberam. Assim como os maias também o conceberam em seus textos sagrados. Lendo estes últimos, percebi que existe uma realidade palpável na qual outra está enraizada, criada pela imaginação, e que está envolta em tantos detalhes que se torna tão real quanto a outra. Todo o meu trabalho se desenvolve entre essas duas realidades: uma social, política, popular, com personagens que falam a língua do povo guatemalteco, outra imaginária, que os encerra numa espécie de ambiente e paisagem onírica." (Rincón, 1996, p. 696, tradução nossa).

[53] "— Ho... daria o seu! De vez em quando imagino que é a patrulha que nos alcança e é você. Para que seu parceiro não pare de cansar o cavalo. E o que são aqueles que estão esperando para chegar até nós? Eles devem vir passando pela água, correndo, rastreando, descendo o tempo todo com o pretexto de uma cilha solta, de miar, de nos procurar com as orelhas coladas no chão da estrada. E eles nem serão enviados levianamente. Daqueles que dizem: vamos só nos preocupar, o patrão está na frente. Isto se não tiverem roubado gado da terra. Mulheres e galinhas também estão em perigo. Tudo o que é nutrição e amor corre perigo com pessoas dispostas a dar prazer ao corpo. Só que esses imediatamente dizem para sair daí: tentadores, lentos, sem respeito. E refiro-me à prova. Eles já decidiram ficar para ver o que roubam e quem os faz ir. Não pastoreado. Só que desta vez eles vão passar por momentos difíceis. Entre eu parar com o fígado feito mingau e eles a passo de caracol. Sangue ardente tão precioso! E isso não é mais difícil, o que será, minha mãe?, pau de engorda para mulas." (Asturias, 1996, p. 69, tradução nossa).

[54] "As pedras da muralha inca eram maiores e mais estranhas do que eu imaginava; ferviam sob o segundo andar caiado, que, do lado da rua estreita, era cego. Lembrei-me então das canções quéchuas que repetem uma frase patética constante: "yawar mayu", rio de sangue; "yawar unu", água sangrenta; "puk-tik' yawar k'ocha", lago de sangue fervente; "yawar wek'e", lágrimas de sangue. Não poderia ser dito "yawar rumi", pedra de sangue, ou "puk'tik yawar rumi", pedra de sangue fervente? A parede estava estática, mas fervia em todas as suas linhas e a superfície ia mudando, como a dos rios no

verão, que têm um pico assim, em direção ao centro da corrente, que é a zona temível, a mais poderosa. Os índios chamam esses rios turvos de "yawar mayu" porque apresentam um brilho móvel ao sol, semelhante ao do sangue. Eles também chamam de "yawar mayu" o momento violento das danças de guerra, o momento em que os dançarinos lutam.

— Puk'tik, yawar rumi! — exclamei em frente à parede, em voz alta.

E como a rua ainda estava silenciosa, repeti várias vezes a frase." (Arguedas, 2006, p. 45-46, tradução nossa).

[55] "Não sabia se gostava mais da ponte ou do rio. Mas ambos limparam minha alma, inundaram-na de força e sonhos heroicos. Todas as imagens lamentosas, dúvidas e lembranças ruins foram apagadas de minha mente.

E assim, renovado, volto ao meu ser, voltei à cidade; escalei a temível encosta com passos firmes. Conversava mentalmente com meus velhos amigos distantes: Dom Maywa, Dom Demetrio Pumaylly, Dom Pedro Kokchi... que me criaram, que fizeram meu coração semelhante ao deles.

Durante muitos dias depois disso, senti-me sozinho, firmemente isolado. Tinha de ser como o grande rio: atravessar a terra, cortar as pedras; passar, imparável e calmo, entre as florestas e as montanhas; e entrar no mar, acompanhado por um grande povo de pássaros que cantavam lá de cima.

Naquela época, os amiguinhos não eram necessários para mim. A decisão de marchar me exaltou invencivelmente.

— Como você, rio Pachachaca! — ele disse sozinho.

E poderia ir ao pátio escuro, passear pelo chão empoeirado, aproximar-me das divisórias de madeira e voltar mais altivo e sereno à luz do pátio principal. A própria louca me causou muita pena. Doeu-me lembrar disso abalado, contestado com brutalidade implacável; a cabeça bateu nas divisórias de madeira, na base dos vasos sanitários; e sua fuga pelo beco, onde correu como um urso caçado. E os pobres jovens que a assediaram; e que depois se profanaram, até sentirem o desejo de se flagelarem, e chorarem sob o peso do arrependimento. Sim! Era preciso ser como aquele rio imperturbável e cristalino, como suas águas vencedoras. Como você, rio Pachachaca! Lindo cavalo de crina brilhante, imparável e permanente, que marcha pelo caminho mais profundo da terra!" (Arguedas, 2006, p. 108-109, tradução nossa).

[56] "— Existem palavras que o dicionário chamaria de arcaísmos; o problema é que essas pessoas ainda falam a língua do século XVI. Agora, como você diz, este não é um retrato dessa linguagem. É transposto, inventado, melhor dizendo: recuperado. [...]

O mexicano é uma mistura de espanhol e indígena. Um espanhol talvez da Extremadura, por algum lugar de Castela que ao viajar adotou os costumes espanhóis, mas sob um sincretismo que incluía o paganismo, sua superstição, sua forma de pensar e imaginar as coisas." (Rulfo, 1979, p. 4-5, tradução nossa).

[57] "Senti o retrato de minha mãe guardado no bolso da camisa, aquecendo meu coração, como se ela também estivesse suando. Era um retrato antigo, corroído nas quatro bordas; mas ele era o único que eu conhecia dela. Encontrei-o no armário da cozinha, dentro

de uma caçarola cheia de ervas: folhas de erva-cidreira, flores de castela, ramos de arruda. Desde então eu o guardei. Ele era o único. Minha mãe sempre foi contra fotografar a si mesma. Ela disse que os retratos eram coisa de bruxaria. E assim parecia ser; porque o dela era cheio de buracos como feitos por uma agulha, e perto do coração tinha um muito grande onde o dedo médio cabia facilmente.

É o mesmo que eu trouxe aqui, pensando que poderia funcionar bem para meu pai me reconhecer.

— Olha — diz-me o condutor da mula, parando —: Você vê aquele morro que parece uma bexiga de porco? Bem, atrás dela está a Media Luna. Agora vire para lá. Você vê a sobrancelha daquela colina? Veja-a. E agora me virei para essa outra direção. Você vê a outra sobrancelha que está quase invisível de tão longe? Bem, essa é a Media Luna por completo. Como se costuma dizer, toda a terra que pode ser vista à primeira vista. E toda essa mundanidade é dele. O fato é que nossas mães nos mimavam num saco de dormir, embora fôssemos filhos de Pedro Páramo. E o mais engraçado é que ele nos levou para sermos batizados. A mesma coisa deve ter acontecido com você, certo?

— Não me lembro.

— Vá para o inferno!

— O que você disse?

— Já estamos chegando, senhor.

— Sim, eu vejo. O que aconteceu aqui?

— Um papa-léguas, senhor. É assim que eles chamam esses pássaros.

— Não, eu estava perguntando sobre a cidade, que parece tão sozinha, como se estivesse abandonada. Parece que ninguém mora lá.

— Não é que pareça. Assim é. Ninguém mora aqui.

— E Pedro Páramo?

— Pedro Páramo morreu há muitos anos." (Rulfo, 1999, p. 9-10, tradução nossa).

[58] "Aqui vivemos, nas ruas nossos cheiros se cruzam, de suor e patchuli, de tijolo novo e de gás subterrâneo, nossa carne ociosa e tensa, nunca nossa aparência. Nunca nos ajoelhamos, você e eu, para receber a mesma besta; divididos juntos, criados juntos, morreremos apenas para nós mesmos, isolados. Aqui caímos. O que vamos fazer. Espere, cara. Vamos ver se um dia meus dedos tocam os seus. Venha, deixe-se cair comigo na cicatriz lunar de nossa cidade, uma cidade cheia de esgotos, uma cidade cristalina de vapores e geadas minerais, uma cidade que é a presença de todo o nosso esquecimento, uma cidade de falésias carnívoras, uma cidade de dor imóvel, cidade de imensa brevidade, cidade de sol parado, cidade de longas calcinações, cidade de fogo lento, cidade com água até o pescoço, cidade de letargia maliciosa, cidade de nervos negros, cidade de três umbigos, cidade da risada amarela, cidade do fedor retorcido, cidade rígida entre o ar e os vermes, cidade velha nas luzes, cidade velha em seu berço de pássaros agoureiros, cidade nova ao lado da poeira esculpida, cidade na vela do céu gigante, cidade de vernizes escuros e pedrarias, cidade sob a lama esplêndida, cidade de vísceras e cordas, cidade da derrota violada (aquela que não pudemos amamentar na luz, a derrota secreta), cidade do mercado de pulgas

submisso, carne de uma jarra, cidade do reflexo da fúria, cidade do fracasso almejado, cidade numa tempestade de cúpulas, cidade regadora das mandíbulas rígidas do irmão encharcado de sede e crostas, cidade tecida na amnésia, ressurreição das infâncias, encarnação de pluma, cidade cão, cidade faminta, vila suntuosa, cidade lepra e cólera, cidade submersa. Tuna incandescente. Águia sem asas. Serpente de estrelas. Aqui vivemos. O que vamos fazer. Na região mais transparente do ar." (Fuentes, 2018, p. 20-21, tradução nossa).

[59] "Viajante: você chegou à região mais transparente do ar" (Reyes, 1953, p. 7, tradução nossa).

[60] "Ser coletivo chamado de México que foi, que continua sendo, o México possível, o sonhado, o utópico, o impossível, aquele que não é capaz de fechar seus ciclos e vive com ressentimentos vivos e feridas abertas, com dívidas adiadas, a vingança pendente" (Quirarte, 2018, p. 52, tradução nossa).

[61] "— Não podemos ficar assim. Algo tem que ser feito — disse Arróspide. Seu rosto branco se destacava entre os meninos cor de cobre com feições angulosas. Ele estava com raiva e seu punho vibrou no ar.

— Chamaremos aquele que chamam de Jaguar — propôs Cava.

Foi a primeira vez que ouviram menção a ele. "Quem?", perguntaram alguns; "é da seção?".

— Sim — disse Cava —. Ele ficou em sua cama. É o primeiro, ao lado do banheiro.

— Por que o Jaguar? — disse Arróspide —. Não somos suficientes?

— Não — disse Cava — Não é isso. Ele é diferente. Eles não o batizaram. Eu vi isso. Ele nem lhes deu tempo.

Levaram-no comigo para o estádio, atrás dos estábulos. E ele riu na cara deles, e disse-lhes: "Então vocês vão me batizar? Vamos ver, vamos ver". Ele riu na cara deles. E eram uns dez.

— E? — disse Arróspide.

— Eles olharam para ele meio surpresos — disse Cava — Eram uns dez, olhem bem. Mas só quando nos levaram ao estádio. Lá, muitos cadetes do quarto ano se aproximaram, cerca de vinte ou mais. E ele riu na cara deles; "Então vocês vão me batizar?" Eu disse a eles, que bom, que bom.

— E? — Alberto disse.

— Você é um valentão, cachorro?, perguntaram. E então, olhe atentamente, veio até eles. E rindo.

Digo-lhes que eram não sei quantos, dez ou vinte ou mais talvez. E eles não conseguiram pegá-lo. Alguns tiraram os cintos e o chicotearam de longe, mas juro que não chegaram perto dele. E pela Virgem, todos ficaram com medo, e juro que vi não sei quantos caindo no chão, agarrados às bolas, ou com a cara quebrada, olhem bem. E ele riu deles e gritou: então vocês vão me batizar?, que bom, que bom.

— E por que você chama isso de Jaguar? — perguntou Arróspide.

— Eu não — disse Cava — Ele mesmo. Eles o cercaram e se esqueceram de mim. Eles o ameaçaram com os cintos e ele começou a insultá-los, às mães, a todos. E aí um disse: "temos que trazer essa fera para Gambarina". E chamaram um cadete grande, com cara de brutal, e disseram que ele levantava peso.

— Por que o trouxeram? — Alberto perguntou.

— Mas por que o chamam de Jaguar? — insistiu Arróspide.

— Para que eles lutassem — disse Cava — Disseram-lhe: "Ei, cachorro, você que é tão corajoso, aqui está um do seu peso". E ele lhes respondeu: "Meu nome é Jaguar. Cuidado para não me chamar de cachorro"." (Vargas Llosa, 2019, p. 432, tradução nossa).

[62] "A técnica consistia em encontrar-se vagamente em um bairro em determinado horário. Gostavam de enfrentar o perigo de não se encontrar, de passar o dia sozinhos, de mau humor num café ou num banco, lendo mais um livro. A teoria do livro-mais era de Oliveira, e a Maga a aceitara por pura osmose. Na verdade, para ela, quase todos os livros não tinham livro, ela gostaria de ter uma sede imensa e por um tempo infinito (estimado entre três e cinco anos) para ler a opera omnia de Goethe, Homero, Dylan Thomas, Mauriac, Faulkner, Baudelaire, Roberto Arlt, San Agustín e outros autores cujos nomes se destacaram para ela nas conversas do Clube. A isso Oliveira respondeu com um encolher de ombros desdenhoso e falou das deformações do Rio da Prata, de uma raça de leitores em tempo integral, de fervilhantes bibliotecas de mulheres sabidas infiéis ao sol e ao amor, de casas onde o cheiro da impressão a tinta mata a alegria do alho. […]

[...] Os encontros eram por vezes tão incríveis que Oliveira voltou a considerar o problema das probabilidades e pensava muito sobre isso, com desconfiança. Não é possível que a Maga tenha decidido virar aquela esquina da rue de Vaugirard exatamente no momento em que, cinco quarteirões depois, desistiu de subir a rue de Buci e virou sem motivo para a rue Monsieur le Prince, deixando-se levar até que de repente a viu, diante de um vitral, absorta na contemplação de um macaco embalsamado. Sentados num café, reconstruíam minuciosamente os itinerários, as mudanças abruptas, tentando explicá-las telepaticamente, sempre falhando, e mesmo assim se encontravam no meio do labirinto de ruas, quase sempre acabavam se encontrando e riam como loucos, seguros de um poder que os enriquecia. [...]" (Cortázar, 2013, p. 93, tradução nossa).

[63] "À sua maneira, este livro é muitos livros, mas acima de tudo é dois livros. O leitor está convidado *a escolher* uma das duas possibilidades a seguir" (Cortázar, 2013, p. 64, tradução nossa, grifo do original).

[64] "Assim que ele lhe amalava o noema, ela se deixava abater pelo clémiso e caíam em hidromúrias, em ambônios selvagens, em seguraís exasperantes. Toda vez que ele tentava relamar as incopelusas, enroscava-se num grimado choramingas e tinha que emulsionar-se diante do nóvulo, sentindo como pouco a pouco as argulas se refespelhavam, como iam se apeltronando, reduplimindo, até ficar esticado feito o trimalciato de ergomanina a que deixaram cair algumas fílulas de cariaconcia. [...]" (Cortázar, 2013, p. 415, tradução nossa).

[65] "começou a escrever *La hojarasca*, seu primeiro romance, que é uma derivação do tronco comum no qual se converteu o projeto de *La casa*. Dela também sairiam mais tarde *El coronel no tiene quien le escriba, La mala hora, Los funerales de la Mamá Grande* e *Cien años de soledad*" (Saldívar, 2023, tradução nossa).

[66] "Muitos anos depois, diante do pelotão de fuzilamento, o Coronel Aureliano Buendía teve de recordar aquela remota tarde em que seu pai o levou para descobrir o gelo. Macondo era então uma aldeia de vinte casas de barro e cana construídas às margens de um rio de águas límpidas que corriam por um leito de pedras polidas, brancas e enormes como ovos pré-históricos. O mundo era tão recente que muitas coisas careciam de nome, e para mencioná-las era preciso apontar o dedo para elas. Todos os anos, durante o mês de março, uma família de ciganos maltrapilhos armava sua tenda perto da aldeia e, com grande alvoroço de assobios e tímpanos, anunciavam suas novas invenções. Primeiro eles trouxeram o ímã. Um cigano corpulento, de barba selvagem e mãos de pardal, que se apresentou sob o nome de Melquíades, fez uma horrível demonstração pública do que ele próprio chamou de oitava maravilha dos sábios alquimistas da Macedônia. Ele ia de casa em casa arrastando dois lingotes de metal, e todos se assustavam ao ver que os caldeirões, as panelas, as pinças e os fogões caíam de seus lugares, e a madeira rangia pelo desespero dos pregos e parafusos tentando ser destrancados, e até mesmo os objetos há muito perdidos apareceram onde eram mais procurados e foram arrastados em turbulenta desordem pelos ferros mágicos de Melquíades. "As coisas têm vida própria", proclamou o cigano com sotaque áspero, "é tudo uma questão de

despertar a alma". José Arcadio Buendía, cuja imaginação desenfreada sempre foi além do engenho da natureza e até do milagre e da magia, pensava que era possível utilizar aquela invenção inútil para desvendar o ouro da terra. Melquíades, que era um homem honesto, avisou-o: "Não é para isso que serve". Mas José Arcadio Buendía não acreditava na honestidade dos ciganos daquela época, por isso trocou sua mula e um lote de cabras pelos dois lingotes magnetizados. Úrsula Iguarán, sua esposa, que contava com aqueles animais para ampliar seus reduzidos bens domésticos, não conseguiu dissuadi-lo. "Muito em breve teremos mais ouro para pavimentar a casa", respondeu o marido. Durante vários meses ele se esforçou para provar a veracidade de suas conjecturas. Explorou centímetro a centímetro a região, inclusive o fundo do rio, arrastando os dois lingotes de ferro e recitando em voz alta o feitiço de Melquíades. A única coisa que conseguiu desenterrar foi uma armadura do século XV com todas as suas partes soldadas por um pedaço de ferrugem, cujo interior tinha a ressonância oca de uma enorme cabaça cheia de pedras. Quando José Arcadio Buendía e os quatro homens de sua expedição conseguiram desmontar a armadura, encontraram em seu interior um esqueleto calcificado com um relicário de cobre com um cacho de mulher pendurado no pescoço." (García Márquez, 2017, p. 9, tradução nossa).

[67] "— Você não se cansa de ler?

— Não. Como se sente?

— Uma depressão bárbara está se aproximando.

— Vamos, vamos, não seja preguiçoso, companheiro.

— Você não cansa de ler com essa porra de luz?

— Não, estou acostumada.

— Mas na sua barriga, como você se sente?

— Um pouco melhor. Me conte o que você está lendo.

— Como vou te contar? É filosofia, um livro sobre poder político.

— Mas ele vai falar alguma coisa, certo?

— Ele diz que o homem honesto não pode abordar o poder político, porque o seu conceito de responsabilidade o impede de fazê-lo.

— E você tem razão, porque todos os políticos são ladrões.

— Para mim é o contrário, quem não age politicamente o faz porque tem um falso conceito de responsabilidade. Acima de tudo, a minha responsabilidade é garantir que as pessoas não continuem a morrer de fome e é por isso que vou lutar.

— Forragem de canhão. Isso é o que você é.

— Se você não entende nada, cale a boca.

— Você não gosta que lhe digam a verdade...

— Que ignorante! Se você não sabe, não fale.

— Há uma razão pela qual isso te deixa tão irritado...

— Suficiente! Deixe-me ler.

[...]

— explicação da solteirona, permissão para a empregada ficar em casa se não tiver para onde ir, a tristeza da solteirona e a tristeza da empregada doméstica, a soma de duas tristezas, melhor sozinhas do que refletidas uma na outra, embora outras vezes é melhor dividirmos juntos uma lata de sopa que vem com duas porções. Inverno *extremamente rigoroso, neve por todo lado, silêncio profundo que a neve traz, abafado pela manta branca o barulho de um motor que para ali em frente à casa, os vidros embaçados por dentro e meio cobertos de neve por fora, o punho da empregada esfrega um girando no vidro, o menino de costas trancando o carro, a alegria da empregada, por quê? passos rápidos até a porta, estou voando para abrir a porta para aquele menino alegre e bonito e deixar ele vir aqui com a namorada má!..., "ahh!!, me perdoe!", vergonha da empregada porque não pôde conter um gesto de desgosto, o olhar sombrio do pobre rapaz, o seu destemido rosto de aviador agora atravessado por uma horrível cicatriz. A conversa do menino com a solteirona, a história do acidente e seu atual colapso nervoso, a impossibilidade de voltar para o front, a proposta de alugar a casa sozinho, a tristeza da solteirona ao vê-lo, a amargura do menino, as palavras secas ao donzela, a seca ordena: "traga-me o que eu peço e me deixe em paz, não faça barulho porque estou muito nervoso", o rosto fofo e feliz do menino na memória da donzela e eu digo a mim mesmo: o que é que faz um rosto bonito? Por que você quer tanto acariciar um rosto bonito? Por que isso me dá vontade de tê-la sempre perto de um rosto bonito, para acariciá-lo e dar-lhe beijos? Um rosto bonito tem que ter um nariz pequeno, mas às vezes narizes grandes também são engraçados, e olhos grandes, ou o quê? São olhos pequenos mas sorriem, olhos bons."* (Puig, 2001, p. 73-74, tradução nossa, grifo do original).

[68] "O exílio foi uma experiência longa, dolorosa, totalizante, que não trocaria por nenhuma outra" (Peri Rossi, 2023, p. 9, tradução nossa).

[69] "Subiram. A escada era longa e faltavam alguns pedaços de madeira. Ao colocar um dos pés no chão, Equis sentiu vertigem, seu coração disparou, apavorado: teve a sensação de ter dado um passo no vazio. Ele se lembrava confusamente de histórias de exilados: tiroteios simulados, capuzes sobre o precipício." (Peri Rossi, 2022, p. 241, tradução nossa).

[70] "Estrangeiro. Ex. Estranhamento. Fora das entranhas da terra. Desentranhado: deu à luz novamente. Você não vai angustiar o estranho. Bem. Vocês. Vocês. Vocês. Aqueles que não são. Vocês sabem. Nós começamos a saber. Como se encontra? Como. A alma do estrangeiro. Do estranho. Do introduzido. Do intruso. Do fugido. Do vagabundo. Do errante. Alguém sabia? Será que alguém sabia como se encontrava a alma do estrangeiro? A alma do estranho estava com dor? Ela estava ressentida? O estrangeiro tinha alma? *Já que estrangeiros vocês foram na terra do Egito.*

A sirene do navio começou a uivar exatamente no verso dezoito do canto VI da Ilíada. "Magnífico Tidida! Por que você está me perguntando sobre estirpe?" Era Glauco prestes a enfrentar Diomedes. Sereias: donzelas fabulosas que viviam numa ilha, entre a de Circe e o recife de Cila, e que encantavam os marinheiros com suas doces vozes. Lembrou-se porque era o quinto dia de navegação e a segunda escala; a Bela Passageira aproximou-se dele, já com o ronronar da gata branca cansada do mar, e para dizer alguma coisa, perguntou-lhe:

— O que você está lendo?" (Peri Rossi, 2022, p. 12-13, tradução nossa, grifo do original).

[71] "([...] um travesti, o que mudou de identidade para assumir a de suas fantasias, alguém que decidiu ser quem queria ser e não quem estava determinado a ser) [...].

[...]

Vestida de homem, com olhos azuis muito brilhantes, acentuados pelo traço escuro que lhe delineava o olhar, os pômulos pintados e dois brincos discretos nas orelhas, era um belo efebo que olhava para Equis e que se sentiu subjugado pela ambiguidade. Descobriu e desenvolveu para ele, em todo o seu esplendor, dois mundos simultâneos, dois chamados diferentes, duas mensagens, duas vestimentas, duas percepções, dois discursos, mas indissociavelmente ligados de tal forma que a predominância de um teria causado a extinção de ambos." (Peri Rossi, 2022, p. 247, 252, tradução nossa).

[72] "O castigo, para a iniciada que foge, é o desprezo, a solidão, a loucura ou a morte" (Peri Rossi, 2022, p. 199, tradução nossa).

[73] "São necessários dois para nascer, mas somente um tem a culpa: dos diários" (Peri Rossi, 2022, p. 201, tradução nossa).

[74] "Tivemos a experiência, mas perdemos o significado, uma aproximação ao significado restaura a experiência" (Piglia, 2001, p. 7, tradução nossa).

[75] "Agora", disse ele mais tarde, "eles não me deixaram ver Marcelo quando ele estava na prisão. Tenho até a suspeita de que ele próprio se recusou a me ver. Ele me enviou para dizer que no momento não via razão para ser considerado mártir. Eu estudo e penso e

faço ginástica, ele me mandou dizer", disse o senador que Marcelo havia contado a ele. "Encontrei um piemontês, Cosme, anarquista desde a primeira hora, que me ensina a cozinhar a *bagna cauda*. Por outro lado, jogo tute com a galera do time: organizamos um campeonato e não está indo nada mal. Não tenho motivos para fingir ser um mártir, ele me mandou dizer. As mulheres são muito escassas, sim, mas em compensação há muita troca intelectual. Ele foi direto para a cadeia, pode-se dizer", disse o senador. "Eu lhe disse", disse ele, "que precisamos superar a tempestade. Assim que chegar, vai demorar, eu lhe disse. Conheço-os bem, disse-lhe, conheço bem estes: vieram para ficar. Não acredite em uma palavra do que eles dizem. Eles são cínicos: eles mentem. São filhos, netos e bisnetos de assassinos. Eles têm orgulho de pertencer a essa linhagem de criminosos e quem acredita em uma única palavra deles, eu disse a ele", disse o senador, "quem acredita em uma única palavra deles está perdido. Mas o que ele fez? Ele queria ver as coisas de perto e eles imediatamente o agarraram. Que lugar melhor do que a minha casa para me esconder?", disse o senador. "Mas não. Ele saiu para a rua e foi para a cadeia. Estava arruinado lá. Ele saiu desencantado. Você não acha que ele saiu desencantado? Cheguei à convicção, naquelas noites, enquanto o país se desmoronava, que era preciso aprender a resistir". Disse que não tinha nada de otimista nele, mas sim, disse, que era uma convicção: era preciso aprender a resistir. "Ele resistiu?", disse o senador. "Você acha que ele resistiu? Sim", disse ele. "Eu resisti. Aqui estou", disse ele, "reduzido, quase um cadáver, mas resistindo. Não serei o último? Recebo notícias e mensagens de fora, mas às vezes penso: não fiquei totalmente sozinho? Eles não podem entrar aqui. Primeiro porque mal durmo e os ouvia chegar. Segundo porque inventei um sistema de vigilância sobre o qual não posso entrar em detalhes". Ele recebeu, disse, "mensagens, cartas, telegramas. "Recebo mensagens. Cartas criptografadas. Algumas são interceptadas. Outras chegam: são ameaças, anônimos. Cartas escritas por Arocena para me aterrorizar. Ele, Arocena, é o único que me escreve: para me ameaçar, me insultar, rir de mim; suas cartas se cruzam, contornam meu sistema de vigilância. As outras são mais difíceis. Algumas são interceptadas. Estou ciente", disse ele. "Apesar de tudo, estou ciente". Quando era senador, disse ele, também as recebia. "O que é um senador? Alguém que recebe e interpreta as mensagens do povo soberano". Ele não tinha certeza, agora, se iria recebê-las ou imaginá-las. Imagino-as, sonho com elas? Essas cartas? Elas não são endereçadas a mim. Às vezes não tenho certeza se não sou eu quem está ditando isso. Porém", disse ele, "elas estão ali, naquele móvel, você as vê? Aquele monte de cartas", eu as vi? sobre esses móveis. "Não toque nelas", ele me disse. "Há alguém que intercepta essas mensagens que chegam até mim. Um técnico", disse ele, "um homem chamado Arocena. Francisco José Arocena. Leia cartas. Como eu. Leia cartas que não lhe são endereçadas. Tente, como eu, decifrá-las. Tente", disse ele, "como eu, decifrar a mensagem secreta da história"." (Piglia, 2001, p. 30, tradução nossa)

[76] "Em abril de 1976, quando meu primeiro livro foi publicado, ele me enviou uma carta" (Piglia, 2001, p. 8, tradução nossa).

[77] "Jacinto Requena, café Quito, rua Bucareli, Cidade do México, setembro de 1985.

Dois anos depois de desaparecer em Manágua, Ulises Lima voltou ao México. A partir daí poucas pessoas o viram e quem o via era quase sempre por acaso. Para a maioria, ele morreu como pessoa e como poeta.

Eu o vi em algumas ocasiões. A primeira vez o encontrei em Madero e a segunda fui vê-lo na casa dele. Ele morava em uma vizinhança do bairro Guerrero, onde só ia dormir, e ganhava a vida vendendo maconha. Ele não tinha muito dinheiro e o pouco que tinha dava para uma mulher que morava com ele, uma menina chamada Lola e que tinha um filho. Essa Lola parecia uma garota dura, era do sul, de Chiapas, ou talvez da Guatemala, gostava de dançar, se vestia como uma punk e estava sempre de mau humor. Mas seu filho era legal e aparentemente Ulises se apegou a ele.

Um dia lhe perguntei onde ele tinha estado. Ele me contou que atravessou um rio que liga o México à América Central. Pelo que eu sei, esse rio não existe. Ele me disse, porém, que havia viajado por aquele rio e agora podia dizer que conhecia todos os seus meandros e afluentes. Um rio de árvores ou um rio de areia ou um rio de árvores que às vezes se tornava um rio de areia. Um fluxo constante de pessoas sem trabalho, de pobres e de pessoas que morrem de fome, de drogas e de dor. Um rio de nuvens em que navegou durante doze meses e em cujo curso encontrou inúmeras ilhas e vilas, embora nem todas as ilhas estivessem povoadas, e onde por vezes acreditava que ficaria para viver para sempre ou morrer." (Bolaño, 2011, p. 386, tradução nossa).

[78] "Sobre o título deste volume de contos não há interpretações duplas. Pode ser considerado uma ironia irreverente ao arcanjo São Gabriel,

bem como uma merecida homenagem. Pelo contrário, a ideia do título chama a atenção para a visão que temos da América Latina. Não desconhecemos a cultura e os costumes exóticos e variados de nossos países, mas não é possível aceitar essencialismos reducionistas e acreditar que aqui todos usam chapéu e vivem nas árvores. O que foi dito acima se aplica ao que se escreve hoje no grande país McOndo, com temas e estilos variados, e muitos mais próximos do conceito de aldeia global ou megarrede.

O nome (marca registrada?) McOndo é, claro, uma piada, uma sátira, uma escultura. Nosso McOndo é tão latino-americano e mágico (exótico) quanto o verdadeiro Macondo (que, afinal, não é real, mas virtual). Nosso país McOndo é maior, superpovoado e cheio de poluição, com rodovias, metrôs, TV a cabo e favelas. Em McOndo há McDonald's, computadores Mac e condomínios, além de hotéis cinco estrelas construídos com dinheiro lavado e shoppings gigantescos.

Em nosso McOndo, assim como no Macondo, tudo pode acontecer, claro que no nosso quando as pessoas voam é porque estão num avião ou estão muito alto. A América Latina, e de certa forma a Hispano-América (Espanha e todos os EUA latinos), parece-nos tão magicamente realista (surreal, louco, contraditório, alucinante) como o país imaginário onde as pessoas surgem ou predizem o futuro e os homens vivem eternamente. Aqui morrem os ditadores e os desaparecidos não regressam. O clima muda, os rios transbordam, a terra treme e Dom Francisco coloniza nosso inconsciente."
(Fuguet; Gómez, 1996, p. 14-15, tradução nossa).

[79] "É por isso que aqui também é desnecessário procurar definições e teorias contundentes. Talvez apareçam apenas alguns "ismos" estranhos que são mais um jogo do que uma manifestação. Trata-se antes de uma mera reação contra a exaustão; cansaço porque a grande literatura latino-americana e o duvidoso realismo mágico se tornaram, para a nossa literatura, um magicismo trágico; cansaço dos discursos patrióticos que durante tanto tempo nos fizeram acreditar que Rivapalacio escrevia melhor que o seu contemporâneo Poe, como se proximidade e qualidade fossem a mesma coisa; cansado de escrever mal para ler mais e não melhor; cansaço do *engagé*; cansaço das letras que voam em círculos como moscas sobre os próprios cadáveres." (Volpi et al., 2000, p. 5, tradução nossa).

[80] "Por quatro razões, meu senhor, qualquer escrita é lícita em qualquer coisa: uma, para começar com a história *comme il faut*, sem prestar atenção ao que algumas pessoas, que se autodenominam modernas, dizem sobre o vão ornamento de contar histórias fora do tempo e sem concerto; a segunda, que deveria ser a primeira, porque a história nada tem contra a fé ou os bons costumes; a terceira, falar de coisas cuja verossimilhança o leitor argumenta, porque, como bem disse Silvos Trocastos, onde falta a fé, falta o carinho ou o gosto de quem lê; e o quarto, por tratar com discrição assuntos agradáveis e divertidos. [...] E mais ainda se a estas quatro coisas acrescentarmos aqui um estilo comedido, algum artifício amoroso ali e algum suspense ali, podemos então esperar que o referido livro seja tão bom quanto o sol de maio. Isto é o que lhe digo, meu senhor, porque não encontrei nenhuma dessas qualidades em seu documento, mas porque não encontrei nele

nenhuma que se assemelhe a ela. Antes, parece-me que o conto de vossa mercê não tem pé nem cabeça, é triste e nojento como uma carpideira de aldeia, monótono como um jogo de boliche, lento como o cinema de Kolkowsky e denso como ele mesmo, porque não encontro ninguém com quem compará-lo. [...]

O vírus, em suma, previu que todas as memórias e todos os programas seriam lançados em um erro irreparável no sistema, em que tudo seria reescrito com um julgamento tão ruim que o computador ficaria desordenado, por assim dizer, e o programa hospedeiro seria tornar-se um pedaço de sorte, de nova memória em que tudo seria caos e confusão. [...]

[...] o vírus já era tão poderoso quando o cansado Autor se programava, que o próprio programa hospedeiro, imprudente e confuso com o vírus, o destruiu ao ouvi-lo ou recebê-lo, de tal forma que logo o programa hospedeiro acabou depois de se esvaziar completamente de suas últimas razões, libertou o vírus e tornou-se finalmente a memória universal do caos e de um mundo sem Autor, que é este e não outro." (Padilla, 2006, p. 43-44, 138-140, tradução nossa).

[81] "As aulas na rua Gay-Lussac continuaram sem graça. O nome Sorbonne parecia demais para o que nos foi dado, um caldo sem muita substância. Um osso sem carne. Mas continuei indo e depois saía com Salim para conversar sobre nossos países ou conversar sobre livros. Eu fiquei com vergonha por não conhecer a literatura do Marrocos, ou da região árabe, mas ele, sim, conhecia a minha e de que modo. Era muito estranho o que acontecia com ele e o livro de Leopoldo Marechal, mas nunca ousei dizer-lhe o que pensava. Eu o tinha lido há anos na universidade, ou melhor, tinha lido

algumas páginas, apenas algumas, e tinha uma memória bastante fraca, a certeza de que certos tipos de livros estão condenados a viver dentro de suas fronteiras, porque não é nada provável que alguém de fora, que não seja um estudioso, um etnólogo ou esse tipo de pessoa, possa estar interessado em lê-los. Acreditava nisso até conhecer Salim, e acreditava que não era exclusividade dos livros de Marechal, mas de muitos outros livros, o *Huazipungo* de Jorge Icaza ou as *Tradições peruanas* de Ricardo Palma, quantos leitores amadores de Portugal, da Lituânia ou do México leram *María*, de Jorge Isaacs, ou *Cecilia Valdés*, de Cirilo Villaverde? Suspeito de muito poucos, e diria mesmo nenhum. Quem estuda história da literatura pode conhecê-los, mas isso é diferente. A literatura com maiúscula não existe e, se alguma vez o foi, passou de forma fugaz, já que Balzac ou Dostoiévski ou Martí, a grande literatura, é lida por todos, estudiosos ou amadores, basta amar os livros, mas novamente Salim foi a negação da minha teoria, um marroquino que havia encontrado tanto naquele romance, *Adan Buenosayres*, que sua vida era, de alguma forma, regida por ele, era muito estranho, e então caminhamos pela garoa parisiense em busca de algum bar barato, conversando sobre isso e aquilo, sem saber qual dos dois falava pior francês, até que encontramos um lugar onde eu pudesse tomar um café com leite ou uma cerveja e ele esperaria o fim do jejum, me contando, em desespero, que ele não podia fumar nem assistir televisão ou se divertir, muito menos ter relações sexuais, ao que eu disse, olha, eu também não posso ter, não porque estava fazendo o Ramadã, mas porque não conhecia nenhuma mulher, e ele riu de vergonha, como se ri de uma piada que o deixa nervoso, porque parecia uma criança presa no corpo de um adulto, esse era Salim, e então, percebendo o quão pouco eu sabia sobre seu país e sua cultura, ele decidiu me dar algumas pistas, se eu não me incomodasse, e então ele começou a me falar sobre o escritor marroquino mais conhecido da França, Tahar Ben Jellun, um autor que, apesar de ser nascido no Marrocos, escrevia em francês, ou talvez por isso, já que era filho do período colonial, dos resíduos desse sistema no norte de África." (Gamboa, 2005, p. 29-30, tradução nossa).

[82] "Mas a verdade de Borges deve ser procurada em outro lugar: em seus textos ficcionais. E "Pierre Menard, autor de Dom Quixote" nada mais é do que uma paródia sangrenta de Paul Groussac, entre outras coisas. Não sei se você conhece, diz-me Renzi, um livro de Groussac sobre o apócrifo Dom Quixote. Esse livro escrito em Buenos Aires e em francês por este estudioso pedante e fraudulento tem um duplo objetivo: primeiro, alertar que ele liquidou sem consideração todos os argumentos que os especialistas possam ter escrito sobre o assunto antes dele; segundo, anunciar ao mundo que conseguiu descobrir a identidade do verdadeiro autor do apócrifo Dom Quixote. O livro de Groussac chama-se (com um título que poderia facilmente ser aplicado ao Pierre Menard de Borges) *Un énigme littéraire* e é uma das gafes mais incríveis de nossa história intelectual. Depois de demonstrações labirínticas e laboriosas, em que não se poupa a utilização de provas diversas, incluindo um argumento anagramático extraído de um soneto de Cervantes, Groussac chega à inflexível conclusão de que o verdadeiro autor do

falso Quixote é um certo José Martí (homônimo alheio e completamente involuntário do herói cubano). Os argumentos e a conclusão de Groussac têm, tal como o seu estilo, um ar ao mesmo tempo definitivo e compadre. É verdade que entre as conjecturas sobre o autor do apócrifo Dom Quixote há de todos os tipos, disse Renzi, mas nenhuma, como a de Groussac, tem o mérito de ser fisicamente impossível. O candidato promovido em *Un énigme littéraire* faleceu em dezembro de 1604, o que significa que o suposto plagiador de Cervantes não conseguiu nem ler impressa a primeira parte do verdadeiro Dom Quixote. Como não ver naquela barbeiragem do estudioso francês, diz-me Renzi, o germe, o fundamento, a trama invisível sobre a qual Borges teceu o paradoxo de "Pierre Menard", autor de Dom Quixote? Aquele francês que escreve em espanhol uma espécie de Dom Quixote apócrifo que é, porém, o verdadeiro; esse patético e ao mesmo tempo sagaz Pierre Menard, nada mais é do que uma transfiguração borgesiana da figura deste Paul Groussac, autor de um livro onde demonstra, com uma lógica mortal, que o autor do apócrifo Dom Quixote é um homem que já morreu antes da publicação do verdadeiro Dom Quixote. Se o escritor descoberto por Groussac foi capaz de escrever um Dom Quixote apócrifo antes de ler o livro do qual o seu era uma mera continuação, por que Menard não conseguiu realizar a façanha de escrever um Dom Quixote que fosse simultaneamente o mesmo e diferente do original? Foi Groussac, então, com a descoberta póstuma do autor posterior do falso Dom Quixote, quem, pela primeira vez, utilizou aquela técnica de leitura que Menard nada fez senão reproduzir. Na realidade, foi Groussac quem, para dizer com suas próprias palavras, disse Renzi, enriqueceu, talvez sem querer, a arte rudimentar da leitura com uma nova técnica: a técnica do anacronismo deliberado e das atribuições errôneas." (Piglia, 2001, p. 86, tradução nossa).

{

respostas

um

Atividades de autoavaliação

1. c
2. a
3. a
4. Possível resposta:

    1492 – Com três caravelas, La Pinta, La Niña e Santa Maria, chega às ilhas antilhanas, acreditando tratar-se da Ásia.

    1493 – Com uma frota de quinze navios, chega a Porto Rico e à Jamaica.

    1498 – Chega à ilha de Trindade e faz um percurso pela costa de Paria (Venezuela) e Darién (Panamá).

    1502 – Explora todo o mar do Caribe e as costas de Honduras, Nicarágua, Costa Rica e Panamá.

5. Possível resposta: A "encomienda" era um tipo de imposto que foi estabelecido pela primeira vez na Espanha no período da Reconquista e depois na colonização da América e das Filipinas. A Coroa espanhola outorgava esse direito a indivíduos concretos pelo serviço prestado, que consistia no monopólio perpétuo do trabalho de determinados grupos de índios por parte do "encomendero" e de seus descendentes.

Atividades de aprendizagem
Questões para reflexão

1. A herança do *Popol Vuh* continua presente na atualidade entre o povo maia-quiché. Os mitos, as lendas e os valores que o livro sagrado transmitia seguem tendo vigência hoje em uma cultura que valoriza enormemente o respeito à natureza e a responsabilidade do ser humano, que é, em definitivo, a criação mais perfeita dos deuses.

2. "Dice Américo [Vespucio] que después de baptizados decían los indios charaibí, que suena en su lengua (llamando a sí mismos), varones de gran sabiduría. Cosa es ésta de reír, porque aun no entendiendo qué vocablo tenían por pan o por agua, que es lo primero que de aquellas lenguas a los principios aprendemos, y en dos días o diez que allí estuvieron, Américo hace entender que entendía que charaibí quería decir varones de gran sabiduría"* (De Las Casas, 1985, p. 437).

---

* "Américo [Vespúcio] conta que depois de batizados os índios diziam charaibí, que soa na língua deles (denominando a si mesmos), homens de grande sabedoria. Isso é engraçado, porque mesmo não entendendo que palavra eles tinham para pão ou água, que é a primeira coisa que aprendemos sobre essas línguas no início, e em dois ou dez dias que lá estiveram, Américo deixa claro que entendia que charaibí queria dizer, digamos, homens de grande sabedoria" (De Las Casas, 1985, p. 437, tradução nossa).

dois

Atividades de autoavaliação

1. b
2. c
3. b
4. Possível resposta: Nesse texto, Sor Juana proclama com paixão o direito da mulher de dedicar sua vida ao estudo. Em uma sociedade pensada por e para os homens, na qual a mulher era só enfeite e patrimônio, ela achou na vida contemplativa um espaço para si mesma, para suas leituras, sua escrita e seus interesses, sem depender de pai ou de marido.
5. Possível resposta: Finalmente o *gaucho* entende que a civilização e o progresso podem trazer um futuro mais próspero para a Argentina.

Atividades de aprendizagem

Questões para reflexão

1. Os versos narram o mito grego de Helios e seu filho Faetón; este último pediu ao pai para dirigir o carro do Sol através do céu, ação proibida aos mortais. O intrépido jovem foi tão perseverante que seu pai lhe concedeu o desejo. Já dentro da carruagem, Faetón conseguiu dominá-la, mas essa glória foi fugaz, porque ele logo perdeu o controle e, como as chamas do Sol ameaçavam incendiar a Orbe, Zeus o fulminou com seu raio. Essa personagem representa a ânsia emancipadora do saber no sentido de que o desejo quase irracional de viver novas experiências e conhecer outras possibilidades produz uma perda, nesse caso, a da própria vida.
2. Mais de 150 anos depois da publicação de *Facundo*, o dilema entre civilização e barbárie ainda consome a Argentina. Agora, porém, não é tal como o percebia Sarmiento, como um conflito entre a culta população urbana e a tosca população do campo. Atualmente, o conflito é entre uma classe

política medíocre e ladra e o cidadão que aspira viver em um país ordenado e previsível, onde ele possa aproveitar seus talentos e criar sua família em um ambiente com a mínima segurança.

três

Atividades de autoavaliação

1. d
2. b
3. d
4. Possível resposta: Porque nele o poeta proclama sua autonomia poética ante a natureza: ela não serve mais, o poema é uma entidade independente da realidade exterior.
5. Possível resposta: Por um lado, Nicolás Guillén quer escrever uma poesia "nacional": não só negra, mas liberada e cubana. Ele deseja que Cuba descubra a mestiçagem que a define e contribua com algo americano, porém universal. Por outro lado, os motivos negros que aparecem em sua obra vêm mediados pelo social. O negro, que se encontra em situação de inferioridade social e representa todos aqueles que sofrem injustiça, converte-se no símbolo dos oprimidos. Esses motivos, longe de serem arte pura, recolhem a dor e a miséria dos outros.

Atividades de aprendizagem

Questões para reflexão

1. O conto "El rey burgués" é uma reflexão irônica sobre o papel dos poetas numa sociedade capitalista e sobre os hábitos de consumo cultural da burguesia. No século XIX, a crescente modernização, fruto da Revolução Industrial, provocou o surgimento de uma nova elite: os burgueses. Eles possuíam riqueza, mas não os conhecimentos e o bom gosto tradicionalmente atribuídos à aristocracia. Para esconderem esse fato,

eles colecionavam objetos e símbolos da alta cultura. No conto, depois de escutar o poeta, o rei burguês decide dar-lhe trabalho para que possa sobreviver – o poeta deve ativar uma caixa de música no jardim do palácio toda vez que passar alguém, girando uma manivela, como se ele fosse um operário em uma fábrica. O poeta é considerado pelo monarca pouco mais que um "trabalhador da arte" e deve vender sua mercadoria em troca de um salário/comida. O entendimento da arte como uma atividade nobre e respeitável em si mesma, importante para a coletividade, sem estar submetida ao utilitarismo, é um dos principais postulados do modernismo hispano-americano.

2. O poema "Me viene, hay días, una gana ubérrima, política..." (Vallejo, 1959, p. 88-89) trata com humor um dos grandes temas da poética de Vallejo: a irmandade entre homens. Com um tom pícaro, o eu poético mostra sua vocação para expressar emoção e carinho. Parte da riqueza do poema está na convergência de objetos dissímiles que evocam múltiplas sensações, emoções e lembranças no leitor. O poeta enumera, por meio da livre associação e do oxímoro, uma série de elementos opostos – "um lenço no qual não se pode chorar" (Vallejo, 1959, p. 88, tradução nossa) – e mostra, tal qual os cubistas, uma visão do homem fragmentado e composto de suas partes.

quatro

Atividades de autoavaliação

1. b
2. c
3. c
4. Os temas tratados foram o da construção da identidade nacional e os conflitos sociais em regiões periféricas e marginalizadas. Para tanto, os estudos

sobre costumes, história, linguagem, pensamento e cultura dos povos originais, do homem do campo, juntamente à aportação de técnicas vanguardistas e pós-vanguardistas, foram essenciais para a evolução do regionalismo.

5. É necessário observar que Borges, assim como Kafka, Beckett e Joyce, é um dos escritores que mais influenciaram os rumos das narrativas do século XX. A inclusão de Borges se deve à originalidade de seus textos, em que os experimentos estéticos se unem a temáticas filosóficas e outras mais próprias da literatura. Ele criou histórias com uma linguagem sintética e clara. Sua narrativa foi influenciada pela literatura popular (como os romances policiais, a ficção científica e a literatura fantástica), porém seus contos encerram múltiplos sentidos nos quais se articulam temas extremamente intelectuais. Essa combinação foi uma estética que inspirou muitos escritores, sobretudo na literatura hispano-americana e em língua espanhola.

Atividades de aprendizagem

Questões para reflexão

1. Os quatro personagens são construídos com elementos que demonstram os conflitos entre civilização e barbárie. *Doña Bárbara*: o nome já induz o leitor à interpretação de que se trata de um personagem que representa o atraso do campo; a mulher de uma beleza estonteante, mas que é uma latifundiária com imenso poder e que o utiliza para que não haja progresso. Santos Luzardo: jovem recém-formado. Marisela: mulher pobre, ignorante, doente e suja, que pouco a pouco vai se educando e melhorando de aspecto. Míster Danger: estadunidense que apoia Doña Bárbara somente para receber os benefícios proporcionados pelo atraso do campo.

2. As características são a justaposição de tipos de narrativa, a policial e a fantástica. O tema tratado é o tempo, um tema que pode ser identificado como metafísico. Outras interpretações buscam uma relação com a mecânica quântica. Também alguns estudiosos afirmam que há uma influência da ficção científica nesse conto. Ou seja, trata-se de Borges no estado puro.

cinco
Atividades de autoavaliação

1. a
2. d
3. a
4. A hierarquização dos personagens da escola militar, o Círculo criado pelo Jaguar e outros cadetes para se protegerem, a corrupção dos personagens do Círculo dentro da instituição e a animalização dos personagens são todos elementos usados pelo autor para que essa metáfora funcione.
5. Um texto somente se completa com o leitor, ou seja, o protagonista da literatura é o leitor. Essa é uma afirmação a que estamos acostumados, sobretudo, ao lermos crítica literária da perspectiva da teoria da recepção. No entanto, em 1963, data da publicação de *Rayuela*, essas considerações não eram tão frequentes. Cortázar convida o leitor a fazer parte desse jogo – que é o modo como ele entende a literatura – com uma advertência na primeira página da obra, quando apresenta o "Tablero de direcciones", em que propõe duas maneiras de ler o livro. Essa maneira de interpelar o leitor para que tome uma decisão, além de provocá-lo, também lhe outorga um papel principal para entrar no romance. O texto deve se articular nesse sentido, buscando-se os pontos em que o leitor é chamado a participar do jogo.

Atividades de aprendizagem

Questões para reflexão

1. Carpentier afirmou em vários momentos que o "real maravilloso" é diferente da literatura fantástica europeia. Seu argumento se fundamenta na percepção de que a realidade latino-americana é atravessada pela crença no mágico. Esse entendimento também é o da própria história dos fatos mais importantes da região, como é o caso da história da República do Haiti. Esteticamente, há muitos pontos em comum entre o real maravilhoso e a literatura fantástica; a grande diferença é que, no caso do real maravilhoso de Carpentier, o insólito faz parte do cotidiano das pessoas, ou seja, está dentro de uma unidade de sentido, enquanto na literatura fantástica, sobretudo a desenvolvida pelas vanguardas, o insólito não faz parte da unidade e precisa ser estudado e entendido. O texto deve desenvolver essas diretrizes e evidenciar o aporte estético das vanguardas no que diz respeito às inovações do tratamento do fantástico, como no caso do surrealismo.

2. O Capítulo 7 de *Cien años de soledad* desacelera o tempo narrativo: o vertiginoso encadeamento de histórias da criação de Macondo é pausado para que nos aproximemos mais dos personagens. Também se retoma e se encerra o início do livro, que começa *in media res*, contando que o personagem Aureliano Buendía recordou, no momento de seu fuzilamento, o dia em que seu pai o levou para conhecer o gelo: "Cuando el pelotón lo apuntó, la rabia se había materializado en una sustancia viscosa y amarga que le adormeció la lengua y lo obligó a cerrar los ojos. Entonces desapareció el resplandor de aluminio del amanecer, y volvió a verse a sí mismo, muy niño, con pantalones cortos y un lazo en el cuello, y vio a su padre en una tarde espléndida conduciéndolo al interior de la carpa, y vio el hielo". Ou seja, o Capítulo 7 é o momento em que o leitor se reencontra com o

fuzilamento de Aureliano Buendía, mencionado no início do livro. Dessa forma, um circuito de histórias se encerra para abrir outras, pois o tempo cíclico se repete, uma vez que sabemos que Aureliano não morre, mas segue com suas guerras. Nesse capítulo, vemos a dedicação e a força de Úrsula Iguarán, que, contra todas as proibições, visita o filho antes de ele ser levado ao pelotão de fuzilamento. O patriarca, José Arcadio Buendía, morre e uma chuva de flores cai durante toda a noite em Macondo, bloqueando portas e asfixiando os animais que dormiam ao ar livre. Esse capítulo é central na arquitetura do romance, pois encerra vários conflitos abertos na trama e faz com que a obra se retroalimente com novas aventuras.

seis
Atividades de autoavaliação
1. b
2. d
3. b
4. O texto desenvolvido deve tratar as paródias do cinema como um elemento pós-moderno vigente na obra de Manuel Puig. Também deve versar sobre os vários níveis em que operam essas narrativas. O primeiro é dar voz protagonista a um sujeito marginalizado, o homossexual Molina, e a forma como essas criações do personagem vão prendendo a atenção de seu espectador, bem como do também prisioneiro Valentín. Outro nível é o diegético, pois as histórias contadas atuam no contexto histórico da narrativa: a prisão de um militante de esquerda e um pederasta pelas forças opressoras do regime ditatorial argentino.
5. No romance de Santiago Gamboa, *El síndrome de Ulises*, as memórias do autor servem para descrever a cidade de Paris nos anos 1990, com um grande contingente de migrantes e, sobretudo, o êxodo latino-americano.

O narrador, um colombiano que estava tentando se formar como escritor, é que detalha todas essas vidas que buscam na capital francesa liberdade, estabilidade econômica e uma vida sem tanta violência. No livro de Peri Rossi, encontramos na construção de Equis retratos das vivências da escritora uruguaia, mas com a diferença de que suas reflexões sobre ser exilada estão fragmentadas em outros personagens; ademais, seu estado não foi motivado por uma escolha – ela foi empurrada para o exílio. O exílio é construído por meio de vários elementos intertextuais para favorecer o significado de "expulsão", no entanto, com a viagem de Equis e também por meio de outros personagens, a condição de estrangeiro, de marginal, é ressignificada, voltando-se para a ideia de "liberdade".

Atividades de aprendizagem

Questões para reflexão

1. A narrativa trata de uma mulher, escritora, poetisa e estrangeira na Cidade do México. O texto de Bolaño foi inspirado em uma história real, que aconteceu com uma poetisa uruguaia, Alcira Soust Scaffo, no dia em que as tropas do exército invadiram a Universidade do México. Bolaño faz uma homenagem a Alcira e coloca na voz dessa personagem fictícia, Auxilio, reflexões sobre a mulher artista e exilada. Em sua narração, ela reivindica outras mulheres que, igualmente, viveram no exílio e eram artistas.

2. Começando por Emilio Renzi, o *alter ego* de Piglia, o fragmento do romance está repleto de referências explícitas a escritores, como Jorge Luis Borges, Miguel de Cervantes e Paul Groussac. A conversa dos dois personagens evoca a ficção de Borges, na tentativa de comentar a influência do escritor argentino ao construir o conto "Pierre Menard, autor del Quijote", e também a história do Quijote apócrifo, apresentado no segundo livro de Cervantes. Nesse diálogo estão presentes considerações e curiosidades

sobre a literatura argentina e universal, e não se pode saber até que ponto são verdadeiras, embora se percebam muitas aproximações com a história da literatura. Paul Groussac foi um personagem muito ativo na vida cultural e política de Buenos Aires do final do século XIX e início do século XX. O livro citado, *Un énigme littéraire*, de Paul Groussac, gerou uma série de polêmicas por conter afirmações sobre o texto apócrifo do *Quijote* refutadas por serem supostamente inexatas. Além disso, cabe destacar que Groussac foi uma figura que influenciou o jovem Borges, o qual, inclusive, escreveu a necrologia de Groussac e um poema, "Poema de los dones", no qual reflete sobre os caminhos que lhes são comuns.

{

sobre os autores

❦ MARTA LÓPEZ GARCÍA
Licenciada em Filologia Espanhola pela Universidade de Barcelona; mestra em Literatura Hispânica – Letras Neolatinas pela Universidade Federal do Rio de Janeiro (UFRJ); e doutoranda em Linguística pela Universidade Federal do Paraná (UFPR). Foi professora no Instituto Cervantes de Curitiba e professora leitora na UFPR. Atualmente, é professora de Língua e Literatura Castellana para o ensino médio na rede pública da *Generalitat* da Catalunha, na Espanha.

❰ SÉRGIO RICARDO SANTOS LOPES

Licenciado em Letras Português pela Universidade Estadual de Ponta Grossa (UEPG) e em Letras Espanhol pela Universidade Federal do Paraná (UFPR); especialista em Ensino de Línguas Estrangeiras Modernas pela Universidade Tecnológica Federal do Paraná (UTFPR); mestre em Letras – Estudos Literários pela UFPR; e doutorando em Letras por essa mesma instituição. Foi professor de Português Língua Estrangeira e de Espanhol Língua Estrangeira no Centro de Línguas e Interculturalidades (Celin) da UFPR e professor substituto de Português e Espanhol no Instituto Federal do Paraná (IFPR).

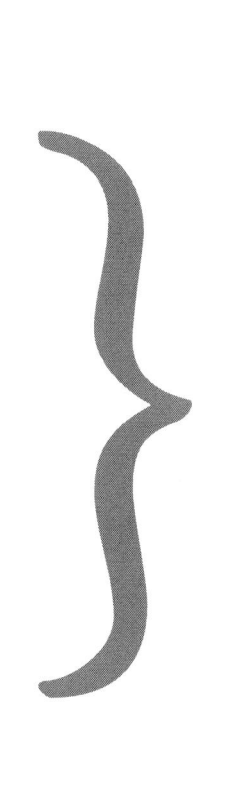

}

Impressão:
Junho/2024